Impera Thor

임페라토르

신독 판타지 장편 소설

임페라토르 5

신독 판타지 장편 소설

초판 1쇄 찍은 날 § 2006년 3월 24일
초판 1쇄 펴낸 날 § 2006년 4월 3일

지은이 § 신독
펴낸이 § 서경석

편집장 § 문혜영
편집책임 § 유경화
편집 § 심재영

펴낸곳 § 도서출판 청어람
등록번호 § 제1081-1-89호
등록일자 § 1999. 5. 31
어람번호 § 제1-0693호

주소 § 경기도 부천시 원미구 심곡1동 350-1 남성B/D 3F (우) 420-011
전화 § 032-656-4452 팩스 § 032-656-4453
http://www.chungeoram.com
E-mail § eoram99@chollian.net

ⓒ 신독, 2005

ISBN 89-251-0052-5 04810
ISBN 89-5831-845-7 (세트)

EmperaThor

임페라토르 5

신독 판타지 장편 소설

[임페라토르]

his chapter begins with the spell lists of the spellcasting classes and the list of cleric domains and the spells associated with each domain. An ᴹ or ꜰ appearing at the end of a spell's name in the spell lists denotes a spell with a material or focus component, respectively, that is not normally included in a spell component pouch. An ˣ denotes a spell with an XP component paid by the caster.

ing a particular spell. A creature with no classes has a level equal to its Hit Dice unless otherwise specified. The word "level" in the spell lists that follow always means caster level.

Spell Effects and Conditions: If a spell causes a subject or subjects to be affected by one or more conditions (such as blinded, incorporeal, invisible, or stunned), ...

CONTENTS

Impera Chor

《주요 설정 & 전편 줄거리 & 등장인물》

[주요 설정]

· 공간 배경: 옥스칼토네 대륙

· 창조신/파괴신: 데바/사트바

· 대륙의 5개국: 펠바레트, 타루니아, 티폰, 라미아, 파라슈트

· 5개국을 가르는 경계: 프루바카나 산맥과 비루나, 우이샤 강

· 죽음의 세계: 아케론 강—심판의 성—지옥문—타티루스(지옥, 스틱스 강,
플레케톤 강, 코키투스 강)—연옥—레테의 강—엘리시온(천국)

· 주요 드래곤: 카이서스(드래곤 로드), 고오트(펠바레트의 황제, 골드 드래
곤), 나트판(타루니아의 황제, 실버 드래곤), 고니아(파라슈트의 황제, 그린 드
래곤), 비아토(라미아의 황제, 블루 드래곤), 우로보스(티폰의 황제, 블랙 드래
곤), 라토시(레드 드래곤)

[전편 줄거리]

· 4권: 각성

토르는 헤르미나에게 마법을, 아나테에게 네크로맨서 마법을 배운다. 커트와
라나가 합류한 토르 일행은 자그레브를 만나 대륙 해방을 위한 일보를 내디딘다.
해방군의 정신적 지주인 프로시안 공주를 구출하는 것이 그것. 프로시안 공주가

갇혀 있는 케이프 성으로 쳐들어가 골드 드래곤들의 눈을 따돌리고 구출에 성공한다. 토르 일행은 드래곤 스켈레톤을 타고 해방군의 기지로 날아가던 중 실버 드래곤들의 습격을 받는다.

[등장인물]

· 토르, 곤, 아나테, 오르스, 디오스, 라나, 커트, 코크라, 자그레브, 오올리, 나나, 레나, 사나.

· 카론: 아케론 강의 뱃사공.

· 메가에라, 알렉토, 티시포네: 여자의 몸에 뱀 대가리, 날개를 가진 마족. 심판의 성곽을 지킨다.

· 스테노: 고르곤 중 하나. 온몸의 터럭이 뱀 대가리. 보면 돌이 된다.

· 라만테: 심판의 성주. 명기사. 사트바의 명만을 받드는 외골수.

· 케르베로스: 지옥문을 지키는 마족.

· 프레키: 스틱스 강의 뱃사공.

· 켄타우로스: 반인반마의 마족. 할베르트를 쓴다.

· 미노타우로스: 켄타우로스를 지휘해 플레게톤을 지키는 소머리 마족.

· 하르피이아: 코키투스를 지키는 마족. 여자의 얼굴에 몸은 새.

· 게리온: 삼두육비(三頭六臂)의 마족. 코키투스를 지킨다.

· 사트바: 죽음의 세계를 관장하는 파괴의 신. 데바와 함께 최고신으로 추앙받는다.

· 드로우: 오올리의 뒤를 이어 옥스칼토네 해방군의 마법사가 된 소환술사.

난 인간이야 : *Chapter 41*

디 오스는 멍하니 서 있었다.

곤과 아나테가 눈앞에서 가루로 부서졌다.

충격 때문에 몸을 움직일 수가 없었다. 아나테를 진정 사랑했다. 아나테는 마음속에 내내 품은 단 한 사람이었다. 곤을 질투했다. 그러나 곤은 그런 디오스의 마음마저 감싸 안아준 큰형님과도 같은 벗이었다. 그런 아나테와 곤이 눈앞에서 가루로 부서져 죽은 것이다.

그리고 시작되었다. 토르의 폭주가.

헬파이어와 메테오의 소나기였다. 토르가 캐스팅도 없이 마법을 썼다는 것은 의식할 수도 없었다. 아나테와 곤의 죽음은 디오스에게 아무 생각도 할 수 없게 만들었던 것이다.

메테오의 광란이 사그라진 후에도 디오스는 멍하니 잿더미가 된 산등성이를 바라보기만 했다. 눈앞에 보이는 풍경은 너무나 현실감이 들지 않아 생경하기만 했다. 바로 그 자리에서 아나테와 곤이 죽었다는 것을 도저히 믿을 수 없었다.

커트의 날 선 음성이 아니었다면 디오스는 계속 멍하니 있었을 것이다.

"곤과 아나테가 부서질 때 이상한 마나의 흐름을 느꼈소. 너무 은밀하여 이제야 깨달았지만. 사실대로 말하시오. 그들은 정말 죽은 것이오?"

그것은 디오스의 정신을 삽시간에 현실로 돌아오게 만들 만큼 충격적인 말이었다.

그러나 지금 디오스는 다시 한 번 멍한 눈으로 서 있었다.

'대답해, 자그레브'라고 침울한 음성으로 말하는 청년. 붉은 머리가 바람에 나부끼고, 푸른 눈은 깊이 잠겨 심연의 바다 속을 들여다보는 것만 같은 청년……. 너무나 익숙한, 그리고 너무나 생경한 모습의 청년을 보고서. 디오스의 목소리가 가늘게 떨렸다.

"너… 토르……?"

붉은 머리의 청년이 디오스에게 눈길을 주었다. 푸른 눈빛이 잠시 흔들렸다.

"디오스 조금 후에 이야기하자. 나, 토르 맞아."

모두의 얼굴에 경악한 빛이 떠올랐다. 커트와 자그레브의 말다툼 때문에 아무도 토르의 변화를 눈치채지 못했던 것이다. 거의 두 배 가까이 훌쩍 커버린 토르의 모습은 익숙하면서도 낯설기만 했다. 그들 사이에서 토르를 향해 털썩 무릎을 꿇는 한 사람을 제외하고는 모두 멍청히 토르를 바라보고만 있었다.

“드디어… 각성하셨군요…… . 경하드립니다. 경하드리옵니다……."

자그레브의 목소리가 들리자 토르는 디오스에게서 눈길을 돌렸다. 토르의 눈은 다시 무겁게 가라앉았다. 잘게 떨리는 자그레브의 잔등을 바라보며 토르가 물었다.

“대답해, 자그레브. 지금 내 각성 따위가 중요한 것이 아니야. 커트의 말이 사실이야? 곤과 아나테가… 죽지 않았을 수도 있어?”

모두의 시선이 자그레브를 향했다.

디오스는 주먹을 꼭 쥐었다.

토르가 갑작스럽게 큰 것도 놀라웠지만 지금은 아나테와 곤의 생사가 더 중요한 게 맞았다. 그러나 디오스의 기대를 자그레브는 산산이 부수었다.

“신이 칭송한 위대한 존재시여… 각성을 하신 당신이 무엇을 모르시겠습니까……? 스스로 아시지 않습니까? 그들의 죽음을 눈으로 보시지 않았습니까……?”

커트가 버럭 고함을 질렀다.

“그들이 부서질 때 이상한 마나의 흐름을 느꼈소! 사실대로 말하시오!”

자그레브는 여전히 머리를 조아린 채 커트에게 물었다. 자그레브의 음성은 느릿했지만 어떠한 흔들림도 없었다.

“커트… 나는 그때 정신을 차린 지 얼마 안 되어서 그 이상하다는 마나의 흐름을 보지 못했소. 왜 내게 숨겨진 사실이 있을 거라 생각하는 것이오?”

“당신은 뭔가 우리에게 감추는 것이 있소! 케이프 성을 공격하기 직

전, 당신은 신탁을 보아야 한다며 사라졌소. 그 중요한 순간에! 뿐이
오? 케이프 성의 대문을 파이어 볼로 부술 때, 분명히 보았소! 당신의
마나에 섞인 검은 기운을! 그건 신성을 간직한 예언자가 가질 수 있는
마나가 아니오!"

그때 토르가 손을 저었다.

"커트, 자그레브의 몸엔 죽음의 마나가 깃든 상흔이 있어. 그 때문일
거야. 그만 해."

커트는 멈칫했다.

토르의 차분한 말투가 너무나 낯설었던 것이다. 아니, 익숙했던 것
이다. 언제나 아이 같은 천진함을 담고 있었던 토르의 말투가 아니라
꼭 곤이 말하는 것만 같았기에.

"하지만……."

토르는 고개를 흔들며 커트의 말을 막았다.

"그만 해, 커트. 자그레브 탓이 아니잖아. 네가 말한 건 마나가 아닐
거야. 곤의 몸이 부서질 때… 나도 뭔가 느끼긴 했어. 하지만 그건 곤
의 기운이었어. 다른 뭔가는 아니었어……."

토르는 길게 한숨을 토해냈다.

"혹시나 했는데… 죽었구나. 역시 죽은 거구나……."

토르의 눈이 흔들렸다. 물막이 뿌옇게 고인 눈으로 토르는 씁쓸한
미소를 머금었다.

"자그레브를 탓하지 마……. 곤과 아나테가 죽은… 건 내 탓이야."

"왜 네 탓이야! 그들을 죽인 건 드래곤이야!"

디오스가 자조하는 토르에게 소리쳤으나 토르는 쓴웃음을 머금고
고개를 저었다.

"내가 방심하지 않았으면 그런 일은 없었어. 내 탓이야……."

"토르!"

토르는 디오스의 말에 답하지 않고 자그레브에게 말을 건넸다.

"자그레브, 일어서."

자그레브가 무릎을 펴며 잔잔하게 떨리는 눈으로 토르를 바라보았다.

"진정… 각성하신 것입니까……?"

"다 기억나진 않아. 하지만 내 과거가 대충 기억나는 걸 보면 네가 말한 각성이 맞는 거 같아."

"아아……! 경하드리옵니다."

"별로……. 기쁘지 않아. 곤과 아나테가 죽었어. 축하할 일이 아니지."

자그레브가 고개를 숙였다.

그때 디오스가 와락 다가서며 소리쳤다.

"정말 죽은 거야? 정말?"

토르는 묵묵히 디오스를 바라보았다.

엷게 물막이 서린 디오스의 얼굴을 바라보던 토르는 디오스의 어깨를 힘주어 잡았다.

"받아들이자, 디오스……."

디오스는 토르의 손을 홱 뿌리쳤다.

"뭘 받아들여? 넌 받아들일 수 있어? 그게 가능하냐? 각성인가 뭔가 하더니 성격도 변한 거야? 너 왜 그래? 왜!"

자그레브가 디오스의 앞에 섰다.

"토르 님께 무례를 범하지 마시오."

"무례? 토르와 난 친구요! 비키시오!"

"디오스, 충격을 받은 건 이해하오만… 이 자리의 누군들 충격을 받지 않았겠소. 그대만큼 토르 님의 상심도 크실 것이오. 그대가 누구보다 잘 알지 않소이까……."

디오스는 으득 이를 갈며 소리를 지르려다 입을 다물고 말았다. 토르의 푸른 눈에 서린 눈물을 보았던 것이다. 눈물이 흐르는 걸 막고 싶었던지 토르는 고개를 들어 하늘을 보고 있었다. 파르르 눈가가 떨리고 있다. 그 얼굴을 보자니 힘이 빠졌다. 아나테도… 곤도… 죽은 것이다. 그들이 정말 죽은 것이다.

자그레브의 음성이 이어졌다.

"죽음과 삶은 본디 그리 다르지 않은 것이외다. 내 딸도 죽었소이다. 산 자는 죽은 자를 떠나보낼 줄도 알아야 하외다. 그대도 잘 아시지 않소이까……."

디오스의 어깨를 커트가 잡았다. 커트의 힘이 담긴 손길을 느끼며 디오스는 고개를 떨어뜨렸다.

자그레브는 모두를 둘러보며 말을 이었다.

"우리는 공동의 적을 갖고 있소이다. 드래곤들이오. 아기의 탄생을 막아 인간 말살을 꾀하는 저 드래곤들의 지배를 부수는 것만이 인간과 모든 생명의 조화를 세울 수 있소."

디오스가 갑자기 고개를 들었다. 두 눈이 번들거리고 있었다.

"복수! 복수를 해야 해!"

자그레브가 고개를 끄덕였다.

"복수의 길도 될 것이오. 또한, 곤의 뜻을 지키는 길도 될 것이외다."

자그레브는 아직도 하늘을 보고 있는 토르를 바라보았다.

흘러내리려는 눈물을 두 눈에 가득 담고 토르는 묵묵히 창공에 시선을 박고 있었다.

"토르 님, 곤의 뜻을 이루어주셔야지요. 슬픔은 압니다만 지금은 한데 모여 힘을 키울 때입니다. 우선 이곳을 벗어나도록 하지요."

자그레브가 한 걸음 다가서며 토르의 손을 잡으려 했으나 토르는 한 걸음 뒤로 물러섰다.

"토르 님……?"

토르가 서서히 고개를 내렸다. 아직도 물막이 고여 있었으나 토르의 푸른 눈은 묵직하게 가라앉아 있었다.

"자그레브, 물어볼 게 있어."

조용하지만 위엄이 담긴 목소리에 자그레브는 공손하게 고개를 숙였다.

"말씀하십시오."

"커트가 널 추궁할 때 난 네 마음속을 보려고 했어. 네가 곤란해하는 것 같아 도와주려고. 그런데 어찌 된 걸까? 넌 마음을 꽁꽁 닫고 있더군. 보이지 않아. 지금도 보이지 않는군. 다른 이들의 마음은 훤히 보이지만 네 마음은 보이지 않아. 뭔가 감추는 게 있는 건가?"

자그레브가 움찔하더니 서서히 고개를 들었다. 자그레브의 눈은 토르의 푸른 눈을 응시하고 있었다.

"독심의 능력을… 되찾으신 것입니까?"

"그래. 기억의 대부분과 능력의 대부분을 되찾았어. 이제 네가 대답할 차례야. 왜 마음을 닫고 있지?"

"저는… 데바 신의 뜻을 받드는 예언자입니다. 신의 뜻을 받드는 자는 신께만 마음을 보이는 법입니다."

"그런가……?"

"그러하옵니다."

토르는 묵묵히 자그레브의 눈을 보고 있었다. 자그레브도 토르의 눈을 피하지 않았다. 그러나 자그레브의 얼굴은 조금씩 일그러지고 있었다. 신음 소리가 새어 나오기 시작했다.

"으으……."

"자그레브, 대항하지 마. 마음을 보여줘. 우리는 친구야. 친구는 서로 속이는 게 없어야 하는 법이야."

"으으… 아무리 친구라도… 때론, 어쩔 수 없이 말할 수 없는 것들도… 있는 법입니다……."

토르의 눈에는 더 이상 물막이 고여 있지 않았다. 푸른 눈은 알 수 없는 모호한 빛을 띠고 자그레브의 눈을 보고 있었다. 자그레브의 이마에 툭툭 핏줄이 붉거져 나오자 토르는 시선을 뗐다.

"허억……!"

자그레브는 더 버틸 수 없었는지 털썩 그 자리에 무릎을 꿇었다.

"자그레브!"

로키가 달려와 자그레브를 부축했다.

토르를 바라보는 로키의 눈엔 분노가 실려 있었다.

"이게 무슨 짓인가!"

토르는 부목을 대고 있는 로키를 보다 손가락을 튕겼다.

"이제 팔을 움직여도 좋을 거야. 부목을 떼."

로키는 알 수 없다는 듯 토르를 바라보았다.

"이건 무슨 뜻인가……?"

"너라면 자그레브와 프로시안 공주를 데리고 무사히 돌아갈 수 있을 거야. 아르마와 함께 둘을 데리고 떠나."

바닥에 꿇어앉아 있던 자그레브가 다급히 고개를 들었다.

"토, 토르 님……!"

"자그레브, 로키를 따라가. 라호프 만으로 간다고 했지? 좌표 알고 있으니 나중에 찾아가지."

"아, 아니 되시옵니다! 곤의 신념을 저버리실 생각이십니까?"

"그건 곤의 신념이지, 내 것이 아니야. 나는 따로 할 일이 있다. 그 일을 마치면 널 찾아가지."

"토르 님! 제 마음을 못 읽으셔서 그런 것입니까? 진정한 친구라면 친구의 속을 훔쳐보지는 않는 법입니다!"

토르는 진중한 표정으로 고개를 끄덕였다.

"맞는 말이군. 앞으론 친구의 마음을 내 마음대로 보지 않겠어. 하지만 자그레브."

토르의 붉은 머리가 바람에 출렁였다.

"나는 친구를 위해 진실을 숨긴다는 말 따위는 좋아하지 않아. 그런 말은 우정을 빙자한 허위야. 진심을 주지 않는데 어떻게 친구가 될 수 있지?"

"그, 그것은……."

"너의 사정은 알아들었어. 나는 널 여전히 친구라 생각해. 대륙 해방이 너에게 무엇보다 중요한 것도 알고 있어. 하지만 내겐 더 급한 일이 있어."

"그, 그게 무엇입니까?"

토르는 갑자기 손을 뻗었다. 토르의 손 안으로 신검 이슬란과 아나테의 팔찌가 빨려들 듯 날아들었다. 아나테의 팔찌를 찬 토르는 다정한 눈으로 아슬란을 바라보았다.

그리고는 고개를 들어 모두를 바라보았다.

"나는 아나테의 목표를 완성시키겠어. 그리고… 곤과 아나테를 살려내겠어."

"뭐?"

디오스가 고함을 치듯 물었다.

"그게 가능하냐?"

"불가능했지. 하지만 가능하도록 만들 거야. 한다면 난 해."

"가능성이… 있긴 한 거야?"

디오스의 떨리는 목소리에 토르는 자신있게 고개를 끄덕였다.

"아나테에게 다 배웠어. 할 수 있을 거야. 죽음의 세계로 쳐들어가서 곤과 아나테를 데려오겠어."

토르의 눈이 결의에 차 빛났다. 붉은 머리카락이 바람에 휘날려 마구 펄럭였다.

디오스는 토르를 향해 불끈 주먹을 쥐었다.

"나도 도울게!"

"우리도 돕겠습니다."

커트가 라나와 함께 나서자 토르는 활짝 웃으며 고개를 끄덕였다.

"물론! 우리는 다 친구니까! 당연히 도와야지! 모두 함께 곤과 아나테를 구해오자!"

"좋았어―!"

토르 등이 주먹을 치켜들며 환성을 올릴 때 자그레브는 남몰래 깊은 탄식을 내뱉었다.

2

무언가 할 말이 남은 듯 한참을 망설이던 자그레브는 로키를 앞세운 채 길을 떠났다. 아르마와 프로시안 공주도 디오스와 토르에게 할 말이 있는 듯했으나 발길을 돌려야 했다.

그들은 토르 일행에게 다가설 수 없었다. 토르와 토르를 둘러싼 디오스, 커트, 그리고 라나 사이엔 묘한 일체감이 서려 있어 은연중 그들의 접근을 막았던 것이다.

자그레브 일행이 사라지자 디오스는 토르에게 급히 물었다.

"토르! 어떻게 해야 하지?"

"아나테가 연구한 방법은 산 자가 죽은 자의 세계를 살아 있는 몸으로 가는 거였어. 드래곤 스켈레톤은 그 매개체였지. 우선, 부서진 스켈레톤을 복구시켜야 해. 그리고 완성시켜야겠지."

"가능할까……?"

디오스는 아나테가 얼마나 그 연구에 공을 들였는지 잘 알고 있었다. 그리고 그것이 얼마나 불가능한 일에 도전하는 것이었는지도.

토르는 디오스를 묵묵히 바라보다 문득 빙긋 웃어 보였다. 눈가에서부터 시작되어 활짝 웃어주는 그 믿음직한 웃음에 디오스는 쓰디쓴 감회를 맛보았다. 그것은 곤의 웃음이었다.

디오스의 어깨에 손을 얹은 토르는 나직하게 속삭였다.

"가능하게 만들 거야, 반드시."

두 눈에 서린 강렬한 의지가 믿음을 준다. 마치 곤처럼 보이는 토르의 눈빛에 디오스는 뭉클한 감격을 느꼈다. 곤은 그냥 죽은 게 아니었다. 아나테 역시 그냥 죽은 게 아니었다. 그들은 토르에게 자신들의 모든 것을 남기고 간 것이다. 디오스는 주먹을 움켜쥐며 고개를 끄덕였다.

"반드시!"

"물론!"

의지를 주고받는 둘 사이에 커트가 끼어들었다.

"토르 님……."

"토르라고 불러. 넌 곤의 친구잖아. 당연히 내 친구기도 해."

"제가 어찌……. 여왕께서도 당신께 존칭을 붙이십니다."

"헤르미나와 나의 관계가 너에게도 이어질 필요는 없어. 넌 너다. 앞으로 나를 '토르 님'이라 부르면 화낼 거야. 말도 편하게 해."

커트의 표정이 묘하게 변해갔다.

"왜 그래?"

"익숙하기도 하고 낯설기도 해서 그렇습니다. 제가 알던 토르… 당신의 모습과 곤의 모습이 자꾸 겹치는군요."

토르의 얼굴이 살짝 일그러졌다. 그러나 토르는 다시 웃었다.

"곤은 내게 형 같은 친구야. 내가 그를 닮은 것은 당연한 일이지. 그런데 계속 말을 높일 거야?"

커트는 씨익 미소를 짓더니 고개를 저었다.

"친구라면 말투 정도는 마음대로 하도록 놔두십시오. 저는 이게 더 편합니다."

"그럼 나도 말 높여야 하잖아? 친구는 동등해야 하는 거라구. 나한테 존대까지 바라는 건 좀 심하지 않아?"

"당신은 당신 편한 말투로, 저는 제가 편한 말투로. 그러면 동등한 거겠지요."

토르가 고개를 흔들었다.

"말로는 못 당하겠군. 대신, 맘 변하면 언제든 편하게 말해."

"오! 그거 대단히 편리한 방법이군요."

잠시 호탕한 웃음이 오갔다.

커트는 웃음을 멈추며 토르에게 물었다.

"기억은 어디까지 되찾으신 것입니까?"

"너도 내가 인간이 되기 전에 무엇이었는지 알고 있어?"

"여왕께서 따로 말씀해 주셨습니다."

"그랬군."

토르는 잠시 디오스를 보더니 천천히 말을 이었다.

"드래곤일 때의 기억을 상당 부분 되찾았어. 자그레브가 말한 각성이 맞아."

디오스의 얼굴에 놀란 빛이 스쳐 갔으나 토르는 아무 말도 하지 않았다. 디오스에 대한 믿음 또한 금강석처럼 단단했던 것이다. 자신이 본래 무엇이었든 디오스는 개의치 않고 친구로 대해줄 것이라 토르는 믿었다. 그리고 디오스는 그 믿음에 화답하듯 웃으며 토르의 어깨를 두드려 주었다.

두 사람을 보기 좋은 듯 바라보던 커트는 다시 토르에게 물었다.

"그러면 완전한 기억은 아니시라는……?"

"음. 조금 이상한 일이야. 내가 라토시였다는 것도 기억이 나고 내가 살아온 기억도 나는데 근래의 일은 기억이 나지 않아."

“근래의 일이요?”

“응. 라토시였던 내가 인간이 되기로 결심을 했다고 들었는데… 왜 그런 결심을 했는지, 어떻게 인간이 되었는지가 전혀 기억이 나지 않아. 완전한 각성은 아닌 셈이지. 하지만 별로 중요한 일은 아냐. 언젠간 기억나겠지. 지금 중요한 건 내 기억 따위가 아냐.”

커트는 조심스러운 얼굴로 물었다.

“자그레브를… 믿으십니까?”

“아직 의심스러워?”

“그렇습니다. 예언자는 공격 마법 같은 건 익히지 않습니다. 최소한 제가 알던 자그레브는 파이어 볼 같은 마법을 익힌 사람이 아니었습니다. 그 마나도…….”

“나도 자그레브에게 몇 가지 궁금한 게 있긴 해. 하지만 아직은 덮어두고 싶어. 친구를 또 잃기는 싫어.”

“곤과 아나테의 죽음과 관련이 있을지도 모릅니다.”

디오스가 흥분한 얼굴로 소리쳤다.

“뭐야?”

커트는 고개를 돌려 디오스의 얼굴을 바라보았다.

“아직 확실한 건 아니네만.”

“의심이 갈 만한 게 있다는 말이잖아!”

“실버 드래곤들의 습격이 너무 공교로웠다는 게 이상해서……. 세상에 우연히 일어나는 일은 그리 많지 않은 법이네. 아나테에게 이 방향으로 가자고 한 건 자그레브 아니던가.”

토르가 손을 들었다.

“그만. 아무 증거도 없이 자그레브를 의심하고 싶지는 않아. 난 그를 아직 친구로 생각해."

디오스가 고함을 질렀다.

"하지만 토르!"

"물론… 곤과 아나테의 죽음에 자그레브가 관련되어 있다면 더 이상은 친구라 할 수 없겠지."

토르의 냉엄한 단정에 디오스는 더 묻지 않았다. 푸르게 반짝이는 토르의 눈을 보면 더 토를 달 필요도 없었다.

토르는 디오스와 커트, 라나를 바라보며 말을 이었다.

"우선 당면한 일에 집중하자. 지금은 죽음의 세계로 가는 게 더 급해."

모두 고개를 끄덕여 긍정하자 토르는 헬나이트를 쥔 채 코크라를 불렀다.

"나와, 코크라."

그 순간 디오스의 옆에 커다란 검은 그림자가 드리워졌다. 깜짝 놀란 디오스가 래피어를 들려고 할 때 나직한 웃음소리가 들렸다.

"큭큭. 디오스, 쫄지 마. 나다."

디오스는 눈을 치떴다.

분명 코크라의 목소리였다. 그러나 눈앞에 보이는 자는 바닥까지 끌리는 검은 망토를 두르고 망토에 달린 모자를 푸욱 눌러쓰고 있어 얼굴을 알아볼 수 없었다. 더구나 언제나처럼 헬나이트에 연결되어 있던 모습이 아니라 분리된 형체였기에 디오스의 놀라움은 컸다.

"정말… 코크라?"

"내가 아니면 누구겠어? 내 본체를 그대로 보여주면 저 엘프 여자애가 또 난리칠 거 같아서 망토 하나 두른 거뿐이다. 큭큭."

“어떻게……?”

“어떻게 검과 분리되어 있냐고? 큭큭. 완전한 분리는 아니야. 이 정도 거리가 헬나이트와 최대한 떨어진 거니까. 더 멀어지면 다시 빨려 들어가겠지. 토르가 세지면 내 힘도 세져. 저 녀석이 더 강해지면 난 더 자유로워지는 것이지. 크크.”

코크라에게 본능적인 경계심을 느끼는 커트와 라나가 한 걸음씩 물러났으나 코크라는 굳이 그를 탓하지는 않았다. 토르에게 고개를 돌린 코크라는 묘한 감회가 서린 목소리로 말을 걸었다.

“완전한 각성도 아닌데… 정말 징그럽게도 강해지는구나. 어디까지 강해질래?”

“그런 건 내 목표가 아니야.”

“자식이 커지더니 재미도 없어졌네. 너 계속 그런 식으로 재미없게 말할 거냐? 곤의 유언은 잊었어?”

“유언? 곤이 유언을 했어? 아나테는?”

디오스가 급히 물었으나 코크라는 고개를 흔들었다.

“아나테는 유언을 남길 여력도 없이 갔지. 타격을 워낙 크게 받았거든. 치사한 나트판 같으니. 꼭 노린 것 같아.”

“무슨 소리야?”

“토르… 너 아직도 정말 자그레브라는 놈 믿는 거냐? 그놈 정말 수상한 놈이야. 나도 그놈 마음은 읽을 수 없다구. 나트판이라는 놈이 곤과 아나테만 공격한 게 너무 이상하지 않냐?”

토르가 묵묵히 바라만 보자 코크라는 혀를 찼다.

“쯧쯧… 믿는 것도 좋지만 똑바로 현실을 직시하기도 해야지. 너도 속으로는 이상하다고 생각하잖아.”

디오스가 버럭 고함을 질렀다.

"도대체 무슨 소리야?"

코크라는 디오스를 바라보며 대답했다.

"실버 드래곤들이 습격했을 때 나트판이라는 놈은 처음엔 없었어. 숨어 있는 게 아니라 아예 없었다구. 그렇지 않았다면 토르가 그렇게 방심하지는 않았을 거야. 그러다 실버 드래곤의 수장인 그놈이 갑자기 아나테 머리 위에 나타난 거지. 그놈은 꼭 아나테와 곤을 따로 노렸던 것처럼 나타났다구. 곤이 어떤 인간이냐? 아무리 에이션트 드래곤이라도 그리 쉽게 당할 인간이 아냐. 기습을 당했기 때문에 그렇게 속절없이 당한 거야. 나트판이 도대체 어떻게 곤과 아나테를 알고 있었을까? 왜 그들만 노린 걸까? 아무리 헬파이어라도 나트판 정도 되면 싸울 수 있어. 그런데도 곤과 아나테를 해치우자마자 도망가더군. 왜일까? 누군가 청부를 하고 거래를 한 게 아닐까? 곤과 아나테가 사라지면 누가 이득을 보지? 토르가 각성을 하면 누가 이득을 보지? 아무리 생각해도 난 한 놈밖에 안 떠오르거든?"

"그만 해, 코크라."

토르의 말에 코크라는 크게 소리쳤다.

"뭘 그만 해! 너도 자그레브를 의심하잖아!"

"지금은 따로 할 일이 있어. 그 문제는 이걸 해결하고 생각해 보자."

"쯧쯧. 대륙이 좁다고 날뛰던 놈이 그깟 인간의 정에 얽매이는 거냐?"

토르가 아무 말이 없자 코크라는 미족답지 않게 갑자기 한숨을 내쉬었다.

"그래, 관두자. 니 속도 지금 말이 아닌 거 아니까. 그래도 곤 유언은 잊지 마. 그런 썩은 표정 좀 하지 말라구!"

디오스가 물어보았다.

"곤이 뭐라고 그랬는데?"

"토르에게 유언을 남겼지. 항상 웃으라고. 웃음을 잃지 말라고."

디오스의 얼굴이 일그러졌다. 코크라의 목소리가 계속 이어졌으나 디오스는 아무 말도 할 수 없었다.

"인간치곤 정말 괜찮았지. 갈 때도 마족처럼 멋지게 갔으니까. 죽을 때 그렇게 멋지게 죽는 건 아무나 할 수 있는 게 아냐."

'곤…….'

디오스가 고개를 떨어뜨렸다. 커트가 다가와 그의 어깨를 툭툭 두드려 주었다.

토르는 코크라를 향해 작지만 분명히 웃어주었다.

"절대 잊지 않아. 그러니까 너도 너무 걱정하지 마."

코크라가 망토를 입은 채로 부르르 온몸을 떨었다.

"걱정은 무슨! 내가 니 적인 걸 잊었어? 대마족 코크라님이 널 왜 걱정해!"

"알았어, 임마."

"뭐?"

"이걸 바란 게 아냐?"

"아니……."

토르는 픽 웃더니 몸을 돌렸다.

"우선, 스켈레톤을 복구해야 하니 도와줘. 가자."

"어어? 야아!"

헬나이트에서 완전히 분리되지는 못했다는 게 사실인 듯 토르가 걸음을 옮기자 코크라는 끌려가듯 걸음을 옮겼다.

디오스와 커트, 라나도 뒤를 따랐다.

라나는 묘한 눈으로 토르의 등을 응시하고 있었다.

3

잿더미 속에서 찾아낸 아이크의 뼛조각들은 메테오의 파괴력에도 상당히 많이 남아 있었다.

아이크의 머리뼈를 쓰다듬던 토르는 그리운 표정으로 슬쩍 미소를 지었다. 아이크의 뼈야말로 아나테가 남긴 모든 것이라 할 수 있었기에 토르에겐 그냥 평범한 뼈가 아니었던 것이다.

"미약하지만 아직 의식이 남아 있군."

코크라가 말을 걸자 토르는 힘차게 고개를 끄덕였다. 감상에 젖어들 때가 아니었다.

"그래. 복구할 수 있을까?"

"여긴 재료도 많은 편이니 전 상태로 복구하는 건 그리 어렵지 않지."

"그럼 그것부터 하자구."

"알았어."

돌연 코크라의 몸이 사라졌다. 헬나이트 속으로 들어간 코크라가 말했다.

「이제 아나테에게 배운 네크로맨서 마법을 써봐. 헬나이트를 잡고 있으면 죽음의 마나를 다룰 수 있을 거다.」

토르는 뒤를 돌아보며 말했다.

"혹시 모르니 실드 칠 준비해 둬. 너희 몸만 보호하면 되니까 그 정도로만."

디오스가 걱정스러운 얼굴로 물었다.

"괜찮겠어, 토르?"

"걱정 마. 처음 써보는 마법이지만 머릿속에서는 꾸준히 연습해 온 거니까."

디오스와 커트, 라나가 어느 정도 거리를 두자 토르는 헬나이트를 번쩍 치켜든 채 눈을 빛냈다. 푸른 눈동자가 붉게 변하고 붉은 머리카락도 점점 허공으로 치솟기 시작했다.

으스스한 음성이 울렸다. 토르의 음성이었지만 묘하게 실린 음침한 기운이 듣는 이의 모골을 송연하게 했다.

토르의 손짓을 따라 아이크의 머리뼈가 허공으로 떠올랐다.

"아이크, 눈을 떠라."

까맣게 비어 있던 안공 안에서 번쩍 푸른빛이 숏구쳤다.

"네 뼈를 모아."

잿더미 속에서 숏구쳐 오르는 뼛조각들이 아이크의 주위에 모여들었다.

딱!

토르가 손가락을 튕기자 아이크의 뼛조각들이 엄청난 속도로 허공에서 결합하기 시작했다.

커트가 탄복한 목소리로 중얼거렸다.

"대단하군. 저게 각성하신 후의 힘이신가……. 뜻만으로 마법을 행하실 수 있다니……."

"토르는 에이션트 드래곤인 라토시였으니까."

디오스가 자랑스러운 얼굴로 커트를 바라보았다.

라나는 묘한 얼굴로 토르가 마법을 쓰는 것을 바라보고만 있었다.

궁금했다.

각성한 후에 캐스팅없이 마법을 쓸 수 있게 된 것인지, 각성 전에도 캐스팅은 필요없었던 것인지.

하지만 왠지 토르에게 말을 걸기가 어려운 라나였다.

토르의 과거에 대해 커트에게 묻고 싶었으나 그조차 왠지 꺼려졌다.

갑자기 훤칠한 청년으로 변해 버린 토르는 왠지 범접하지 못할 위엄을 풍겼다. 인간답지 않은 그 아름다움은 엘프조차 초라하게 만드는 무언가가 있었다.

그때 토르의 일갈이 울리며 라나의 상념은 끊어졌다.

"아이크! 네게 필요한 육체의 모든 것을 주겠다! 눈을 뜨고 원하거라! 실버 드래곤의 피와 몸으로 네 몸을 만들어라!"

카우우우우─!

아이크의 입이 벌어지고 엄청난 괴성이 울렸다.

잿더미 속에서 실버 드래곤들의 잔해가 솟구쳐 올라 아이크의 몸으로 모여들었다.

토르는 실버 드래곤들의 사체로 아이크의 몸을 복구하고 있었던 것이다.

디오스의 입이 벌어졌다.

"저, 저……."

아나테가 네크로맨서 마법으로 좀비나 스켈레톤을 만드는 것을 숱하게 보았던 디오스였지만 이런 장관은 처음이었다.

아이크의 주위를 빙빙 돌던 실버 드래곤들의 조각난 사체가 아이크의 몸에 하나하나 박혀 들어가고 있었던 것이다. 점점 완벽한 형체를 만들어가는 스켈레톤의 위용에 커트와 라나도 질린 표정이었다.

마침내 날개를 활짝 펴고 거대한 몸을 바로 세운 아이크가 엄청난 포효를 터뜨렸다.

쿠어어어어어—!

반들거리는 검은 뼈가 강철과도 같았다. 파랗게 빛나는 눈빛은 그저 빛나는 것이 아니라 눈동자를 갖추고 있어 의식이 서려 있는 것이 분명했다. 뼈로만 이루어진 스켈레톤이었지만 그것은 이미 단순한 스켈레톤이 아니었다. 살아 움직이는 생명체의 기백마저 전해져 왔다.

토르는 빙긋 웃으며 손가락을 튕겼다.

딱!

아이크는 포효를 멈추고 토르를 향해 고개를 숙였다.

아이크의 머리를 쓰다듬는 토르의 손은 연인을 보듬는 애무처럼 부드럽고 은근했다.

"아이크, 환영한다. 다시 태어난 것을."

쿠쿠.

강아지처럼 나직하게 으르릉거리며 어리광을 부리는 모습은 덩치에 맞지 않게 귀엽기까지 했다.

토르는 만족한 웃음을 띠고는 코크라를 불렀다.

"코크라, 이게 완성형인가? 더 필요한 게 있어?"

코크라의 검은 몸이 토르 옆에 모습을 드러냈다.

"완성형은 아니지."

"그럼 드래곤들을 죽여서 아이크의 몸을 더 불려줘야 하는 거야?"

코크라는 토르의 물음에 답하지는 않고 좌우로 고개를 갸웃거렸다.

"이상하군……."

"뭐가?"

"너, 아무렇지도 않냐?"

"뭘 말하는 거야? 곤하고 아나테가 죽은 거? 살려낼 거라고 그랬잖아. 필요하면 죽음의 세계를 다 뒤집어엎어서라도 살려낼 거야."

"그걸 말하는 게 아냐."

"그럼?"

코크라는 토르의 얼굴을 요리조리 뜯어보다가 다시 고개를 갸웃거렸다.

"정말 이상하네……."

"임마! 말을 해! 뭐가 이상해?"

토르가 버럭 고함을 지르는데 그들의 곁에 디오스와 커트, 라나가 다가왔다.

라나가 눈을 빛내며 코크라에게 물었다.

"토르가 이상하다는 거… 죠?"

말끝을 흐리는 라나를 보며 코크라는 키득거렸다.

"왜 갑자기 공손히 말하는 거냐?"

라나는 조금 머뭇거리다 갑자기 방긋 웃어 보였다.

"함께 다닐 텐데 언제까지 경계할 수는 없잖아요. 가만 보니 그리 나쁜 마족 같지도 않고……."

"세상에 좋은 마족도 있더냐?"

“당신은 그래 보여요.”

코크라는 무엇이 유쾌한지 갑자기 고개를 젖히며 웃음을 터뜨렸다.

토르는 코크라의 웃음을 들어주다가 팔짱을 끼고 투덜거렸다.

“얘기하다 말고 왜 웃고 그래? 뭐가 이상한 건지 그것부터 말해라.”

코크라의 웃음이 잦아들었다.

“크크. 그건 저 영악한 여자애한테 물어보지 그래?”

토르는 라나를 바라보았다.

“코크라가 이상하다는 게 뭔지 아는 거야?”

“음… 네.”

“나한테도 존대를 쓰냐? 계속 말 놓았잖아?”

라나는 토르의 눈을 정면으로 보지 않고 딴청을 부리다 작은 목소리로 대답했다.

“나도… 내 맘이에요.”

“훗. 여자는 이해 못할 거라더니, 참내. 그래, 그건 네 맘대로 해. 뭐가 이상한지 그거나 말해봐.”

라나는 조심스럽게 토르를 바라보았다.

“정말… 아무렇지도 않은 거예요?”

“코크라랑 똑같은 말을 하는군. 도대체 무슨 소리를 하는 거야?”

라나는 토르의 눈을 똑바로 바라보며 또박또박 말했다.

“당신은 드래곤이에요. 드래곤들은 다른 종족에게는 포악할지 몰라도 같은 드래곤들에게는 정말 끔찍한 애정을 쏟는 종족이죠. 드래곤의 유아인 헤츨링을 공격한 타 종족은 몰살에 가까운 타격을 입기 마련이에요. 그런데도… 당신은 기억을 찾은 지금에도 드래곤들을 아무 스스럼 없이 죽이자고 말하고 있어요. 이게 이상하지 않다면 무엇이 이상하겠어요?"

토르는 라나의 말을 듣고는 코크라에게 시선을 던졌다. 코크라가 고개를 끄덕였다.

"나도 그게 이상해. 네가 라토시였던 것도 알고, 라토시가 안하무인으로 설치던 레드 드래곤인 것도 알지만, 넌 드래곤에게 너무 감정이 없어. 죽이는 건 물론이고, 전전대 드래곤 로드였던 아이크의 뼈를 스켈레톤으로 만드는 것도 아무 거부감이 없더군. 정말 이상하잖아."

"난 인간이야."

"하지만 드래곤이기도 하잖아."

토르는 고개를 흔들었다.

"이젠 폴리모프로 형체를 바꿀 수도 있어. 원한다면 드래곤의 몸도 보여줄 수 있지. 하지만 코크라, 내 본체는 지금 이 모습이야. 드래곤이 아니라 인간이라구."

"네 과거는……."

토르는 손을 들어 코크라의 말을 막았다.

"드래곤에게 감정이 없다는 네 말은 맞아. 과거가 기억이 난다고 하긴 했지만 그게 그립다거나 정겹다고 한 적은 없잖아. 그냥 그림처럼 내 과거가 기억이 날 뿐이야. 게다가 제일 중요한 근래의 일은 기억도 나지 않아. 불완전한 기억인 셈이지. 그런 내게 드래곤으로서의 감정이 없는 건 당연하지 않을까? 난 인간이야."

코크라의 눈이 모자 속에서 빛났다.

"의문도 없는 거냐? 망설임도?"

토르의 얼굴이 살짝 일그러졌다.

"아무 의문도 없을 리는 없잖아. 나도 이상하다고 생각하고 있어. 과거가 떠오르기는 하는데 내 것 같지가 않아. 꼭 남의 기억을 훔쳐보는 것처럼. 그런 과거에 애착이 가지 않는 건 당연하지 않겠어? 그리고 지금 내겐 곤과 아나테를 살리는 게 제일 중요해. 너도 당분간 그것만 생각해 주면 좋겠다. 날 혼란시키지 마."

"네 기억 같지 않다고……?"

코크라의 눈이 다시 빛났으나 토르는 단호한 표정으로 고개를 저었다.

"더 말하지 마."

"…알았다."

토르는 라나에게 고개를 돌렸다. 이제는 키 차이가 많이 나 라나를 내려다보면서.

"너도."

"…예."

"좋아."

단숨에 대화를 평정한 토르는 웃음을 띤 채 코크라에게 말을 걸었다.

"완성형은 아니랬지? 그럼 뭐가 필요한 거야?"

"완성형은 아니지만 죽음의 세계에 가는 데 더 필요한 건 없어."

"그건 또 무슨 말이야? 말 좀 쉽게 안 할래?"

코크라는 몸을 흔들며 크크 웃고는 득의만면한 목소리로 대답했다.

"아나테가 연구한 방법은 실행해 보지 않은 인간의 마법이지. 가능성만 따져 연구한 방법이니까. 하지만 그 방법은 옳아. 인간이 산몸으로 죽음의 세계를 가려면 드래곤으로 스켈레톤을 만들어 죽음의 세계를 둘러싼 차원의 벽을 뚫어야 하지. 하지만 어느 곳으로 어떻게 가야 하는지를 아나테는 몰랐어. 그래서 스켈레톤에게 완벽한 의식을 심어 주려 한 거지. 죽음의 세계에 다녀온 드래곤이라면 다시 돌아갈 수도 있을 테니까. 이젠 그럴 필요가 없어. 너는 아이크의 의식을 네 힘으로 깨울 수 있으니까 말이야. 지금의 너는 할 수 있지. 아이크의 의식을 깨워 죽음의 세계로 안내하라고 명령만 하면 되는 거야. 그럼 모두 아이크를 타고 죽음의 세계로 갈 수 있게 되는 것이지."

"그럼……."

"모든 준비는 끝났다 할 수 있지."

토르는 디오스와 커트, 라나를 차례차례 바라보았다.

"남아 있을 자는 남아 있어도 좋아."

"이제 와서 무슨 소리야? 함께 간다고 했잖아!"

"함께 가야지요."

"나도 갈 거예요."

"자자, 모두 진정들 하라구. 스켈레톤은 갈 준비가 끝났지만 너희도 준비가 끝난 것은 아니니까. 먹을 것, 마실 것을 챙겨야 할 거야. 죽음의 세계에서 난 것을 먹으면 이곳으로는 다시 못 돌아올 테니. 화살도 다시 준비하고."

코크라의 말에 모두 고개를 끄덕였다.

토르가 눈을 빛냈다.

"그럼, 내일 아침 출발한다."

모두 눈을 빛내며 힘차게 고개를 끄덕였다.

his chapter begins with the spell lists of the spellcasting
classes and the list of cleric domains and the spells associ-
ated with each domain. An M or F appearing at the end of
me in the spell lists denotes a spell with a material or
what is not normally included

ing a particular spell. A creature with no classes
level equal to its Hit Dice unless otherwise spe
word "level" in the spell lists that follow alwa
caster level.

Spell Effects and Conditions: If a spell cat
ject or subjects to be affected by one or more
incorporeal, invisible, or stun

라 나는 코크라와 의외로 쉽게 친해졌다. 한 번 드잡이를 한 때 문인지 코크라가 라나의 말을 잘 받아주었기 때문이다.

한쪽에서 좌정한 채 운기조식을 취하고 있는 토르를 보며 라나가 코크라에게 살짝 물었다.

"어떻게 생각하세요?"

"일리있다."

"그렇죠?"

디오스가 둘의 대화를 듣다 끼어들었다.

"그럼 토르가 뭐였다고 생각하는데?"

물품을 구하러 간 커트가 아직 오지 않아 죽음의 세계에 대해 코크라에게 듣고 있던 참이다. 토르는 직접 부딪치면 그만이라 하면서 중간에 운기조식을 취해 버린 것이고. 라나가 말한 '토르는 드래곤이 아

니었을지도 모른다' 는 말에 코크라가 일리가 있다고 막 수긍한 참이었
다.

코크라는 뚫어지게 디오스를 바라보더니 으쓱 어깨를 치켜들었다.

"그거야 모르지 뭐."

"무슨 대답이 그래?"

디오스가 투덜거리자 코크라는 토르를 힐끗 보고는 목소리를 더욱
낮추었다.

"일리만 있다고 했지, 토르가 드래곤이 아니었던 게 확실하다고는
말 안 했잖아. 자기 과거가 아닌 것 같다는 말만 갖고 단정하기엔 너무
일러."

"그렇죠."

라나가 맞는 말이라는 듯 고개를 끄덕였다.

디오스는 끌끌 혀를 차더니 몸을 일으켰다.

"토르가 그에 대해서는 아무 말 말랬잖아. 그러니까 쓸데없는 말들
은 그만 해. 나는 검술이나 연습해야겠다."

라나는 멀어지는 디오스의 뒷모습을 보며 삐죽 입을 내밀었다.

"왜 갑자기 무게 잡고 그러는 거야?"

코크라는 픽 웃더니 라나의 어깨를 두드렸다.

"인간 사내들은 원래 저러는 거야."

"쓸데없이 무게 잡는다고요?"

"아니. 자기 아픔을 혼자 삭이는 걸 말하는 거야. 아마 검 휘두르며
한바탕 울기라도 할 거다."

라나의 눈이 커졌다.

"그게 무슨 말이에요?"

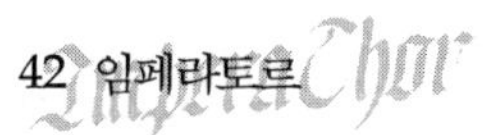

“토르가 죽음의 세계에 쳐들어간다고는 했지만 곤과 아나테를 살릴 수 있을지 없을지 어찌 알겠냐? 못 살리면? 어쨌든 곤과 아나테는 죽은 거잖니. 디오스는 좀 가벼운 놈이긴 하지만 아나테에 대한 마음만은 진심이었어. 상심이 클 게다.”

라나는 묵묵히 고개를 끄덕이다 코크라를 보며 눈을 빛냈다.

“인간에 대해 상당히 동정적이시네요?”

“내가?”

“예. 진짜 말로만 듣던 악독한 마족 같지 않아요.”

“흐흐. 이놈들한테만 그런 거야. 다른 놈들이야 나랑 아무 상관 없지. 인간이든, 드래곤이든, 마족이든, 엘프든 말야. 죽든 살든 나랑 뭔 관계냐.”

“이분들은 당신께 어떤 의미인데요?”

“친구지.”

“친구요?”

“그래. 이놈들이 죽으면 아마 다시는 못 가지겠지. 날 스스럼없이 친구로 대접한 놈들은 이놈들밖에 없었으니까. 크크.”

“당신은 좀 이상한 마족이에요.”

“흐흐. 그건 너도 마찬가지다.”

“제가요?”

“그래. 호기심이란 건 감정을 동반하기 마련이야. 그런데 네게선 호기심밖에 안 느껴지는구나. 엘프로서는 참 드문 일이지. 네 호기심은 마족에 더 가까워.”

라나가 미간을 모았다.

“그거 지금 저 욕하는 거죠?”

"내가 마족이란 걸 생각하렴. 내가 마족 같다고 하는 건 엄청난 찬사야."

"그냥 찬사로 알아들을게요."

"크크. 아니면 어쩔래?"

라나가 다시 눈썹을 곤두세우자 코크라는 크크 웃더니 스르르 몸이 흩어지기 시작했다.

"난 일정이나 다시 점검해 볼 테니 너도 달빛 감상이나 하려무나."

코크라가 사라지자 사위엔 적막이 감돌았다.

디오스가 어디선가 래피어를 휘두르는 소리만 간간이 들릴 뿐, 좌정을 취한 토르와 라나만이 모닥불 빛 속에 앉아 있었다.

타닥, 타닥.

타오르는 모닥불을 응시하던 라나는 토르를 살짝 곁눈으로 훔쳐보았다.

대리석을 깎아 만든다면 저런 모습일까? 인간도 엘프도 범접하지 못할 만큼 이상한 아름다움이 토르를 감싸고 돌았다. 달빛을 휘광처럼 두른 토르에게선 세상의 것이 아닌 듯한 아름다움이 느껴졌다.

'드래곤이 폴리모프하면 저런 모습일까?

라나는 잠시 홀린 듯 토르의 옆모습을 바라보다 발그레 달아오르는 볼을 느끼고는 화들짝 놀라 시선을 돌렸다.

'왜 이래? 고작 얼굴이 갑자기 잘생겨졌다고 이러는 거야? 라나! 너 정말 이 정도밖에 안 되는 엘프였니?

저도 모르게 다시금 돌아가는 눈길.

마침내 라나는 멍하니 토르의 얼굴만 바라보았다.

'어쨌든 고상하게 아름다운 건 사실이잖아. 인정할 건 인정하자. 난

그냥 아름다움에 취한 것뿐이야. 갑자기 토르가 좋아졌다고나 하는 유치한 감정이 아니라구.'

홀린 듯 토르를 바라보느라 라나는 자신의 뒤에 그림자가 드리워지는 것도 미처 알지 못하고 말았다.

"라나."

"꺅!"

깜짝 놀라 고개를 돌리니 커트가 잔잔한 눈으로 바라보고 있었다.

"뭘 그렇게 놀라니?"

"기척도 없이 다가오시면 다 놀라죠!"

"그럴 리가 있니? 여기 디오스도 함께 왔잖아."

커트의 옆에 선 디오스도 라나를 보며 눈을 껌벅거리고 있었다.

"몰라욧!"

라나가 후다닥 일어서 걸음을 옮기자 커트가 물었다.

"어디 가?"

"몰라욧!"

디오스가 커트의 옆구리를 쿡 찔렀다.

"생리 현상이라도 처리하려나 보지."

"아……!"

디오스와 커트의 대화를 들으며 라나는 붉어진 얼굴을 와락 일그러뜨리고 있었다.

'바보들!'

라나는 엘프나 인간이나 남자들은 다 바보라 생각했다.

토르는 이제 운기조식을 취하고 있어도 주변의 모든 것들을 향해 감각을 열어둘 수가 있었다.

그랬기에 라나와 코크라의 대화도 당연히 들었다. 커트가 돌아와 디오스와 함께 두런거리는 소리도 들렸지만 토르는 눈을 뜨지 않았다.

각성.

코크라나 라나가 궁금해하는 것처럼 토르도 궁금했다. 자신의 각성은 진짜 각성일까?

레드 드래곤일 때의 기억이 하나하나 떠오르지만 마치 남의 기억 같기만 했다. 대륙에 단 하나 남았다는 레드 드래곤인데도 고독의 기억도, 슬픔의 기억도 없었다.

'드래곤일 때는 감정이란 게 아예 없었다는 말일까……?'

그럴지도 모르고, 아닐지도 모른다.

라나나 코크라의 말처럼 드래곤이 아니라 다른 무엇이었는지도 모른다.

토르는 티폰의 벨키 성 지하에서 보았던 라토시가 떠올랐다. 불의 정령 샐레아나도.

'곤과 아나테를 구하면 샐레아나를 만나봐야겠구나.'

모든 것을 기억하게 된 후 찾아오라 했었지만 왠지 샐레아나를 만나야 자신의 정체에 대한 의혹이 풀릴 것만 같았다.

'하지만 지금은 해야 할 일이 있지…….'

전에 무엇이었든 그런 건 지금 관계없었다.

토르는 어금니를 꽈악 물었다.

'난 인간이다. 지금 난 곤과 아나테를 구하고 싶을 뿐이야. 내 힘이 강해진 것도, 내 몸이 자란 것도 모두 그것을 위해 준비되었다고 느껴질 정도니까.'

걱정할까 봐 디오스에게는 말하지 않았지만 토르는 내심 불안해하고 있었다.

아나테의 팔찌를 차고 있으면 아나테와 언제라도 소통이 가능했는데 그것이 되지 않았다.

아나테에게 배운 영혼 소환도 시도해 보았지만 곤의 영혼도, 아나테의 영혼도 응답하지 않았다.

'영혼마저 죽었단… 아니! 그럴 리 없어!'

토르는 내심 강하게 소리치며 자신의 생각을 부정했다.

그런 일은 있어서는 아니 되었다.

설사 그들의 영혼마저 소멸했다고 할지라도 무슨 수를 써서든 살려 낼 것이라 토르는 다시 한 번 다짐했다.

빠드득…….

토르는 저도 모르게 이를 갈았다. 곤과 아나테의 죽음을 떠올리니 하얗게 웃던 실버 드래곤 나트판이 떠올랐던 것이다. 놈은 감히 곤과 아나테를 토르의 눈앞에서 죽였다. 그때의 충격과 절망은 정말… 다시는 맛보고 싶지 않았다.

같은 드래곤이고 뭐고 절대 용서하지 않을 것이다. 그에 관계된 놈들은 단 한 놈도 용서하지 않을 것이다.

'자그레브…….'

심장을 칼로 도려내는 것 같은 고통이 느껴진다.

차마 믿고 싶지 않다.

친구라 생각하는 자그레브가 곤과 아나테를 죽이는 음모에 관계되었다고는 절대 믿고 싶지 않았다.

'너라도 용서하지는 않아……. 관계없길 빌 뿐이다…….'

만일 곤이 마지막 남긴 말이 아니었다면 지금쯤 토르는 미쳐 날뛰고 있을지도 몰랐다.

하지만 곤이 말했다.

항상 웃으라고. 웃음을 잃지 말라고.

'곤……. 다시는 친구를 잃지 않겠어. 그리고 웃을게. 아무리 슬프고 고통스러워도 웃을 수 있는 그런 사람이 될게. 조금만 기다려 줘. 꼭 네 앞에 다시 서서 웃어줄게. 꼬옥!'

토르는 먼동이 터올 때까지 가부좌를 튼 채 꼬박 밤을 지새웠다.

2

날이 밝았다.

간단한 장례라도 치르고 떠나자는 디오스의 말에 토르는 단호하게 고개를 저었다.

"그건 곤과 아나테가 죽었다고 인정하는 꼴이잖아. 싫어."

"토르……."

"반드시 데려올 거야. 장례 같은 건 생각하지도 마."

디오스는 이글이글 불타는 토르의 눈을 보다 힘껏 고개를 끄덕였다.

"그래. 반드시 데려오자."

모습을 드러내고 있던 코크라가 커트를 보며 물었다.

"내가 말한 건 준비했겠지?"

"그렇소."

“좋아. 토르, 시작해라.”

토르는 한 걸음 앞으로 나서며 아이크를 향해 소리쳤다.

“나를 보라, 아이크!”

구우우…….

아이크의 푸른 눈이 토르를 향했다.

토르의 눈동자가 붉게 달아오르기 시작했다. 음울한 음성이 허공을 뒤흔들기 시작했다.

“네가 건너온 그 길을 기억하라. 유황의 불길을 뚫고 지축의 흔들림을 넘어 네가 건너온 차원의 문을 기억하라. 나는 너와 함께 죽음의 세계로 갈 것이다. 기억해 내라, 아이크!”

라나는 귀를 틀어막았다.

코크라가 미리 가르쳐 주어 대비를 하고는 있었지만 토르의 목소리는 정말 듣기 힘들었다. 가슴 깊은 곳에서 공포의 기운이 스멀스멀 올라와 몸부림치고 있었다.

아이크의 푸르던 눈빛이 점점 노랗게 변하기 시작했다. 눈동자에 마치 불길이라도 일렁이는 것처럼 점점 뚜렷한 형체를 갖기 시작했다.

토르의 일갈이 터졌다.

“기억했느냐!”

쿠오오오오—!

아이크가 포효를 터뜨리자 토르는 땅을 박차며 뛰어올랐다. 코크라가 그림자처럼 토르의 뒤를 따랐다. 디오스와 커트, 라나도 토르를 따라 아이크의 등에 올라탔다.

아이크의 머리에 내려선 토르는 장쾌하게 붉은 머리칼을 펄럭이며 소리쳤다.

"가자, 아이크!"

엄청난 잿더미가 아이크의 날갯짓에 휘말려 검은 안개처럼 퍼져 올랐다. 검게 빛나는 아이크의 동체는 안개를 뚫고 창공으로 솟구쳤다. 아이크의 날개가 세차게 펄럭였다. 아이크는 곧장 수직으로 치솟기 시작했다.

파라락.

옷깃이 날리는 소리가 요란했다.

세차게 몰아치는 바람을 꿋꿋이 맞으며 토르는 디오스와 커트, 라나를 향해 소리쳤다.

"모두 준비한 끈으로 몸을 묶고 아이크의 뼈에 몸을 고정시켜!"

코크라를 향해 고개를 돌린 토르는 눈을 반짝였다.

"코크라, 죽음의 세계로 가는 특정한 문이 있는 건 아니라고 했지?"

"그래. 차원이 다를 뿐이니까. 아이크가 알아서 가줄 거야. 너희들의 산몸을 태우고 차원의 벽을 통과할 수 있는 건 이놈뿐이니까."

"걱정되지는 않아?"

"뭐가?"

토르는 하얀 이를 드러내며 빙긋 웃었다.

"그곳엔 마족들이 있잖아."

"잉? 어떻게……? 아! 너 웬만한 건 기억해 냈다 그랬지? 쩝! 그래, 맞아. 하급인 놈들뿐이지만 꽤 많은 마족들이 그곳을 관리하고 있지. 죽음의 세계를 관장하시는 사트바는 우리 마족들의 신이시니까."

"그래서 몸을 가린 거냐? 동료에게 들키면 쪽팔려서?"

"흐… 눈치 빠른 놈 같으니. 맞아. 내가 검 쪼가리 따위에 봉인된 걸 보면 다들 비웃을 거다."

"그럼 되도록 모습을 드러내지 마."

"몇 번은 모습을 드러낼 수밖에 없어. 쓸데없는 충돌을 피하려면 할 수 없지."

"다 때려 부수면 돼. 막는 놈은 신이든 뭐든 가만두지 않을 거야."

"흐… 토르, 네가 드래곤일 때만큼 강해졌다는 건 나도 알지만… 아니, 그때보다 더 강해졌을지도 모르지. 그래도 죽음의 세계는 만만한 곳이 아니야. 사트바 신께 불경하면 너도 위험할 수 있어."

"그래도 네가 쓸데없이 체면을 구기는 건 싫거든? 되도록 나서지 마."

코크라가 호탕한 대소를 터뜨렸다.

"크하핫! 걱정 마라. 꼭 필요할 때만 나설 테니까."

"지금부터 헬나이트에 들어가 있어."

"알았다."

클클대는 정감 어린 웃음소리를 남기고 코크라의 몸은 연기처럼 사라졌다.

토르는 뒤를 돌아보았다.

디오스와 커트, 라나 모두 몸을 고정시킨 채 토르만 보고 있었다.

토르는 호기로운 웃음을 터뜨렸다.

"하핫! 기대해! 산 자가 가는 건 정말 오랜만이라니까 죽은 자들을 잔뜩 놀라게 해주자구!"

까마득히 치솟기만 하던 아이크의 몸이 허공에서 우아하게 방향을 틀었다.

아이크의 몸은 이제 지면을 향해 수직으로 내리 꽂히고 있었다.

토르가 소리쳤다.

"차원의 문을 통과할 거야! 모두 정신 차려!"

카오오오오—

아이크의 포효가 쩌렁쩌렁 울렸다.

토르는 눈을 부릅떴다.

이대로 지면에 충돌할 것만 같았다. 시꺼멓게 타버린 지면이 점점 눈앞으로 압박해 올라왔다. 그러나 토르는 아이크를 믿었다. 그리고 자신을 믿었다. 아이크의 포효를 따라 토르도 목청을 돋우어 울부짖었다.

"카오오오오—!"

번쩍!

지면과 막 충돌하려 할 때쯤 눈앞이 새하얗게 빛나며 엄청난 빛 속에 휘감겼다.

살을 녹일 듯 맹렬한 열기가 느껴지자 토르는 고함을 질렀다.

"실드로 몸을 보호해!"

디오스와 커트, 라나 모두 토르의 구령에 따라 준비된 실드를 쳐 몸을 보호했다.

토르는 부글부글 끓어오르는 것만 같은 열탕의 공간을 지나며 눈을 부릅떴다.

헬나이트 속에서 코크라가 소리쳤다.

「곧 엄청나게 공간이 흔들릴 거야! 팅겨 나가지 않게 조심시켜!」

"모두 꽉 잡아!"

우르르르—!

공간이 뒤틀리고 흔들리며 엄청난 소음이 울렸다. 귀를 통과해 곧바로 뇌를 강타해 버리는 굉음을 뚫고 아이크는 빛살처럼 공간을 가르고 있었다.

3

시꺼먼 구름을 뚫고 아이크가 내려앉은 곳은 지면이 쩍쩍 갈라져 뻘건 불길을 내뿜는 화산 지대였다. 어디선가 쿠쿵 하는 굉음이 계속해서 울려 퍼졌다.

'도착했군.'

토르는 아이크의 몸에서 뛰어내려 사방을 훑어보았다. 디오스들도 토르를 따라 내려서서 주위를 바라보며 입을 벌리고 있었다.

디오스가 혀를 찼다.

"죽은 자의 세계는 이렇게 끔찍하다는 거야? 도대체 살 만한 데가 아니잖아? 이거 뭐 이래?"

커트도 놀랍다는 얼굴이었지만 디오스를 향해 빙긋 웃어주었다.

"여긴 죽음의 세계의 주변일 뿐이라네. 극락의 땅이라는 엘리시온도, 아홉 겹의 끝없는 소용돌이라는 지옥도 이곳에 있지. 엘리시온은 이곳과는 다를 것이네."

"엘리시온? 엘리시온은 엘프의 나라 이름이잖아."

"이곳이 진짜지. 이곳의 이름을 딴 것뿐이네."

"그렇구나……."

디오스가 고개를 주억거리는데 토르는 아이크의 머리를 쓰다듬고 있었다.

"수고했다. 아공간에 들어가 쉬고 있어. 나갈 때도 네 도움이 필요하니까 푹 쉬렴."

아이크가 머리를 손에 비비자 토르는 빙긋 웃어주고는 아이크를 아공간에 집어넣었다. 아나테의 아공간을 이제 토르가 사용하고 있었던 것이다.

라나가 토르에게 물었다.

"이제 어디로 가야 하는 거죠?"

"안내는 코크라가 해줄 거야."

헬나이트 안에서 클클 웃는 코크라의 음성이 흘러나왔다.

"모두 자부심을 가져도 좋아. 산 자의 몸으로 죽음의 세계에 들어온 건 어딜 가나 자랑할 만한 일이지. 일단 주변을 찾아봐. 운이 좋으면 곤과 아나테가 아직 아케론 강을 건너지 않았을 수도 있으니까."

"아케론 강?"

디오스가 묻자 코크라가 피식 웃었다.

"꽤 견문이 넓은 척하더니 사후 세계에 대해선 정말 아무것도 모르는구나. 아케론 강은 죽은 영혼이 죽음의 세계에 가기 위해선 필히 건너야 하는 강이다. 아직 자신의 죽음을 인정하지 못한 놈들은 아케론 강 주변을 떠돌고 있지. 먼저 이 주변을 뒤지자구."

"흩어져서 찾아볼까?"

디오스의 제안에 토르는 고개를 저었다.

"아니. 모두 함께 다닌다. 이곳은 우리의 세계가 아니야. 경계를 배로 해도 모자라. 반드시 함께 다녀야 해."

커트가 동의한다는 듯 고개를 끄덕였다.

그때 라나가 물었다.

“코크라, 궁금한 게 있어요.”

헬나이트 안에서 코크라가 되물었다.

“뭔데?”

“이곳은 죽음의 세계잖아요. 이곳에서도 우리 마법이 통할까요? 마나의 성질이 전혀 다른 곳이잖아요.”

“아! 내가 그 얘기를 안 해줬구나. 약간의 제약은 있지만 다 쓸 수 있으니 걱정하지 마. 마나의 성질은 전 차원을 통틀어 동일하니까. 이곳은 죽은 자의 세계긴 하지만 여기 있는 놈들의 입장에선 여기가 살아 있는 세계라고 했잖아.”

“그럼… 우리 세계에선 이곳으로 영혼이 옮겨온 것이지만, 이곳에선 다시 살아 있는 몸을 갖고 있다는 건가?”

디오스의 물음에 코크라는 큭큭 웃었다.

“너희 입장에서 보자면 그렇게도 말할 수 있지. 하지만 살아 있다고 보긴 힘들어. 죽음의 세계는 어디까지나 중간계라고 할 수 있으니까. 다시 태어나기 위해 영혼들이 거치는 곳이기도 하고, 그럴 필요가 없는 영혼들이 영원히 극락의 땅에 있기도 하는 곳이지.”

토르가 헬나이트의 검신을 툭 쳤다.

“쓸데없는 설명은 그만 해. 하나만 말해주면 돼. 여기 놈들 우리가 공격하면 상처를 입는지, 죽는지 말이야. 중요한 건 그거야.”

“큭큭. 멋진 놈 같으니. 네 말이 맞다. 이곳에서 마법이나 칼을 맞아 죽으면 영혼이 소멸하는 거야. 영원히 소멸하는 거지. 니들 힘으로 죽일 수 있어. 니들보다 약한 놈들은 말야. 큭큭.”

토르의 눈이 빛나기 시작했다. 푸른 눈이 완전히 붉게 변해 버렸다.

“그럼 됐어. 일단 아케론 강을 향해 간다. 덤비는 놈들은 베. 우린 타협하려고 온 게 아니야."

디오스들이 고개를 끄덕이며 눈을 빛냈다.

코크라가 낮게 웅얼거렸다.

"무식한 자식. 겁나 무섭게 나오네……."

그러나 코크라는 토르에게 검을 아끼라는 말은 하지 않았다. 죽음의 세계가 산 자에게는 얼마나 무서운 곳인지 너무도 잘 알고 있었던 것이다.

토르 일행은 산몸으로 와서는 안 될 곳에 온 것이었으니.

불길이 간간이 치솟아오르는 쩍쩍 갈라진 화산 지대를 토르 일행이 천천히 가로지르기 시작했다.

4

별빛 하나 보이지 않는 캄캄한 하늘은 그저 뿌연 잔광을 뿌리고만 있었다.

어둑어둑한 공간을 걷는 토르 일행은 잔뜩 긴장한 표정이었다.

사방에서 호곡하는 슬픈 울음소리와 한숨 소리, 비명 소리들이 어우러져 끝없이 신경을 자극했던 것이다.

헬나이트 안에서 코크라가 말했다.

"아케론 강을 건너려 하지 않는 놈들은 아직 자신이 죽었다는 걸 인정하지 못한 놈들이야. 그저 죽음이 억울하고 슬플 뿐이지. 진정한 죽음은 아케론 강을 건너야 맛볼 수 있다는 걸 모른달까?"

라나가 잔뜩 인상을 찌푸리며 물었다.

"계속 저렇게 울부짖으며 돌아다닌다는 거예요?"

"그렇지."

토르가 입을 열었다.

"그럼 곤과 아나테는 여기 없기 쉽겠군."

"왜요?"

라나의 질문에 토르는 앞만 보며 대답했다.

"아나테는 네크로맨서야. 죽음의 세계도 이미 와본 적이 있지. 자신이 죽었다는 걸 모를 리 없잖아. 곤도 생사의 경계에서 자유로워진 지 오래야. 이놈들처럼 구차하게 울고 짤 리가 없지."

"그럼 곧장 아케론 강으로 가는 거야?"

"카론에게 묻는 게 더 빠르겠지."

토르와 코크라의 대화를 듣던 디오스가 물었다.

"카론? 그건 뭐야?"

코크라가 어이가 없는지 콧방귀를 끼었다.

"쿵. 너 진짜 무식하구나. 카론도 몰라? 지옥의 뱃사공 카론을?"

"모르는데……?"

"무식한 놈. 아케론 강을 건너는 유일한 방법은 카론의 배를 타는 것뿐이야. 죽은 놈 입에다 왜 동전을 물린다고 생각하냐? 뱃삯이 없으면 아케론 강을 건네주지 않기 때문이야."

"뭐야? 그럼 곤과 아나테는 어떻게 해? 우린 장례도 안 치렀다고!"

"하… 멍청한 놈. 일부러 안 치른 거지. 동전이 없어서 못 건너갔으면 강나루에서 곧바로 만날 거 아니겠냐. 만일 고집쟁이 카론을 감동시켜 삯 없이 강을 건넜다고 해도 카론이 기억할 거 아니겠어? 머리를 좀 써라. 쯧쯧."

"아하……."

디오스가 고개를 주억거리는데 커트가 날카롭게 소리쳤다.

"토르! 이상합니다!"

토르가 고개를 끄덕였다.

"그래. 덤빌 것 같군."

토르들이 향하는 전면에 어느새 꾸역꾸역 여러 영혼들이 모여들고 있었던 것이다.

인지를 갖추지 못한 동물들은 물론, 인간과 몬스터들까지 뒤섞여 모두들 토르 일행을 향해 행진이라도 하듯 흐느적거리며 걸어오는 중이었다. 그들의 눈에는 끈적끈적한 눈물이 고여 흘러내렸고 입가엔 걸쭉한 침이 계속 흐르고 있었다. 토르 일행을 향해 다가오면서도 계속 구슬프게 흐느끼고 있었다.

디오스가 질린 표정으로 래피어를 빼 들었다.

"뭐야? 이 지저분한 영혼들은? 꼭 언데드들 같잖아?"

코크라의 목소리가 울렸다.

"이놈들은 죽은 모습 그대로거든. 언데드 같은 것도 무리는 아니지. 죽을 때 입은 상처를 그대로 갖고 있으니까. 아마 너희들이 산몸이라는 걸 본능적으로 아는 모양이다. 생명의 약동에 끌리는 거겠지. 언데드와 비슷해."

라나는 눈실을 찌푸리면서도 혀를 찼다.

"너무 불쌍해요. 죽음을 인정하지도 못하고 방황한다니……."

토르가 코크라에게 물었다.

"이놈들 죽이면 완전히 소멸하는 거랬지?"

"그래. 극락인 엘리시온에 가지도 못하고 지옥인 타티루스에도 갈 수 없지. 연옥에서 죄를 씻고 엘리시온으로 갈 수도 없으니 영원히 죽는 것이지 뭐."

"불을 무서워할까?"

"아마도. 지옥의 불은 영혼에게는 치명적인 공포니까. 왜? 안 죽이려고?"

"될 수 있으면 쓸데없는 살생은 피하고 싶어. 그냥 생명력에 끌리는 것뿐이잖아."

"이 자식 각성하더니 어른이 다 됐구만. 흐흐."

"내가 길을 내지. 불을 뚫고 덤비는 놈들이 있으면 적당히 처리해 줘. 죽이진 말고."

라나는 이상하다는 표정으로 토르를 보았다. 아주 잠깐 토르와 함께 있었지만 살생에 대한 거리낌은 전혀 없어 보였는데, 이제 보니 나름대로 확고한 원칙이 있어 보였다.

그때 디오스가 말하는 것이 들렸다.

"그래, 토르. 쓸데없이 죽일 필요는 없지. 더구나 영원히 죽는다는데. 곤이라도 그렇게 했을 거야."

토르의 입가에 씨익 미소가 떠오르는 게 보였다.

'그랬구나……'

라나는 뭔가 토르의 깊은 비밀을 훔쳐본 것 같은 기분이 들었다. 토르에게 곤이 얼마나 깊은 영향을 주었는지도. 라나는 살짝 커트를 응시했다. 그녀에게도 곤과 같은 스승이자 오빠인 존재가 있었으니까. 커트가 바로 라나의 곤이었다.

토르의 맑은 목소리가 퍼졌다.

"자자~ 그만 죽었다는 걸 자각하라구. 너흰 죽었어. 강을 건너야 새로운 삶이 시작되는 거야!"

그와 함께 토르 일행을 둘러싸고 화르르 불길이 치솟아올랐다. 둥글게 토르 일행을 둘러싼 불길은 마치 발이라도 달린 것처럼 토르 일행의 전진을 따라 서서히 움직이기 시작했다.

끼야아아아—

헬파이어를 본 영혼들이 깜짝 놀라 우짖으며 양옆으로 쫘악 물러났다. 불길이 무서워 피하면서도 불길 안에 있는 토르 일행을 향한 집착은 버리지 못했던지 영혼들은 토르 일행을 따라 조금씩 이동하고 있었다. 게다가 점점 더 많은 영혼들이 주위로 몰려들어 토르 일행의 주위엔 호곡하고 괴성을 지르고 비명을 지르는 끔찍한 소음들로 가득 찼다.

토르는 눈살을 찌푸렸다.

"아무리 참아준다고 해도 이건 좀 듣기 힘들군."

토르의 가슴이 크게 부풀었다. 그리고 잠시 후 엄청난 고함이 맑은 기운을 품고 터져 올랐다. 사기와 악기에는 치명적인 위력을 지닌 사자후였다.

"우우우우~"

끼액—! 께에에에—

토르의 사자후에 귀를 막고 바닥을 뒹굴던 영혼들이 벌 떼가 흩어지듯 삽시간에 흩어져 버렸다.

코크라가 신음 소리를 내며 투덜거렸다.

"으으…… 야! 나도 그 소리 싫어하는 거 잊었어?"

"앗! 코크라… 네 생각을 못했네. 담엔 먼저 알려줄게."

"담에 또 한다구? 이런……."

오랜만에 코크라와 낄낄대던 토르의 얼굴이 갑자기 딱딱하게 굳었다. 눈앞에 모습을 드러낸 거대한 푸른 형체 때문에. 음침한 웃음소리가 울렸다.

"흐흐. 그 듣기 싫은 소리를 듣고 설마설마 했더니 맞구나. 으흐흐흐……."

디오스가 래피어를 겨누며 놀라 소리쳤다.

"네놈은?"

라나와 커트도 재빨리 자세를 잡았다. 커트가 디오스에게 물었다.

"디오스, 이 드래곤을 아는가?"

"플루티란 놈이야. 토르에게 죽은 놈이지. 아주 악독한 놈이었어."

토르 일행의 앞에 선 푸른 드래곤은 바로 칼루토 호수에서 나나 자매를 죽인 블루 드래곤, 플루티였던 것이다.

플루티는 토르의 몸이 성인처럼 커졌음에도 단번에 토르를 알아보았는지 짙은 살기를 뿌리며 웃고 있었다.

"크흐흐. 널 찾아 헤맨 지 오래다."

플루티는 토르에게 조각조각 베어져 죽어버린 그 모습 그대로 여기저기 빗살 같은 상처가 남아 있었다. 마치 빨간 거미줄을 온몸에 감고 있는 것처럼 보였다.

토르는 갑자기 크게 웃음을 터뜨렸다.

"크하하하!"

"토르……."

토르의 웃음소리에 실린 진득한 살기에 놀라 라나가 고개를 돌렸다. 토르는 빨간 눈동자를 플루티에게 칵 박아 넣은 채 하늘이 떠나가라

웃고 있었다.

플루티가 살기 넘치는 고함을 질렀다.

"뭐가 우습냐? 드래곤의 배신자 주제에!"

토르는 플루티를 향해 여전히 웃으며 말을 뱉었다.

"고마워서."

"뭐?"

"네놈 덕분에 깨달았다. 여기엔 곤과 아나테만 있는 게 아니라는 걸. 나나도, 사나도, 레나도 여기 있다는 걸 깨달았거든. 그리고… 널 만나서 아주 잘되었어, 아주……."

"이놈이 뭔 소릴 지껄이는 거야? 죽은 년들을 왜 여기서 찾아?"

"병신 같은 놈……. 아직 지가 죽었다는 것도 깨닫지 못했나 보구나. 확실히 깨닫게 해주지. 그리고……."

토르가 갑자기 땅을 박차며 도약했다.

"이번엔 아주 영원히 죽여주마!"

"뭐? 내가 죽어? 뭔 지랄이야?"

플루티는 사나운 고함을 지르며 달려드는 토르를 향해 앞발을 휘둘렀다.

엄청난 크기의 워터 볼이 토르를 향해 쏘아졌지만 이미 물을 두려워하는 토르가 아니지 않은가!

"카우우우우—!"

토르는 헬나이트를 뽑지도 않은 채 그대로 워터 볼 속으로 뛰어들었다.

파샥!

토르가 휘두른 오른팔에 워터 볼이 산산이 부서지며 흩어졌다.

"토르! 검을 써!"

디오스가 깜짝 놀라 소리쳤으나 토르는 그대로 플루티를 향해 돌진했다. 곤과 처음 싸울 때처럼 먹이를 움켜쥐는 매의 발톱을 한 토르의 손이 그대로 플루티의 앞발을 움켜잡았다.

"끼아아아아―!"

끔찍한 비명이 터져 올랐다.

토르가 양손을 휘저을 때마다 쩍쩍 균열이 가 있던 플루티의 신체가 조각조각 부서지며 흩어졌던 것이다. 시뻘건 피가 폭포수처럼 피어올랐다.

"기억해, 병신아! 넌 전에도 내게 이렇게 죽었어!"

토르의 고함이 터지자 플루티의 눈이 고통 속에서도 찢어져라 커졌다.

너무나 쉽게 갈가리 찢어지는 몸을 보며 플루티의 눈이 파르르 떨렸다.

"내, 내가… 주, 죽었다니……!"

"그래! 넌 다시 죽는 거야! 그리고 이번엔 영원히 죽는 거다!"

찌아아악―!

토르는 플루티의 몸뚱이를 갈가리 찢은 채 마지막 남은 머리통을 응시하며 푸하하하 광소를 터뜨렸다.

플루티는 머리만 남은 채 눈을 껌벅거리며 공포에 차 애걸했다.

"사, 살려… 줘……."

"넌 이미 죽었다니까! 다신 못 태어날 줄 알아라!"

토르는 양팔을 번쩍 치켜들었다. 토르의 양손에 화르르 불길이 피어올랐다. 빨갛게 피어오르던 불길은 푸른색으로 변하더니 마침내 하얗게 불타올랐다. 극한의 열기를 뿜어낸 불꽃이었다.

"제에… 발!"

"나도 네놈에게 치욕의 애원을 했었지. 네놈이 뭐라고 한 줄은 기억나느냐?"

"제발… 제발 살려줘! 영혼이 죽으면 다시는 환생을 못한다구……!"

빨개진 토르의 눈이 차갑게 빛났다.

"넌 그때 이렇게 말했지. 그대로 돌려주마!"

"우린 같은 드래곤이잖아……!"

"같은 드래곤? 자빠지네!"

"제발 살려줘……!"

토르의 입가에 차가운 웃음이 걸렸다.

"싫은데?"

토르는 양손에 불타오르는 하얀 불덩이로 플루티의 머리를 터뜨리듯 눌러 버렸다.

푸아아악—!

"끄아아아아—!"

끔찍한 비명이 사그라질 무렵, 사방에 널려 있던 플루티의 잔해들이 하나, 둘 사라지기 시작했다. 토르의 몸에 튀었던 시뻘건 핏방울들도 꿈결처럼 사라져 버렸다.

커트가 나직하게 중얼거렸다.

"이것이… 영혼의 소멸이군……."

토르는 디오스들에게 등을 돌린 채 말없이 우뚝 서 있었다.

토르의 곁에 다가간 디오스가 툭툭 어깨를 두드렸다.

"잘했다……."

"응."

"나나의 영혼도 데려가자. 나나 언니들도 구할 수 있을 거야."

"으응……."

커트와 라나도 다가가려 했으나 디오스가 뒤를 돌아보며 고개를 저었다.

토르의 어깨가 조용히 떨리는 것을 보며 커트와 라나는 묵묵히 앞서 걷는 토르와 디오스의 뒤를 따랐다.

라나는 토르의 기분을 알 것 같기도, 모를 것 같기도 했다.

나나와의 관계는 전혀 모르는 라나였지만 플루티란 드래곤은 토르의 원수로 보였다. 한 번 죽인 상대를 다시 영혼까지 죽이는 것은 잔인하게도 보였지만 통쾌하기도 했다.

그러나 알 수 없었다. 복수를 완전히 끝낸 토르의 어깨가 왜 떨리고 있는지는.

'성인이 짊어지는 삶의 무게라는 건 저런 것인가……?'

아직 성인이 되지 못한 엘프인 라나는 고통스러운 옛 과거를 정면으로 마주친 토르가 괴로운 것이라 생각할 뿐이었다.

나나를 다시 살릴 수 있다는 기쁨이 얼마나 강력하게 토르를 사로잡았는지 라나는 모르고 있었다. 토르가 기쁨의 눈물을 흘렸다는 것을 그녀는 모르고 있었다.

5

묵묵히 걷던 토르 일행의 앞에 끝이 보이지 않는 검푸른 강물이 펼쳐졌다.

아무런 광원이 없이 그저 뿌연 잔광만이 비치는 이곳에서 검푸른 아케론 강은 살아 있는 생물체처럼 꾸물꾸물 흐르고 있었다.

라나는 커트를 향해 물었다.

"저게 아케론 강이에요?"

"그렇겠지."

라나는 주위를 둘러보다 후우 하고 한숨을 쉬었다.

"정말 암울한 풍경이네요. 저 떠도는 호곡 소리하며… 공기마저 슬픈 것 같아요."

커트가 고개를 끄덕였다.

"잘 보았다. 아케론 강을 달리 '비통의 강' 이라고도 한다고 들었다. 직접 보니 왜 그렇게 부르는지 나도 알겠구나."

토르의 목소리가 들렸다. 이제 격앙되었던 마음이 상당히 가라앉은 듯 침착한 목소리였다.

"코크라, 나루가 어디지?"

코크라의 목소리가 들렸다.

"영혼들이 몰려 있는 곳일걸? 소리로 보아 저쪽이 아닌가 싶은데?"

"가보자."

디오스가 걱정스러운 듯 토르의 어깨를 쳤다.

"토르, 괜찮겠어?"

토르는 디오스를 바라보며 싱긋 웃었다.

"응."

디오스는 토르의 얼굴을 바라보다가 툭툭 볼을 두드렸다.

"토르, 곤의 말도 중요하지만 내 말도 들어. 웃고 싶지 않은데 억지로 웃을 필요는 없는 거야. 알았니?"

토르의 웃음이 짙어졌다.

"물론이야."

"어서 가보자. 카론인가 뭔가 하는 게 어떻게 생겼는지 나도 좀 보자구."

"보기 좋지는 않을걸?"

"응? 본 적 있어?"

"듣기는 했지. 고집 센 노인네 모습이라고 하더군."

코크라가 둘의 대화에 끼어들었다.

"그냥 고리타분한 노인네라고 보면 큰코다쳐. 아케론 강에선 카론이 왕이나 마찬가지야. 사트바 신만이 놈을 통제하실 수 있다구."

토르의 맑은 웃음소리가 울렸다.

"하하. 고집 센 사람은 이미 충분히 알고 있어. 너만 해도 똥고집이잖아."

"잉? 내가? 내가 똥고집이면 넌 설사똥고집이다!"

"그게 뭔 말이야?"

"설사가 더 구리잖아!"

"넌 인간의 똥에 대해서도 연구했냐? 지저분한 마족 녀석."

"똥이 뭐가 지저분해! 넌 안 싸냐? 저 예쁜이 엘프들도 똥 싼다구! 야! 라나! 너도 똥 싸지?"

라나가 빽 소리를 질렀다.

"주책 좀 그만 부려요! 대마족이라면 체통을 좀 지키라구욧!"

호탕한 웃음소리들이 강변을 메웠다.

토르 일행은 껄껄 웃으며 서서히 비명 소리가 가득한 나루터를 향해 걸어가기 시작했다.

아케론을 건너 : *Chapter 43*

his chapter begins with the spell lists of the spellcasting classes and the list of cleric domains and the spells associated with each domain. An M or F appearing at the end of the spell lists denotes a spell with a material or normally included

ing a particular spell. A creature with no classes level equal to its Hit Dice unless otherwise spe word "level" in the spell lists that follow alwa caster level.

Spell Effects and Conditions: If a spell ca ject or subjects to be affected by one or more

철 썩! 처얼썩—!
맨살을 때리는 요란한 소리와 함께 우렁우렁한 고함이 터졌다.

"이 저주받을 망령들아! 비통해할지어다! 다시는 하늘을 보겠다 바라지 마라! 영원한 어둠에 잠겨 고통에 몸부림칠지어다!"

고함을 지르며 발가벗고 울부짖는 영혼들을 후려치는 것은 아케론 강의 뱃사공 카론이었다.

짙은 주름이 잡힌 성마른 얼굴은 강퍅한 성격을 보여주는 듯했고 커다란 낫이 달린 사이드를 움켜쥔 팔뚝은 노인답지 않게 우람한 근육을 자랑했다.

카론은 오늘도 지옥으로 갈 것이 뻔해 보이는 사악한 영혼들을 노로 후려치며 바쁜 일정을 소화하고 있었다. 호통 소리에 따라 회색빛 수염이 물결치듯 흔들렸다.

"이 자식! 얼마나 되바라지게 살았으면 뱃삯 한 푼 얻지 못했느냐! 삯이 없으면 100년은 기다려야 해! 꺼질지어다―!"

철썩!

카론의 노질에 비명을 지르며 영혼들이 흩어졌다.

눈동자를 좌우로 빠르게 움직이던 약삭빠른 한 영혼이 카론에게 항의했다.

"저놈들은 왜 그냥 태워주는 겁니까?"

영혼이 가리킨 쪽배에는 짐승들과 몬스터들의 영혼이 올망졸망 모여 앉아 있었다.

카론이 껄껄 웃더니 노가 아니라 사이드를 치켜들었다. 시퍼런 날이 서 있는 커다란 낫이 영혼의 머리를 척 겨누었다. 길게 드리워진 눈썹을 뚫고 시퍼런 눈빛이 빛났다.

"놈! 인간으로 태어난 복락을 누릴 땐 추호의 반성도 없더니 이제 저 불쌍한 미물들을 질시하느뇨? 너 같은 덜된 영혼은 내 이 자리에서 참할지어다!"

슝!

카론은 추호의 망설임도 없이 낫을 휘둘렀다. 퍽하며 두개골이 깨지는 소리와 함께 구슬픈 비명이 울렸다. 카론에게 대들던 영혼이 먼지처럼 부서져 소멸되어 버렸다. 두려움에 떠는 영혼들을 향해 카론은 버럭 고함을 질렀다.

"무엇들 하느냐? 삯이 있는 놈들은 빨리빨리 동전을 내고 타! 지옥에 갈지 연옥에 갈지 극락에 갈지 내 척 보면 안다만 너희를 심판의 성으로 태워주겠노라! 삯이 없는 놈들은 물러설지어다!"

영혼들을 겁주고 달래며 나루를 감독하던 카론의 눈이 번쩍 빛났다.

"어찌하여 산 자들이 이 땅에 왔느뇨? 감히 산몸으로 이 땅을 밟은 너희는 누구더냐!"

토르들을 발견했던 것이다. 카론의 수염이 부르르 떨렸다.

영혼들이 토르 일행을 향해 가려 하자 카론은 사이드를 치켜들며 고함을 쳤다.

"비켜설지어다! 저들을 가까이 하지 마라!"

카론의 호령에 비 맞은 생쥐들처럼 영혼들이 한쪽으로 모여들었다.

토르 일행은 영혼들이 비켜준 길 아닌 길을 통과해 카론의 앞에 섰다. 토르는 나루에 모여 있는 영혼들 중 곤과 아나테가 없음을 확인하고는 카론을 향해 몸을 돌렸다.

"난 토르라고 한다. 묻고 싶은 게 있어 왔어."

"한다? 왔어~?"

카론은 토르의 말끝을 따라 하고는 버럭 고함을 질렀다.

"어디서 시건방을 떠느뇨! 당장 뭐 하러 온 놈들인지 이실직고하지 못할까!"

토르가 인상을 찌푸렸다.

"말했는데? 난 토르라고. 물어볼 게 있어서 왔다고 했잖아."

"이놈!"

카론의 사이드가 토르의 어깨를 노리고 날아들었다.

턱!

한 손으로 가볍게 사이드의 날을 잡은 토르가 눈길을 곤추세웠다.

"지금 덤비는 거냐?"

"이놈이!"

불끈.

사이드를 잡은 카론의 팔뚝이 꿈틀거렸지만 토르에게 잡힌 사이드의 날은 꿈쩍도 하지 않았다.

"어허!"

카론은 노를 팽개치더니 양손으로 사이드를 잡고 힘을 썼다.

그때 토르의 뇌리에 코크라의 음성이 울렸다.

「토르, 카론을 더 이상 자극하지 마라. 성질 더러운 노인네야!」

토르는 묵묵히 시퍼런 눈빛을 빛내는 카론을 응시하다가 갑자기 손에서 힘을 뺐다.

「이런! 뭐 하는 거야?」

코크라의 음성이 들렸으나 토르는 무시했다.

슝—!

뱃전에 서서 사이드를 당기던 카론은 자기 힘을 이기지 못하고 배를 탄 채 아케론 강으로 밀려갔다가 얼굴을 시뻘겋게 붉히고 다시 배를 나루터에 대었다.

"이 무엄한 녀석! 여기가 어디라고 난동을 부리느뇨! 감히 산몸으로 아케론에 와서 나를 능멸할 참이더냐!"

토르가 싸늘한 얼굴로 한 걸음 내디디려는데 커트가 얼른 토르의 어깨를 잡았다.

"토르, 이러면 안 되십니다. 우린 부탁을 하러 온 거니까요. 제가 말해보겠습니다."

토르는 묵묵히 커트를 바라보았다.

"이럴 때 말리면……."

"곤은 제 친구기도 합니다."

토르는 곤의 말이 불현듯 떠올랐다. 처음 친구가 되기로 했을 때 곤이 했던 말, 친구가 부탁하면 싫어도 들어주자던 그 말이 생각났다. 아스라한 그리움에 토르는 아무 말도 할 수 없었다.

토르가 말이 없자 커트는 굳은 얼굴로 토르에게 고개를 끄덕이고는 카론을 향해 한 걸음 다가섰다.

커트는 먼저 카론에게 깊이 허리를 숙였다.

"아케론 강을 건네주는 수고로움을 마다하지 않는 분이시여. 엘프의 전사 커트가 여쭐 말씀이 있어 예까지 왔습니다."

카론은 커트가 자신의 체면을 세워주자 토르를 향한 적의를 누른 채 헛기침을 두세 번 했다. 그러나 토르를 향한 눈엔 여전히 노여움이 실려 있었다.

"산 자가 이곳에 어찌 왔는지 모르겠지만 이것은 사트바의 질서를 깨는 행위일세! 당장 돌아가게!"

"카론이시여, 산 자가 이곳까지 올 때에는 얼마나 절실한 이유가 있었겠사옵니까? 제발 몇 마디 질문이라도 허락해 주시길 간절히 부탁드립니다."

진심이 가득 담긴 말투에 마음이 움직였을까? 카론은 여전히 토르를 못마땅한 듯 노려보았지만 커트를 내치지는 않았다.

"자넨 정말 예의를 아는구먼. 그래, 산 자가 이 강에 온 지도 정말 오래되었지. 내 쇠가죽 배가 산몸을 태우며 비명을 지른 지도 벌써 수천여 성상은 지난 듯하니……. 물어보게. 무엇을 구하기 위해 산몸으로 예까지 왔는가?"

"두 영혼이 아케론 강을 건넜는지 여쭈고자 합니다. 남녀입니다. 남자는 곤이라는 다른 세계의 무사이옵고, 여자는 아나테라는 네크로맨서입니다. 혹 그들을 태워주신 적이 있으신지요?"

"그건 알 수 없지. 보다시피 내 임무는 삷이 있는 자들과 미물들을 태워 강 건너 심판의 성에 보내는 것이니. 이름을 일일이 묻지는 않는다네."

"그들은 실버 드래곤의 아이스 브레스에 몸이 부서져 죽었고 그래서 장례도 제대로 치르지 못했습니다. 삷이 없었을 것입니다. 혹 삷을 받지 않고 태워준 영혼들이 있으십니까?"

"음… 그렇다면 간밤에 사트바 신의 특명으로 태워준 영혼들 속에 있었는지도 모르겠군. 하지만 확실하지는 않네. 내 그들의 이름을 일일이 묻지는 않았으니."

그때 토르가 물었다.

"확실한가?"

커트가 말리려 했으나 이미 카론은 불같이 노해 버렸다.

"이놈! 보자 보자 하니 방자함이 하늘을 찌르는구나! 예가 어딘 줄 아는 게냐!"

카론이 양팔을 번쩍 치켜들자 아케론 강의 물줄기가 파도를 치며 일어섰다. 금방이라도 강변을 덮칠 듯 거대한 파도가 일어나자 놀란 영혼들이 까맣게 흩어져 버렸다.

커트가 소리 높여 외쳤다.

"카론이시여, 제 동행이 예의를 차리지 못하셨으나 충분히 그럴 자격이 있는 분이시옵니다! 부디 노여움을 거두시옵소서!"

그러나 커트의 말은 카론의 분노에 부채질을 한 꼴이었다.

"자격? 감히 죽음의 세계에서 산 자의 지위를 논하는 자 누구더냐! 이곳에선 모든 영혼이 평등할지니라!"

쿵!

카론의 사이드가 뱃전을 두드리자 엄청난 크기의 파도가 토르 일행을 덮쳤다.

그러나 토르는 눈 하나 깜짝하지 않고 팔을 휘둘렀다.

파아앗—!

우르르르릉!

토르의 손길을 따라 엄청난 장벽이 바닥에서 치솟아올랐다. 물을 막기 위해 흙의 마법을 써 둑을 만들어 버렸던 것이다. 헤르미나에게 마법을 배운 이래 패왕금강결과 마나의 조화를 연습한 토르는 이제 모든 종류의 마법을 구사할 수 있었다.

카론의 쩌렁쩌렁한 고함이 울렸다.

"그까짓 흙의 마법으로 아케론 강을 넘봐? 내 너희를 죽여 심판의 성에 보내리라!"

카론은 토르가 만든 흙의 성벽을 파도를 타고 거슬러 오르며 사이드를 휘둘렀다.

번쩍—! 콰릉!

사이드의 날을 따라 불벼락이 번쩍이며 토르를 향해 쏘아졌다.

토르의 눈도 어느새 빨갛게 달아올라 있었다.

"타핫!"

토르는 손가락을 쭉 뻗었다.

파지직!

푸른 뇌전이 피어오르며 카론이 때린 불벼락을 향해 날아갔다. 엄청난 광채를 뿌리는 라이트닝 볼트였다.

꽈광!

격렬한 폭음이 울렸다.

카론과 토르가 다시 격돌하려는데 날 선 고함이 터졌다.

"둘 다 그마안—!"

어느새 허공에 활짝 편 날개를 펄럭이며 마족 하나가 둥둥 떠 있었다. 이마에서 뻗어 나온 구불구불한 뿔은 세월의 켜가 쌓여 둥글게 휘어져 있었고 커다란 두 눈은 시뻘겋게 불타오르며 카론과 토르를 동시에 응시하고 있었다.

카론이 비명 같은 소리를 질렀다.

"코크라!"

허공에 떠 있는 마족은 헬나이트 속에 봉인되어 있는 코크라였던 것이다. 망토를 벗어 던진 코크라는 이전과는 비교할 수도 없는 위압감을 뿌리고 있었다. 발록의 위용조차 그에겐 견줄 수 없을 듯했다.

라나가 질린 듯한 목소리로 중얼거렸다.

"대마족이긴 한가 보네……."

코크라는 카론을 향해 다소 멋쩍은 목소리로 말을 걸었다.

"카론, 오랜만이다. 우선 파도를 거두지. 토르, 너도 도담을 거둬."

"코크라, 네가 왜 저 산 자들과 함께 있느냐?"

"설명하마. 우선 싸움부터 멈춰. 부탁이다."

"부탁……?"

카론이 수염을 흔들며 고개를 갸웃거렸다. 코크라의 입에서 나올 말이 아닌 까닭이다.

곧 파도와 토담이 모두 사라진 나루터엔 카론과 코크라, 토르가 마주 보고 서 있었다.

카론이 코크라에게 물었다.

"어찌 된 거냐? 드래곤에게 봉인된 네가 왜 이 인간하고 있는 거냐?"

코크라는 토르를 못마땅한 얼굴로 노려보다 후욱 한숨을 쉬었다.

"젠장. 쪽팔리게 만드는군."

토르는 카론을 노려보며 코크라에게 말했다.

"네가 나서지 않아도…….."

"됐거든? 벌써 나섰어! 그러니까 가만 좀 있어주라. 그게 나 도와주는 거다!"

토르가 머쓱한 얼굴로 한 걸음 물러섰다. 친구에겐 약한 토르. 되도록 모습을 드러내게 하지 않겠다고 약속까지 한 코크라가 나서자 왠지 미안했던 것이다.

코크라는 잿빛 하늘을 바라보며 푹 한숨을 쉬고는 카론에게 말했다.

"카론, 이거 정말 쪽팔린 얘기다만… 이 녀석 내 친구다. 그러니 봐줘라."

"뭐?"

카론의 고집스러운 얼굴이 일그러졌다.

"자네 지금 친구라고 했나? 친구? 마족한테 무슨 친구 나부랭이야?"

"그게 그러니까… 원랜 내 먹이였는데… 적으로 승격되었다가… 어쩌다 보니 나도 모르게… 크흑! 마족의 긍지에 먹칠을 했지만 인간과 친구가 되고 말았다."

카론의 입이 쩍 벌어졌다.

"정말 친구란 말인가?"

카론의 눈이 토르를 향하자 토르는 고개를 끄덕였다.

“코크라는 내 벗, 마족 중의 대마족, 멋진 친구다.”

카론은 토르와 코크라를 번갈아 보다가 앙천광소를 터뜨렸다.

“쿠하하하하! 내 아케론 강에서 영혼만 나른 지 아득하건만 이렇게 웃기는 얘기는 처음이로다! 마족과 인간이 친구가 돼?”

카론의 웃음소리를 비집고 코크라의 항변이 있었다.

“그냥 인간은 아니야. 이래 봬도 예전엔 이놈, 드래곤이었다구. 자네도 들어봤을 거 아냐. 에이션트 드래곤의 영예를 박차고 인간이 되겠다고 선언한 놈 말이야.”

카론의 웃음소리가 뚝 그쳤다. 카론의 회색빛 수염이 잘게 떨렸다.

“그럼… 이자가 레드 드래곤 라토시란 말인가……?”

토르가 고개를 저었다.

“라토시가 아니야. 라토시였지. 지금은 인간 토르다.”

“오오……!”

별안간 카론이 깊이 허리를 꺾었다.

갑작스런 카론의 예의에 당황해 토르도 급히 포권을 취했다.

허리를 편 카론은 경외심이 가득 담긴 눈으로 토르를 응시했다.

“아아! 내 그대의 영웅적인 결단을 듣고 흠모한 지 오래건만…….
그대가 바로 라토시였다니……!”

“토르라고 불러줘.”

어색한 표정을 한 토르가 카론의 말을 정정해 주었다.

카론이 덥석 토르의 손을 붙잡았다.

“반갑소이다! 위대한 영혼이여! 그대의 영예로운 결단을 듣고 내 흠모한 지 오래외다!”

너무 갑작스러운 화해 무드에 어리둥절해하던 디오스와 커트, 라나도 슬금슬금 카론과 토르의 곁으로 다가왔다.

카론이 박장대소를 터뜨렸다.

"우허허허! 오늘은 아케론 강물을 모두 술로 바꾸어 마셔도 모자라겠구려! 그대를 만날 날을 손꼽아 기다렸소이다!"

코크라가 벙한 얼굴로 물었다.

"아니… 카론, 토르가 인간이 되기로 한 게 물론 대단히 이야깃거리가 되긴 하지만… 무슨 경외까지……. 데바를 받드는 것도 아닌데 데바 흉내를 낼 필요가 뭐 있나?"

데바 신이 라토시를 '위대한 자'로 칭송한 것을 빗대 물었지만 카론은 오히려 어이가 없다는 듯 코크라를 꾸짖었다.

"아무리 검 쪼가리에 봉인되어 세상 물정 모르고 지냈다지만 그 무슨 망발인가! 인간이 되겠다는 그 결단이 얼마나 고귀한 줄도 모른다는 말인가!"

"모르는데?"

"이런 무식한 놈! 네놈 같은 놈 때문에 마족이 욕을 먹는 게야!"

"뭐야?"

토르가 카론과 코크라의 사이에 끼어들었다.

"자자, 그만들 하자구. 카론, 나도 그 얘기를 듣기는 했지만 그대의 대접은 너무 과해."

"과한 게 아니외다! 이런, 이런! 겸손하기까지 하시다니! 내 오늘은 일과를 접겠소! 사트바께서도 내 방임을 용서하실지니! 오오! 꿈에도 흠모하던 분을 드디어 만났나니!"

카론은 쇠가죽 배에 뛰어올라 토르들을 손짓했다.

"타시오! 아케론 강중에 내 거처가 있소! 내 아케론 강으로 빚은 저

승의 술을 대접하리다!"

토르 일행을 태운 카론은 가벼운 영혼만 태우다 산 자의 무게에 신음하는 쇠가죽 배를 두드리며 호탕하게 소리쳤다.

"가자! 내 오늘은 강물을 술 삼아 마실 테다! 우허허허허!"

토르 일행을 태운 쇠가죽 배가 아케론 강의 강심을 향해 삐걱대며 나아갔다.

2

카론은 토르 일행을, 정확히 말하면 토르를 아주 극진히 대접했다.

아케론 강으로 빚었다는 술동이를 열 개나 내어놓으며 다 마시자고 호기를 부리는 카론에게 토르는 호탕하게 웃으며 마음을 열었다.

카론의 술을 마시려는 토르를 코크라가 말렸으나 토르는 듣지 않았다. '저승의 음식을 먹으면 다시 못 돌아간다니까! 라며 코크라가 화를 냈지만 토르는 고개를 흔들었다. '이 술은 관계없소! 내 아케론 강을 정화시켜 빚은 술이오' 라는 카론의 말을 믿었던 것이다.

카론은 토르가 벌컥거리며 단숨에 술잔을 비우자 토르의 배짱에 탄복하며 엄지를 치켜 올렸다.

권커니 주거니 받은 술이 다섯 동이를 순식간에 비우자 카론이 거하게 취한 채 토르에게 말을 걸었다.

"내 오늘은 정말 흔쾌하기 짝이 없소. 평소 흠모하던 분을 만나 두려움없이 내 술을 마셔주시니 감격할 따름이오!"

"하하. 당신의 호탕함은 내가 본 중 최고라 할 수 있어. 정말 마음에 들어!"

카론과 토르는 호기롭게 잔을 부딪치고 비웠다.

토르가 마시기 시작하자 술을 좋아하는 디오스와 커트도 입맛을 다셨으나 코크라는 무거운 눈으로 둘을 말렸다. 코크라는 걱정스러운 얼굴로 토르를 보다 한숨만을 쉬고 있었다.

라나는 턱을 고이고 앉아 있다 토르에게 갑자기 물었다.

"궁금한 게 있어요."

"뭔데?"

토르는 참으로 오랜만에 라나의 눈을 정면으로 바라보았다.

동행이 되긴 했지만 나나의 잔상이 자꾸 눈에 어려 라나를 편한 마음으로 보지 못했으나 이젠 아니었다. 이곳엔 나나의 영혼도 있을 터이니. 나나를 구할 것이다. 나나를 찾을 것이다. 그렇게 생각하니 라나의 얼굴도 편하게 바라볼 수 있었다.

라나는 토르가 질문에 답해줄 것 같자 상체를 앞으로 숙이며 냉큼 물었다. 빠른 말투가 쏘아졌다.

"도대체 뭘 믿고 그 술을 덥석덥석 마시는 거죠? 다시 못 돌아가면 어쩌려고요? 코크라가 이 세계의 음식을 먹으면 우리 세계로 못 간다고 했잖아요."

토르는 픽하고 엷은 미소를 지었다.

"카론을 믿으니까."

"오늘 처음 본 사이인데도요?"

"상대에 대한 믿음은 어디에서 온다고 생각하니?"

라나에게 반문하며 토르는 은근히 그리운 느낌에 젖어들었다.

이와 같은 문답이 얼마나 많았던가. 묻는 것은 토르였고 대답해 주는 것은 곤과 아나테, 디오스였지만.

이제 토르가 답을 해주고 있었다. 상대는 라나라는 것이 좀 달랐지만. 라나를 바라보는 토르의 눈은 부드럽게 빛나고 있었다.

"상대가 얼마나 믿을 만한지에 달린 거 아니에요? 그걸 알려면 시간이 필요한 거고요."

"그렇지 않아."

"예?"

토르는 카론의 술을 다시 한 잔 들이키고는 빙긋 웃었다.

"곤과 아나테를 만났을 때 나는 아무것도 기억 못하는 상태였어. 누구도 믿을 수 있는 상태가 아니었지. 하지만 난 곤과 아나테를 쉽게 믿었어. 왠지 알아?"

"왜요?"

"내가 누군지도 기억 못했지만 난 날 믿었거든."

라나가 이해가 안 간다는 듯 고개를 갸웃거리자 토르는 몇 마디 말을 더 덧붙였다.

"자신에 대한 믿음이 있는 자만이 남도 믿을 수 있는 거야. 얼마나 빨리 상대의 정체를 알아채느냐 같은 머리로 하는 게임이 아니야, 친구를 사귄다는 것은. 자신을 믿고 상대를 믿어야만 친구가 되는 거야. 내가 아는 우정은 그런 거야."

"믿음이 깨지면요?"

"우정도 깨지겠지."

"너무 쉽게 생각하는 거 아니에요?"

토르는 씨익 하얀 이를 드러내며 웃었다.

"세상에 쉬운 일은 물론 없지. 하지만 어렵다고 생각하면 모든 일이 어려워져. 쉽게 생각하면 쉽게 풀리더라. 난 그래. 강요하는 건 아니다."

라나는 물끄러미 토르를 바라보다가 눈길을 돌렸다. 미간을 찌푸리고 골똘히 생각에 잠긴 라나를 보다 토르는 카론이 따라주는 술을 받았다.

카론의 목소리가 정답게 울렸다.

"참으로 명쾌한 인생관이구려. 허허. 오늘은 예서 유하시오. 며칠, 몇백 일을 머무셔도 내 대접하리다."

"말은 고맙지만 내겐 급히 할 일이 있어."

"하지만 그것이… 가능할지 모르겠구려……."

곤과 아나테에 대한 얘기도 들은 후라 카론은 묵직하게 고개를 끄덕이다 말을 이었다.

"내 들어보니 그 둘의 영혼은 연옥이나 엘리시온에 가 있기 쉬울 거 같소이다. 하지만 연옥에 가려면 지옥인 타티루스를 통과해야 하오. 강 건너에 있는 심판의 성을 지나면 지옥문이 있고 그 뒤에 타티루스가 있소이다. 타티루스를 통과해야 정죄의 과정을 거쳐 엘리시온으로 가는 연옥이 나오이다. 연옥을 통과해야 비로소 엘리시온에 도착하지요. 중간중간 그들을 감독하는 마족들을 만나야 할 텐데… 그들은 나처럼 그대에게 호의를 베풀지는 않을 게요."

토르는 웃음을 띤 채 잔을 들었다.

"당신의 호의만으로도 나는 충분히 만족하고 있어."

코크라가 호기를 부렸다.

"걱정 마! 중간중간 지키는 놈들 다 알고 있으니까! 카론 말고는 다

나보다 한참 밑에 있는 놈들이라구!"

카론이 고개를 흔들었다.

"자네의 생각과는 많이 다를 걸세."

"무슨 소리야?"

"자네가 헬나이트에 봉인된 세월이 얼마인지 아는가? 그동안 지옥의 파수장들 중 교체된 마족들이 적지 않네. 예전부터 있던 마족들이라 할지라도 자네를 존중하지는 않을 거야."

"뭣이?"

"마계를 뒤흔들던 코크라의 명성은 오래전에 빛을 바랬지. 자네 한마디에 만마가 굴복하던 시절은 이미 갔다네. 마족들의 성정은 자네도 알지 않나."

코크라의 몸에서 화악 살기가 치밀어 올랐다.

"흐흐. 말을 안 들으면 벨 수밖에!"

카론은 고개를 끄덕였다.

"아마 그래야 할 걸세. 피의 길을 만들며 가야 할 거야. 그들의 영혼을 만나는 데 성공하더라도 사트바의 허락 없이는 그들을 데리고 나갈 수 없으니 그것도 문제지……."

토르가 눈을 빛냈다.

"카론, 이곳에서 영혼을 데리고 우리 세계로 돌아가기만 하면 그들이 부활하는 거 맞아?"

"그렇소이다. 이곳에선 영혼들에게 다시 육체가 생기지요. 고통을 주기 위해서도, 복락을 느끼기 위해서도 필요하니까요. 영혼을 다시 그대의 세계로 데려갈 수만 있다면 그들의 육체는 그곳에서도 유효하오. 하지만… 사트바의 허가 없이는 그들을 데려가실 수 없으니……."

토르가 강렬하게 눈을 빛냈다.

"반드시 허락하도록 하겠어. 안 되도 되게 할 거야!"

"쉽지 않을 거외다. 그동안 산 자가 내 배를 타고 강 건너로 간 경우도 꽤 있었소. 그러나 사트바 신의 인과율을 피한 이는 없었소. 그들 모두 자신이 구하고자 한 영혼을 데리고 나가는 데에는 실패했소이다."

"나는 성공하고 말 거야."

카론은 묵묵히 고개를 끄덕였다.

"인간이 되기로 결정하고 실행한 그대의 의지라면 가능할지도……. 그러나 조심하시오. 사트바 신의 허락은 마지막까지 그대를 시험하는 것이 될 터이니. 사트바 신을 만나는 과정에도 숱한 피를 흘려야 할 것이오. 저들의 생명이 위험할 수도 있소."

카론이 디오스와 커트, 라나를 가리키자 토르는 무거운 표정으로 고개를 끄덕였다.

디오스가 주먹을 움켜쥐며 소리쳤다.

"걱정 마, 토르! 우린 죽지 않는다!"

토르는 씨익 단호한 미소를 띠었다.

"물론. 아무도 죽지 않을 거야."

카론은 빙긋 웃더니 긴 이야기를 풀어내기 시작했다.

"코크라의 안내만 생각하고 온 듯하니 그동안 바뀐 사정을 알려주겠소. 조금이라도 그대의 여정에 도움이 되었으면 하오. 심판의 성을 지키는 자들은……."

카론의 말이 이어질 동안 토르 일행은 눈을 빛내며 듣고 있었다.

혈로(血路)가 될 것이라는 카론의 말에 코크라는 즐거운 듯 빨간 혀를 날름거렸다.

3

아케론 강변에서 카론과 아쉬운 작별을 나눈 토르 일행은 곧 커다란 성곽이 보이는 곳에 걸음을 멈추었다.

"저곳이 심판의 성이군."

토르가 나직하게 중얼거릴 때, 끼야아아악 하는 새된 비명이 성곽 위에 울려 퍼졌다.

커트가 눈살을 찌푸렸다.

"시작인가 봅니다."

"그런가 봐. 준비하자, 커트."

토르와 커트, 디오스와 라나가 일제히 무기를 뽑아 들었다. 심판의 성부터는 절대 요행을 기대하지 말라는 카론의 신신당부가 있었던 터였다.

토르가 콧잔등을 찌푸렸다.

"정말 역한 냄새군."

"끼아아아아악—!"

하늘을 나는 세 개의 그림자가 토르 일행을 향해 비명 같은 고함을 질렀다.

디오스는 래피어를 치켜든 채 혀를 내둘렀다.

"정말 징그럽게 못생긴 여자들이군."

라나는 그녀의 무기인 숏 보우에 화살을 건 채 눈살을 찌푸렸다.

"이 외중에도 여자 타령이에요?"

허공에서 새된 고함이 터져 나왔다.

"쉬쉿! 어디서 감히 주둥아리를 놀리느냐?"

날개가 달린 여자의 몸에 뱀의 머리가 달린 세 마리의 괴물이 토르들을 노려보며 허공에서 둥둥 날갯짓을 하고 있었다. 날름거리는 뱀의 혀가 징그럽게 꿈틀거렸다.

디오스가 인상을 찌푸렸다.

"아깝구나. 몸매는 예술인데 대가리가 뱀이라니……. 냄새 한 번 고약하네."

"캇!"

쉬익—!

무언가 날카로운 게 허공을 가르고 디오스를 향해 쏘아져 왔으나 디오스의 래피어는 산뜻하게 그것을 찔러갔다.

"혓바닥 길기도 하다—!"

챙! 채채채챙—

래피어에도 상처 하나 입지 않는 혀도 혀라 할 수 있을까? 디오스의 래피어와 어울린 새빨간 혀는 마치 창처럼 래피어와 어우러지고 있었다.

디오스가 고함을 질렀다.

"냄새난다니까!"

슈파앗—!

메모라이징해 두었던 파이어 블레이드를 래피어에 담자 뜨거운 기운이 화악 넘쳤다.

"깍!"

"쉬릿─! 마법사다! 마법사다!"

비명을 지른 괴물과 양옆에 선 괴물들이 일제히 날개를 펄럭거리며 거리를 벌렸다.

토르가 소리 높여 외쳤다.

"불화와 고통을 뿌리는 여인들이여! 우리는 심판의 성주 라만테를 만나러 왔다! 우리 앞에 길을 열어라!"

가운데 서 있던 괴물이 빽 소리를 질렀다.

"감히 산 자를 건네주다니! 카론이 또 미친 짓을 했구나! 너희가 성주님을 만나게 될 줄 아느냐?"

"그대가 메가에라인가? 나는 토르라 한다. 길을 비키지 않으면 너희 셋 다 마지막 숨을 쉬게 될 것이다!"

카론에게 들어 성곽을 지키는 세 마족이 메가에라, 티시포네, 알렉토라는 것을 알고 있었던 토르는 위엄있는 목소리로 소리쳤다. 그러나 카론의 말대로 세 자매 괴물의 성격은 흉악하기 짝이 없었다.

"쉬라라─! 천한 입으로 어찌 우리 이름을 부르는가! 고르곤을 불러 영원한 돌덩이로 만들어주마! 스테노오─!"

세 괴물이 고함을 치며 후퇴를 하려 하자 커트가 잔뜩 당겼던 롱 보우의 시위를 놓았다. 라나의 숏 보우에서도 아이스 미사일을 걸어둔 소리없는 화살들이 날았다.

슈슈슛!

까아악─!

비명 소리와 함께 메가에라가 바닥으로 떨어졌으나 티시포네와 알렉토는 여전히 스테노를 부르며 허공을 배회하고 있었다.

우르릉─!

성곽의 한쪽 벽에서 갑자기 굉음이 들렸다.

라나가 비명을 질렀다.

"꺅!"

성벽에서 뭔가 꾸물거리는 징그러운 형체가 기어나오는 것을 보고 비명을 질렀던 것이다.

토르가 황급히 소리쳤다.

"커트! 저 뱀 대가리 괴물들을 제압해! 움직이지 못하게 하거나 여의치 않으면 죽여! 나는 저놈을 상대하겠다!"

카론이 심판의 성 외곽을 지키는 고르곤에 대해 경고한 터였다. 고르곤 중 하나인 스테노는 온몸의 터럭이 뱀으로 이루어졌다는 마족. 단 한 마리의 뱀과 눈이 마주쳐도 돌로 변하고야 만다는 걸 들은 커트는 마음이 급했다.

"토르! 눈을 가리십시오!"

"걱정 마!"

토르가 성곽을 향해 달려가자 커트가 호령했다.

"라나, 지원 사격을! 디오스, 가세!"

디오스와 커트는 플라이 마법을 써서 공중을 날아올라 티시포네와 알렉토를 제압하려 했다. 눈부신 공중전이 이어졌다.

라나는 마음을 가다듬으려 애썼지만 번번이 표적을 놓치고 있었다. 엘리시온의 외곽을 순찰할 때와는 긴장감의 정도가 완전히 달랐던 것이다. 그녀로서는 처음 겪는 진정한 살전(殺戰)이었다.

"핫!"

바닥에 떨어진 메가에라가 꾸물꾸물 일어나는 것을 본 라나는 헛바람을 들이키며 화살을 마구 날렸다.

"꾸엑!"

방심하고 있다 커트의 화살에 날개와 가슴을 관통당한 메가에라가 라나의 화살에 실린 아이스 마법에 뻣뻣하게 얼어붙어 갔다.

라나는 비로소 침착함을 되찾고 허공을 나는 티시포네와 알렉토를 노리기 시작했다. 놀라운 속도의 공중전 가운데 바늘 틈 같은 순간을 노리며 라나의 눈이 냉정하게 빛나기 시작했다.

한편, 토르는 눈을 감은 채 스테노의 앞에 서 있었다.

꾸웨에에에—!

수천 마리의 뱀 떼가 합창을 하는 듯한 듣기 거북한 소리에도 토르는 눈을 뜨지 않았다. 스테노의 몸에 나 있는 뱀 중 단 한 마리와 눈이 마주쳐도 저주에 걸려 돌로 변한다는 것을 카론에게 충분히 들었던 터였다.

스테노는 자신의 앞을 턱 가로막고 눈까지 감은 방자한 인간을 향해 비릿한 웃음을 흘렸다.

"쿠쿠쿠. 눈을 감고 어찌 싸우려고? 쿠쿠쿠쿠쿠!"

프르르르

엄청난 수효의 뱀 떼가 일제히 바닥을 기니 비늘을 스치는 소리마저 증폭되어 신경을 곤두서게 했다.

스테노의 돌진을 마주하고도 눈을 감은 토르는 고요히 헬나이트를 든 채 서 있기만 했다. 헬나이트의 검은 검신에 불그레한 광채가 돌기 시작했다.

코크라가 걱정이 되는지 묻는다.

「토르! 눈 안 뜨고 어떻게 상대하려고!」

‘걱정 마. 곤이 마지막으로 가르쳐 준 무공이 있잖아.’

「그거? 눈 감고도 돼?」

‘그럼! 이제 그만 말 걸어. 믿어봐!’

끄응 하는 소리가 뇌리에 울렸으나 코크라는 더 말하지 않았다. 이런 싸움에 집중력을 방해하는 요소가 있으면 얼마나 위험한지 누구보다 잘 아는 코크라였기에.

토르는 곤이 마지막 유산처럼 남겨준 ‘심안(心眼)’의 구결을 떠올리며 눈에 힘을 주었다.

눈을 감고 있었지만 스테노의 움직임이 마치 눈을 뜬 듯 잡혀왔다. 눈을 뜨고 있다면 스테노의 몸속까지 그대로 투시할 수 있을 터였다.

토르의 웃음이 조금 더 짙어졌다.

‘곤, 죽일 상대가 아니면 쓰지 말라고 했지? 널 구할 수만 있다면 이 자식들 다 죽여 버릴 거야!’

앙다문 잇새로 칫 하는 소리가 튀어나왔다. 그와 함께 헬나이트가 빙글 회전했다.

스팟—!

“캬!”

스테노가 비명을 질렀다.

눈을 감고 있다고 방심했던 것인지 스테노의 오른팔이 헬나이트에 베어져 바닥에 뒹굴었다.

스테노가 잘라진 팔뚝을 부여잡으며 고함을 질렀다.

“이놈! 제법이구나!”

토르는 스테노와 말 같은 것을 나눌 마음이 전혀 없었다. 커트와 디오스의 실력을 믿기는 했지만 이곳은 언제 뭐가 튀어나올지 모르는 위험한 적지. 되도록 빨리 승부를 봐야 했다.

"차앗—!"

마치 눈을 뜨고 있는 것처럼 토르의 돌진은 눈부셨다. 한 번의 칼질로 이미 팔을 베어버린 것도 알고 있었기에 단번에 두 동강이라도 내려는 듯 헬나이트에는 잔뜩 힘이 실려 있었다. 헬나이트에서 쭉 뻗어나온 검강이 어느새 스테노의 머리맡까지 쇄도해 있었다.

'끝이야!'

그때 코크라의 외침이 들렸다.

「방심하지 마!」

콰릉!

산뜻하게 몸을 가르는 소리가 아니라 땅바닥이 파이는 둔중한 소음 속에서 토르는 거센 충격을 옆구리에 받았다.

퍼억!

"윽!"

팅기듯 물러선 토르의 얼굴엔 놀란 기색이 가득했다.

"어떻게?"

순간적으로 호신강기를 끌어올리지 않았다면 옆구리에 구멍이 났을지도 몰랐다. 그만큼 강렬한 타격이었다. 그러나 토르의 놀라움은 다른 곳에 있었다. 분명히 베었는데… 토르의 옆구리를 친 것은 베어버린 오른팔이었다.

스테노가 슬슬 오른팔을 휘두르며 토르를 비웃었다.

"흐흐. 나는 불사의 몸이다. 이까짓 상처쯤이야. 크크크."

어느새 잘라진 스테노의 팔은 원상 복구되어 있었다.

토르는 눈을 떠 확인이라도 하고 싶었지만 꾹 호기심을 눌렀다.

보는 이를 돌로 만든다는 마법이 자신에게도 통할지 알 수는 없었지만 카론도 말렸지 않은가. 절대 고르곤의 마법을 시험하지 말라고.

'목을 베지 않으면 죽지 않을 거라더니……. 아무리 그래도 자른 게 다시 붙는다는 게 말이 되나?'

혼자 생각이었지만 코크라가 빽 고함을 쳐 화답했다.

「드래곤이 인간이 된 건 말이 돼? 방심 같은 거 이제 안 한다더니 그새 까먹었냐!」

토르는 고개를 끄덕였다.

'그래. 잘 말해주었다, 코크라. 내 실수야.'

곤과 아나테를 잃고 분명히 다짐했지 않은가. 이제 방심 같은 건 하지 않겠다고!

헬나이트에서 새빨간 불꽃의 검강이 활활 피어올랐다.

스테노는 음산하게 웃으며 토르를 향해 양팔을 쫘악 펼쳤다.

"그깟 검은 내겐 소용없어!"

그와 동시에 스테노의 온몸에서 넘실거리던 뱀 떼가 날카롭게 이를 드러내고 일제히 비상했다. 놀랍게도 뱀들은 세 길이 넘는 거리를 압축하며 단숨에 토르의 주변으로 육박해 들어왔다.

「위험해, 토르!」

코크라의 음성이 울렸다.

스테노의 몸에 연결된 뱀들이 토르를 막 물어뜯으려 할 즈음, 헬나이트에서 갑자기 눈부신 폭발이 일어났다.

콰콰콰콰—

헬나이트에서 쭉 뻗어 있던 검강이 폭발해 산산이 흩어졌다. 하나하나가 물고기 비늘처럼 생긴 날카로운 검강의 파편은 토르를 물어뜯으려던 뱀 떼를 조각조각 도륙하고도 멈추지 않았다.

퍼퍼펑!

"크아아아악!"

스테노의 끔찍한 비명이 울려 퍼졌다.

검강의 파편은 스테노의 본체마저 여지없이 갈라 버렸던 것이다. 뱀 떼가 토막나 알몸이 드러난 스테노는 온몸이 너덜너덜해진 채로 바닥을 뒹굴었다.

검강을 물고기 비늘처럼 갈가리 폭발시키는 초식, 언젠가 곤이 발록을 쓰러뜨릴 때 선보였던 풍뢰금강검의 5초식, 풍뢰어린(風雷魚鱗)의 대폭발이었다.

그리고 토르는 더 이상 방심하지 않았다.

"하얏!"

허공에 몸을 띄워 재빨리 거리를 압축한 토르는 검을 내려찍으며 단숨에 스테노의 목을 베었다.

단말마의 비명을 남기고 스테노는 목이 끊어지고 말았다.

「잘했다, 토르!」

코크라의 칭찬에 토르는 빙긋 웃으며 눈을 떴다.

디오스와 커트에게 몰리던 티시포네와 알렉토가 스테노의 죽음에 깜짝 놀라 서둘러 도망가는 게 눈에 띄었다.

토르는 그들을 쫓으려는 디오스와 커트를 불러 세웠다.

"쫓지 마. 도망가는 놈들은 내버려 두자."

디오스와 커트가 돌아오는 것을 본 토르는 흙더미를 일으켜 스테노의 몸을 덮어버렸다. 죽었더라도 뱀과 눈이 마주치면 돌로 변할지도 몰라 후환을 없앤 것이다.

‘이젠 절대 방심하지 않아.’

곁에 내려선 디오스가 툭 어깨를 쳤다.

“도망가는 놈은 그냥 두자구? 그럼 덤비는 놈은?”

토르는 고개를 돌리며 씨익 웃었다.

“죽여야지.”

라나가 뭐라 말하려 했으나 곧 고개를 저었다. 얼마나 엄중한 상황인지 한 번 싸우고 바로 알 수 있었던 것이다. 죽이지 않으면 죽는 싸움. 곤과 아나테를 구할 때까지 토르는 이 죽음의 행진을 멈추지 않으리라.

라나는 무시무시하게 눈을 빛내는 토르의 시선을 슬쩍 외면했다.

얼어붙어 꼼짝도 못하고 바닥을 뒹굴고 있는 메가에라를 향해 다가가는 토르는 너무도 무서운 얼굴을 하고 있었던 것이다.

내 맘이지: *Chapter 44*

A tome of this nature is usually guarded magically—manifesting itself, more often than not, in a protective or magical trap.

side view of key

separated view

firetrap

his chapter begins with the spell lists of the spellcasting classes and the list of cleric domains and the spells associated with each domain. An ᴹ or * appearing at the end of the spell lists denotes a spell with a material or normally included

ing a particular spell. A creature with no classes level equal to its Hit Dice unless otherwise spe word "level" in the spell lists that follow alwa caster level.

Spell Effects and Conditions: If a spell ca ject or subjects to be affected by one or more

빙계 마법 중에는 가장 초보적 마법인 아이스 미사일을 건 화살이었으나 치명상을 입은 메가에라의 몸은 완전히 얼어붙어 있었다.

토르는 천천히 메가에라의 앞에 서서 헬나이트를 치켜들었다.

디오스가 물었다.

"죽이려고?"

토르는 고개를 흔들었다.

"아니. 이미 저항도 못하는 놈을 뭐 하러 죽여. 이건 그저 위협이야."

"위협? 움직이지도 못하는데?"

"이놈을 위협하는 건 아니지."

토르는 빙긋 웃더니 헬나이트를 향해 입을 열었다.

"코크라, 귀 좀 꽉 막아. 사자후 쓸 거거든."

「또? 으갸갸!」

코크라에게 시간을 준 토르는 육중하게 버티고 서 있는 심판의 성을
향해 사자후를 터뜨렸다.

"라. 만. 테─! 나와!"

온 힘을 심판의 성에 집중시켰기에 디오스와 커트, 라나는 멀쩡하게
토르의 뒤에 서 있을 수 있었다.

디오스가 고개를 돌려 커트를 바라보았다.

"저래서 나올까? 성에 있는 게 훨씬 유리할 텐데? 두 여자 괴물을 보
냈으니 이쪽 사정도 들었을 거 아냐."

"나올 것이네. 카론의 말이 맞다면. 사트바의 명이 없이는 절대 토
르를 통과시키지 않겠지만 이곳의 성주 라만테는 그냥 성주가 아니라
니까. 기사라고 하지 않나."

디오스가 킁 콧바람을 불었다.

"기사? 기사라고 하는 것들이 얼마나 기사도를 못 지키는지 내 얼마
나 많이 본 줄 아는가? 이곳의 기사라고 뭐 다르겠어?"

라나가 고개를 흔들었다.

"카론이 거짓말을 할 이유가 없잖아요."

"난 기사라는 것들은 아예 안 믿어."

커트는 싱긋 웃음을 지었다.

"자네가 틀렸군. 우리 세계의 기사와 이곳의 명기사(冥騎士)는 좀 다
른 모양일세."

"어?"

디오스도 고개를 돌렸다.

과연 육중한 성문이 열리고 있었다.

그리고 등장한 그림자는 단 셋이었다. 둘은 도망갔던 티시포네와 알렉토였고 가운데 서 있는 그림자는 새까만 갑옷을 온몸에 걸친 기사였다.

디오스가 기가 찬 듯 고개를 흔들었다.

"단 셋? 게다가 저건 뭐야? 무슨 갑옷이 저래?"

완전히 온몸을 감싼 플레이트 아머는 갑옷이라기엔 그 자체가 날이 서 있는 무기와도 같이 보였다. 검은 광택이 도는 플레이트 아머는 어깨와 팔꿈치, 그리고 무릎에 날카롭게 솟아오른 칼날이 박혀 있었다. 등에는 거대한 강철 날개까지 달려 있었다.

"명기사의 갑옷은 무게가 거의 없다고 하지 않나."

"그래도 그렇지……."

어쩐지 실용성보다는 장식 위주로 갑옷을 만든 것 같아 디오스는 잔뜩 눈을 찌푸렸다. 가늠이 되지 않았다. 달랑 셋만 나온 걸 보면 대단한 실력자인 것처럼도 보이는데 잔뜩 멋을 부린 갑옷을 보면 허깨비인 것처럼도 보였다.

그러나…….

끼릭.

검은 갑옷의 명기사가 투구에 달린 어퍼 비버를 치켜 올리자 디오스는 단박에 그가 엄청난 실력자임을 알아볼 수 있었다.

어두운 투구 속 얼굴은 다 보이지 않았다. 단지 눈빛만 드러난 것에 불과했다. 새파랗게 빛나는 그 눈빛에는 아무 감정도 담겨 있지 않았다. 그러나 슬쩍 드러난 눈빛만 보고도 디오스는 저도 모르게 래피어를 꽉 움켜잡았다.

'이놈은 진… 짜다.'

우렁우렁한 저음의 목소리가 울렸다.

"명예를 안다면 메가에라를 놓아주어라."

토르는 명기사가 성문을 열고 나왔을 때부터 한마디도 하지 않고 그를 바라보기만 하고 있었다. 카론에게 라만테가 얼마나 위험한 자인지 누차 듣고 왔지만 왠지 끌리는 구석이 있는 자였다. 누구의 말도 듣지 않는단다. 그가 받드는 것은 오로지 사트바의 명령뿐. 어떤 융통성도 그에게는 바라지 말라는 카론의 말은 오히려 토르의 호감을 부추겼던 터였다.

싱긋 웃으며 토르가 물었다.

"그대가 심판의 성주라는 라만테인가?"

"그렇다."

토르는 빙긋 웃더니 메가에라에게서 한 걸음 물러섰다.

"조심해서 데려가라. 얼어 있으니."

"토르! 뭐 하는 거예요?"

라나가 깜짝 놀라 소리쳤다. 어떻게 잡은 적인데, 이렇게 쉽게 놓아준다는 말인가!

그러나 토르는 빙긋 웃으며 고개를 젓기만 했다.

"괜찮아, 라나. 부상이 심해서 다시 덤비지는 못할 거야."

"그런 게 아니잖아요!"

"싸우는 데 인질 같은 걸 쓰고 싶지는 않아. 부탁해, 내 뜻대로 하게 해줘."

라나는 토르의 얼굴을 빤히 보다가 휙 시선을 돌렸다. 어쩐지 얼굴이 달아오르는 것 같았기에.

'컸다고 말도 갑자기 멋지게 하게 된 거야……?'

라나가 물러서자 토르는 라만테를 향해 고개를 끄덕였다.

라만테는 묵묵히 토르를 바라보다 물었다.

"그대의 이름은?"

"토르."

"…기억하지."

라만테는 탁 소리를 내며 어퍼 비버를 내리고는 티시포네를 향해 짧게 명했다.

"데려와."

"하지만 성주님… 저자가 너무 가까이에……."

라만테의 눈빛이 사이트를 비집고 새파랗게 빛났다.

"그는 자신의 명예를 위해 메가에라를 풀어준다 했다. 너는 그의 말을 믿은 내 명예를 더럽힐 참이냐?"

티시포네는 바르르 몸을 떨면서 휘청 허리를 굽혀 그 자리에 무릎을 꿇었다.

"요, 용서를……!"

"너도 내 믿음에 부응해 주어라. 넌 심판의 성주인 나 라만테의 수하다."

티시포네는 얼른 몸을 일으켜 토르의 곁으로 날아 내렸다. 주춤주춤 다가오며 경계를 늦추지 않던 티시포네는 조심스럽게 메가에라의 몸을 안아 들고 뒤로 날아갔다.

라만테가 고개를 끄덕이자 티시포네는 메가에라를 안고 성안으로 날아 들어갔다.

라만테는 묵묵히 토르를 보다 물었다.

"스테노는?"

"목을 벴다."

"내 부하를 죽였군."

"그렇다."

"산몸으로 이곳에 온 목적은 뭔가?"

"친구 둘이 죽었다. 그들의 영혼을 데려가려고 왔다."

"카론이 그냥 보내주었나?"

"나와 친구가 되었다."

"카론이 또 월권을 했군."

라만테는 등에 맨 검을 천천히 빼 들었다. 검게 빛나는 투 핸드 소드가 육중하게 빛났다.

투구 사이의 작은 틈인 사이트 사이로 라만테의 눈이 번쩍 빛났다.

"그대가 레드 드래곤 라토시라는 것은 나도 안다. 그러나 죽음의 세계에 침입한 자는 나 라만테가 용서하지 않는다. 사트바 신의 이름으로 그대를 베겠다."

토르도 천천히 헬나이트를 치켜들었다.

"친구들을 구하는 데 방해가 되는 자들은 모두 죽이겠다 맹세했어. 이것은 드래곤의 맹세다!"

둘의 눈빛이 허공을 격하고 격돌했다.

디오스와 커트, 라나는 주먹을 꼭 쥐고 토르를 바라보며 침을 삼켰다.

의지와 의지.

명예와 맹세의 충돌이 벌어지려는 순간이었다.

쿵.

라만테가 한 발을 내디뎠다. 단지 한 걸음 나섰을 뿐인데도 굉장한 압박감이 덮쳐 와 토르는 헬나이트를 쥔 손에 힘을 주었다.

'듣던 대로 대단한 기사로구나.'

카론에게 들을 때부터 꼭 한 번 싸워보고 싶은 자였다. 토르는 입가에 웃음을 피워 올렸다.

'얼마나 내 힘을 끌어내 줄 수 있을까? 궁금한데?'

그사이에도 라만테는 계속 쿵쿵 땅을 울리며 한 걸음씩 다가왔다. 그냥 다가오는 것이 아니었다. 그 단순한 걸음에는 이미 고도의 기세가 담겨 있어 토르의 전신을 숨 막힐 듯 압박해 오고 있었다.

딸깍.

라만테의 등에 달린 날개 끝이 살짝 움직인 순간!

엄청난 속도로 라만테가 지면을 스치며 쇄도했다. 결코 마법을 쓴 게 아니었는데도 놀랍게도 헤이스트를 방불케 하는 속도였다.

순식간에 라만테의 검이 토르의 머리를 노리고 떨어져 내렸다. 검이 아니라 몽둥이를 휘두르는 것 같은 둔중한 소리가 울렸다.

부웅―!

토르는 검을 부딪치지 않고 슬쩍 어깨를 뒤틀며 라만테의 검을 피했다. 라만테의 검을 시험해 볼 작정이었던 것이다.

그 순간, 라만테의 검은 그 거대한 위용에 어울리지 않게 급속도로 방향을 틀며 토르의 목을 노렸다.

토르의 눈이 번쩍 빛났다.

챙―!

어깨에 슬쩍 헬나이트를 기대며 라만테의 검을 흘려 받은 토르는 자연스럽게 뒤로 밀려나 자세를 바로잡았다.

토르의 입가엔 흡족한 웃음이 걸려 있었다. 검에 실린 힘과 변초의

능란함, 둘 다 토르를 만족시켰던 것이다.

라만테는 두 손으로 검을 움켜쥔 채 스으으 긴 호흡을 내뱉었다.

"헬나이트군. 마검의 주인이기도 했는가?"

"보는 대로."

"마검 헬나이트로도 내 검은 베지 못해. 사트바 신의 숨결이 닿은 검이다."

"단단해 보이긴 해."

"장난은 그만 했으면 하는데?"

"그래야겠지?"

토르는 빙긋 웃고는 헬나이트를 잡은 채 무릎을 낮추었다. 토르의 얼굴에서는 씻은 듯 웃음기가 사라졌다.

"그럼 진짜 해볼까?"

"타핫!"

대답 대신 함성을 지른 라만테는 다시 토르를 향해 돌진했다. 선공을 잡으려는 당연한 선택이었다.

슈파앗─! 챙!

날카로운 소리가 울렸다.

그러나 검끼리 부딪치는 격렬한 금속음은 좀체 터지지 않았다. 토르는 마치 춤이라도 추는 것처럼 라만테의 주위를 빙글빙글 돌며 한 번도 라만테의 검에서 헬나이트를 떼지 않고 있었던 것이다.

커트가 나직한 소리로 감탄성을 내뱉었다.

"화경(化勁)……."

곤이 검을 쓸 때 쓰곤 했던 바로 그 기술, 화경이었다. 상대의 공격에 곧바로 반발하지 않고 끌어안듯이 힘을 감싸고 돌리며 언제든 반격을 가할 수 있는 수법. 곤은 다양한 방법으로 그 기술을 썼고 그 원리를 화경이라 말해준 바 있었다. 토르가 쓰는 것은 바로 그 화경이었다.

디오스는 꿀꺽 침을 삼키며 토르와 라만테의 격돌을 보고 있었다. 곤의 도움을 받아 놀랄 만큼 성장한 디오스는 토르와 라만테의 격돌이 얼마나 흉험하면서도 수준 높은 싸움인지 알아볼 수 있었던 것이다. 단 한시도 눈을 깜박이지 않은 채 디오스는 싸움에 몰두해 있었다.

스각—!

라만테의 검이 헬나이트를 떨치며 머리 위를 가로지르자 라나는 저도 모르게 작은 주먹을 꼭 쥐었다. 심장이 동동 뛰고 이마에서 땀이 돋고 있었다. 자신의 싸움도 아니건만 토르의 붉은 머리칼이 베어져 흩날리자 라나는 하마터면 비명을 지를 뻔했다.

'합!'

입을 꼭 틀어막아 비명을 막은 라나는 안타까움에 저도 모르게 중얼거렸다.

"왜 마법을 안 쓰는 거야? 검강이란 거 써도 되잖아? 왜 안 써?"

커트가 눈도 돌리지 않고 라나의 혼잣말에 대답해 주었다.

"토르도 라만테도 순수한 검의 기술만으로 서로의 기량을 재고 있는 것이다. 저게 더 위험한 싸움이야. 아차 실수하면 그대로 베일 수 있지."

"알면서도 저런 싸움을 한다는 거예요?"

커트가 흐릿하게 웃었다.

"넌 아직 몰라… 상대할 만한 적을 만났을 때 전사가 얼마나 기쁨에 떠는지. 맛있는 음식을 눈앞에 두고 한꺼번에 먹는다면 미식가라 할 수 없지. 아껴 먹고 싶은 법이야. 그런 법이지……."

커트의 눈이 아스라한 그리움에 젖어들었다. 곤과의 생사결이 떠올랐던 것이다. 둘 다 죽지 않았지만 둘 다 목숨을 내놓고 대결했던 그 싸움. 평생 잊지 못할 추억거리였다. 커트는 문득 곤이 몸서리치게 보고 싶었다.

그 순간, 통쾌한 웃음소리가 들려 커트의 상념을 깨뜨렸다. 토르의 웃음소리였다.

"아하하하하! 너 진짜 세구나! 엄청 세!"

"너도."

토르와 라만테는 다시금 서로 떨어져 빙글빙글 돌고 있었다. 토르는 웃고 있었다. 라만테는 투구에 가려 얼굴이 보이지 않았으나 라나는 그도 웃고 있다고 느꼈다.

토르가 한 손으로만 헬나이트를 잡으며 눈을 빛냈다.

"이제 진짜 기술을 써볼까?"

라만테의 검에서 부우우 하는 소리와 함께 검은 오러가 확 치솟아올랐다. 마치 토르의 말에 화답이라도 하는 것처럼.

헬나이트에서도 화염과 함께 불타는 검강이 쭈욱 솟구쳤다.

토르는 두 발을 대지에 박아 선 채 한 소리 고함을 높이 질렀다.

"하아아—!"

콰콰쾅—!

헬나이트에 서려 있던 검강이 폭발하며 물고기 비늘 모양의 파편이 라만테를 향해 쇄도했다. 스테노를 해치웠던 바로 그 초식, 풍뢰금강검의 5초식인 풍뢰어린이었다. 라만테의 실력을 높이 산 토르는 처음부터 풍뢰어린을 쏟아낸 것이다.

그때, 라만테의 몸이 돌연 빙글 회전했다.

착!

어느새 접힌 날개가 라만테의 몸을 꽁꽁 감쌌다. 라만테는 땅을 박차며 토르를 향해 돌진했다. 그와 함께 회오리바람이 피어올랐다. 라만테는 몸을 회전시키며 도약했던 것이다.

콰콰콰콰콰—

검강의 파편이 라만테가 일으킨 회오리바람에 부딪치며 굉음을 토해냈다.

“헉!”

디오스가 눈을 크게 떴다. 투 핸드 소드로는 절대 보일 수 없으리라 생각했던 움직임이 눈앞에 펼쳐졌던 것이다. 라만테의 검은 마치 찌르기 전용의 래피어처럼 토르가 쏘아 보낸 검강의 파편을 일일이 찔러 쳐내고 있었다.

토르의 찬탄이 터졌다.

“좋—아—!”

헬나이트가 쇄도하는 라만테를 향해 크게 출렁였다.

우르릉—!

뇌성벽력이라도 터진 것처럼 엄청난 굉음이 울려 퍼졌다.

“가랏—!”

토르가 갑자기 헬나이트를 내던지는 것을 본 디오스가 깜짝 놀라 헛바람을 토했다.

“허억!”

헬나이트는 토르의 손을 떠나 라만테를 향해 눈부신 속도로 날아갔다. 토르의 손을 떠났는데도 헬나이트를 감싼 검강은 조금도 줄지 않았다. 오히려 폼멜까지 완전히 감싼 눈부신 붉은 화염이 헬나이트를 완전한 한 자루 불칼로 만들고 있었다.

라만테의 눈이 사이트 사이로 번쩍 빛났다.

그 순간 라만테의 몸은 가속이 붙어 형체를 알아볼 수 없을 정도로 빠르게 돌았다. 완전한 구체처럼 보일 정도로.

날 서린 고함이 터졌다.

"크하아아아—!"

라만테의 주위로 엑스 자로 번쩍이는 검광이 시꺼멓게 폭사되어 헬 나이트를 향해 날아갔다.

엄청난 굉음이 터져 나왔다. 검끼리 마주쳐 갈리는 귀를 찢는 소리와 함께.

가가가가각! 우르르릉! 콰쾅!

커트가 양팔을 휘저으며 라나와 디오스를 잡아챘다.

"물러서!"

폭발의 여력에 휘말리지 않으려 뒤로 날아가면서도 커트는 토르와 라만테의 격돌에서 눈을 떼지 않았다.

커트의 눈이 번쩍 빛났다.

"풍뢰금강……!"

토르가 곤의 검을 그대로 이었다는 말은 들었지만 이 정도인 줄은 몰랐다. 마법의 힘이 더 강하리라고 생각했던 것이다. 그러나 토르는 놀랍게도 6초식 풍뢰금강마저 완벽하게 시전하고 있었다. 커트와의 대전시 곤이 선보였던 바로 그 초식. 마법처럼 보이나 마법으로는 절대 담아낼 수 없는 그 위력을 담은 초식이었다.

'어검술(馭劍術)이라 했던가?'

말을 부리듯 검을 부리는 곤의 그 기술에 커트는 하마터면 상반신이

두 동강이 날 뻔했었다.

'한 번 던지는 것으로 끝이 아니라 허공에서 살아 있는 것처럼 검을 움직이는 기술이었어. 마나가 느껴지지 않아 한 번 공격으로 끝나는 것인 줄 알았지…….'

과연 라만테는 그때의 커트처럼 당황하고 있었다. 상식으로는 도저히 납득할 수 없는 공격이니까. 쉴 새 없이 몰아치는 각도를 무시한 공세의 연결에 라만테의 회전은 어느새 멎어 있었다.

"컥!"

격한 신음이 울렸다. 라만테의 목소리였다.

헬나이트가 라만테의 가슴에 깊이 박혀 있었다. 라만테의 몸이 천천히 무너져 내리며 무릎을 꿇었다.

털썩.

라만테와 토르의 몸은 완전히 교차해 반대편에 서 있었다.

토르가 오연한 눈으로 라만테를 보고 있었다.

바닥에 털썩 무릎을 꿇은 라만테는 가슴을 움켜쥐고 어깨를 들썩거렸다.

커트는 어쩐지 라만테가 안쓰러웠다.

곤과 대전을 갖기 이전, 곤의 검을 몇 번이고 보지 않았다면 커트도 라만테처럼 허를 찔렸을 터였다. 그만큼 곤의 검은 대륙의 상식으로는 이해할 수 없는 원리를 따랐으니까.

'운이 나빴소. 당신이 약한 것이 아니라… 전혀 다른 원리에 입각한 검법이라 그 생소함에 당했을 뿐이오.'

그러나 이것은 생사를 건 대결.

그런 변명이 통할 수 있는 상황이 아니란 걸 알기에 커트는 왠지 라만테에게 더 동정이 갔다.

토르가 뚜벅뚜벅 걸음을 옮겨 라만테의 앞에 섰다.

라만테는 스윽 고개를 들어 토르를 바라보았다. 힘없는 목소리가 흘러나왔다.

"투구를… 벗겨주겠나?"

"그러지."

딱.

토르가 손가락을 퉁기자 라만테의 투구가 그림처럼 허공으로 떠올랐다.

푸른 눈빛이 토르를 향하고 있었지만 서서히 빛을 잃어가고 있었다. 목까지 내려오는 금발이 땀에 젖어 반짝였다. 세월의 흔적을 고스란히 담은 깊은 주름살이 라만테의 이마에서 떨리고 있었다.

"정말… 세군……."

"너도 셌어."

"이제 검을 뽑아주게. 쉬고 싶군……."

플레이트 아머를 박살 내며 가슴을 가른 헬나이트. 헬나이트를 뽑으면 라만테 역시 먼지처럼 부서지며 죽을 터였다.

토르는 헬나이트의 손잡이를 잡았다.

그때였다.

날카로운 고함이 울렸다.

"멈춰랏─!"

심판의 성에서 우르르 몰려나온 마족들이 토르 일행을 물샐틈없이 포위하기 시작했다.

선두에는 성안으로 들어갔던 티시포네가 서 있었다. 알렉토가 신호를 하자마자 성을 지키던 마족들과 몰려나왔던 것이다.

"성주님에게서 물러낫!"

라만테가 씁쓸한 웃음을 띠고 토르를 바라보았다.

"미안하군……. 추한 꼴을 보여서……."

"아니. 나라도 저랬을 거야."

토르는 빙긋 웃으며 고개를 저었다. 티시포네와 알렉토를 바라보는 토르의 눈에는 아무런 적의도 실려 있지 않았다.

알렉토가 크게 울부짖었다.

"성주님을 해치고 무사할 줄 아느냐! 당장 물러나지 못하겠어!"

바르르 떨리는 그 목소리로 알렉토가 얼마나 라만테를 걱정하는지 토르는 잘 알 수 있었다.

토르가 갑자기 라만테에게 물었다.

"이봐, 우리 내기할까?"

엉뚱한 장소에서 엉뚱한 소리를 듣자 라만테는 죽음의 문턱에 서 있으면서도 피식 웃었다.

"무슨……?"

"다음에 한 번 더 싸우는 거야. 이번에는 미처 내기를 걸지 않았지 뭐야. 난 맘에 드는 상대랑은 싸우기 전에 꼭 내기를 하는데. 내 실수야. 그러니 다음에 내기하자."

라만테의 눈이 번쩍였다.

"난… 패했다. 날 모욕할 작정인가? 죽여… 라."

토르는 픽 웃더니 라만테의 앞에 쪼그려 앉았다. 뜻밖의 대화에 알렉토와 티시포네를 비롯한 마족들도 숨을 죽인 채 토르를 지켜보고만 있었다.

"이봐, 넌 이번에 졌어. 그렇지?"

"그렇다……."

"승자에겐 승자의 권리가 있는 거야. 그렇지?"

"그렇다. 그것이 기사의 명예다……."

"그래. 그러니까 내 맘이지 뭐. 난 널 이겼으니까 심판의 성을 통과 하겠어. 어차피 넌 한동안은 움직이지도 못할 테니까 날 못 막아. 네 부하들이 막으면 다 죽여 버릴 거야. 난 덤비면 죽이거든. 대신 다음에 한 번 더 싸우자."

"왜……?"

"왜? 내 맘이지! 강자는 맘대로 사는 거야!"

토르는 갑자기 아하하 소리 높여 통쾌하게 웃더니 손가락을 딱 퉁겼 다.

라만테는 검강에 갈가리 붕괴되었던 내장들이 급속도로 제자리를 찾아가는 것을 느끼고 눈을 부릅떴다.

"너……!"

"졌지?"

토르는 빙긋 웃고 있었다. 아무 적의도 담기지 않은 그냥 싱그러운 웃음.

라만테는 한동안 토르의 얼굴을 바라보다가 한숨을 내쉬며 눈을 감 았다.

"졌… 다……."

"좋아. 그럼 한동안 몸조리 잘하라구."

토르는 빙긋 웃더니 단번에 헬나이트를 뽑아 들었다.

파앗—!

상처에 비해 정말 적은 양의 핏줄기가 솟아 나왔지만 토르가 손가락을 퉁기자 곧 그마저 멈추었다.

토르는 싱긋 웃더니 한마디를 남겼다.

"담에 또 붙어야 하니까 그때까지 더 강해져 있으라구. 이번엔 힘을 다 못 썼거든?"

라만테는 눈을 감고 아무 말이 없었다.

토르는 헬나이트를 어깨에 턱 걸치더니 커트와 디오스, 라나에게 손짓했다.

"가자!"

토르 일행이 다가서자 줄곧 노려보고만 있던 마족들이 썰물처럼 갈라지며 길을 열어주었다.

토르는 당당하게 마족들을 가르며 앞으로 나아갔다. 심판의 성안으로 토르가 들어가자 그 자리에 있던 마족들이 일제히 무릎을 꿇어 토르에게 경의를 표했다. 그들이 진심으로 존경하는 라만테를 살려준 아량에 감복하여.

라만테는 여전히 눈을 감은 채 무릎을 꿇고 있었다. 그러나 그의 입가엔 한 가닥 미소가 흐르고 있었다.

2

심판의 성을 통과한 토르 일행은 커다란 문 앞에 걸음을 멈추었다.

타티루스의 입구를 막고 있는 지옥문. 거대한 괴수가 먹이를 삼키려는 듯 광포한 표정으로 쩌억 입을 벌린 모양이었다. 괴수의 길게 내민 혀에 새긴 문구들이 섬뜩한 위압감을 주었다.

라나가 다소 창백해진 얼굴로 더듬거리며 읽어 내렸다.

"나를 거쳐 고통의 바다에 빠지고… 나를 거쳐 저주의 나락으로 떨어지리라……. 나를 통과할 자들은 모든 희망을 버릴지어다……. 정말… 무시무시한 경고네요."

문 안쪽에서 끊임없이 호곡하는 울부짖음이 흘러나와 분위기를 더 으스스하게 만들고 있었다.

토르가 빙긋 웃으며 라나의 어깨를 툭툭 쳤다.

"걱정하지 마. 우리에겐 어림없는 말이니까."

토르의 얼굴을 힐끗 본 라나는 살짝 얼굴을 붉혔다. 너무나 싱그러운 웃음이었기 때문이다.

'아……!'

라만테를 상대하는 모습이 너무 당당했던 때문일까. 토르의 주위에는 꼭 후광이라도 서려 있는 것 같았다. 더구나 믿음직하게 웃으며 바라보는 모습에 라나는 차마 얼굴을 마주 볼 수가 없어 얼른 고개를 돌렸다.

때마침 토르도 시선을 돌렸기에 라나는 살짝 가슴을 누르며 동동 뛰는 심장을 달래었다.

'왜… 이러는 거지? 갑자기 왜 이러는 거야? 아직 난 토르를 관찰하는 중이잖아.'

라나는 자신의 동요를 꾸짖으며 모두의 시선이 모여 있는 지옥문으로 눈길을 돌렸다.

둔중한 소리와 함께 문이 열리고 있었던 것이다.

회색빛 연기 속에서 쿠쿠쿠 하는 살벌한 웃음소리가 들렸다.

헬나이트에서 코크라가 경고를 보냈다.

「조심해. 케르베로스야. 성질 더러운 개마족이라구.」

'걱정 마.'

토르는 오히려 한 걸음 나서며 아직 모습을 드러내지 않은 케르베로스를 향해 소리쳤다.

"너 뭔지 다 아니까 신비한 척 그만 하고 얼른 나와. 겁 같은 거 안 먹으니까 짜증나게 하지 말고."

웃음소리가 뚝 그쳤다.

갑자기 연기 속에서 빠알간 채찍 같은 것이 날카롭게 토르를 노리고 날아들었다. 번들거리는 액체가 흥건한 그것은 케르베로스의 혀였다.

"이게 더럽게!"

토르의 헬나이트가 번쩍 하며 움직였다. 풍뢰금강검의 2초식, 쾌검의 절정인 뇌정관천(雷霆貫天)이었다.

"크엉!"

케르베로스의 비명 소리와 함께 싹둑 베인 혓바닥이 바닥에 떨어져 꿈틀거렸다. 라나가 미간을 찌푸리며 한 걸음 물러섰다. 너무나 징그러웠던 것이다.

콰직!

토르는 꾸물거리는 혓바닥을 밟아 뭉개 버리며 호통을 쳤다.

"안 나올래!"

그때였다.

"캬아아아오ㅡ!"

갑자기 시꺼먼 그림자가 연기 속에서 뛰어나와 그대로 토르를 덮

내 맘이지 119

쳤다.

"어쭈!"

헬나이트로 그대로 갈라 버리려는데 코크라가 날카롭게 소리쳤다.

「이건 허상이야! 조심해!」

과연 헬나이트가 가른 것은 그저 환상이었을 뿐이었다. 그리고 새된 비명이 터졌다.

"꺄악!"

라나였다.

토르 일행의 이목을 허상으로 흐린 케르베로스는 땅바닥을 스치듯 혀를 쏘아 보내 라나의 발목을 낚아챘던 것이다. 라나는 지옥문 입구에 거꾸로 매달린 채 비명을 지르고 있었다. 스멀스멀 움직이는 징그러운 혓바닥이 라나의 전신을 칭칭 감아가고 있었으니.

"라나!"

커트가 몸을 날리려 했지만 곧 부드득 이만 갈 뿐 제자리에 서 있을 수밖에 없었다. 어느새 라나는 쩌억 벌린 케르베로스의 입 안에 있었던 것이다.

거대한 개 한 마리가 소녀를 물고 있는 것은 끔찍하기 짝이 없는 광경이었다. 꽉 다물기만 하면 라나를 꿀꺽 삼킬 만큼 커다란 입에서는 질질 침이 흘러내렸다.

"아악! 토르—!"

라나가 비명을 질렀다.

회색빛 연기 속에서 음산한 웃음소리가 터졌다. 라나를 물고 있는 케르베로스는 아무 표정도 없이 토르와 커트, 디오스를 노려보고 있었지만 웃음소리는 메아리를 치며 사방에서 들려왔다.

쿵!

거대한 발소리와 함께 연기 속에서 천천히 케르베로스가 모습을 드러냈다. 라나를 붙잡는 데 성공한 케르베로스는 여유만만한 웃음을 계속 흘리고 있었다.

“개… 자식.”

토르가 이를 갈았다.

나타난 것은 명실상부한 개자식이었다.

거대한 몸뚱이에 달린 세 개의 머리는 모두 개의 머리를 하고 있었으니. 묵직한 기둥 같은 네 개의 다리는 코끼리의 다리를 보는 듯했고 바닥을 휘젓는 꼬리는 뱀의 그것이었다. 입가에서 질질 흐르는 침이 끔찍하게 더러웠다.

라나를 입에 문 케르베로스의 머리가 컹하며 턱에 힘을 주자 라나가 비명을 내질렀다.

“아아아아악!”

맨 오른쪽에 있는 머리가 키득키득 웃음을 터뜨렸다.

“카웅! 야들야들 맛있겠는데?”

아까부터 웃었던 머리가 바로 이놈이었던 듯 오른쪽 머리는 쉬지 않고 음산하게 웃고 있었다.

토르는 더 참지 못하고 뛰어나가려는 커트를 말리고는 처음 등장할 때부터 묵직한 눈빛을 뿌리고 있는 가운데 머리에게 물었다.

“니들 죽고 싶냐? 당장 라나를 내려놔.”

오른쪽 머리가 키득거리며 대답했다.

“너 뭔가 착각하는 거 아니냐? 감히 산 놈들이 지옥문을 통과하려 하다니! 네놈들 모두 물어 죽여도 사트바 신의 허락을 받은 나에겐 죄가 되지 않는다구. 큭큭!"

토르는 그놈은 쳐다보지도 않고 가운데 머리만 보았다.

"좋게 말할 때 내려놔. 라나 놀랄까 봐 참아주는 거다."

토르의 눈이 새빨갛게 변해 있었다. 한 올 한 올 솟아오르는 붉은 머리카락이 온통 하늘을 향해 곤두서 있었다.

위협하듯 말하고 있었지만 토르는 라나를 향해 돌아가려는 시선을 케르베로스의 가운데 머리에 고정시키느라 엄청난 심력을 소모하는 중이었다.

'저놈이 대장이야. 저 머리를 먼저 잘라야 해.'

일행이 인질로 잡힌 불리한 상황이었기에 단숨에 역습을 꾀해 단 한 번의 칼질로 모든 것을 끝내 버려야만 했다. 그런 칼질은 셋 중 오직 토르만 가능했다.

자칫 실수하면 라나가 다칠 수도, 아니, 죽을 수도 있는지라 토르는 생명이 없는 유리알처럼 고정되어 있는 가운데 머리의 눈을 잔뜩 노려보고 있었다.

'약세를 보여선 안 돼. 단숨에 끝내야 한다.'

입술을 달싹거려 전음을 날릴 수도 없고 라나에게 마음을 전달해 줄 수도 없었다. 카론의 말에 따르면 케르베로스의 가운데 머리는 사트바신의 은총을 받아 모든 마법을 꿰뚫는 눈을 가졌다 했다. 단숨에, 단숨에 끝내야 했다.

토르의 붉은 눈동자에 빠알간 실핏줄이 톡톡 돋아나기 시작했다. 곤에게 배운 심안이었다. 곧 케르베로스의 몸속이 맑은 물속을 들여다보는 것처럼 투명하게 눈에 잡혔다. 길게 돋은 목뼈가 척추에서 세 가닥으로 갈라진 부분이 눈에 들어오자 토르는 단숨에 몸을 날렸다.

팍!

헤이스트보다도 빠른 돌진은 일찍이 곤조차 감탄을 금치 못했던 일선보(一線步)였다. 곁에 있던 디오스와 커트조차도 토르가 몸을 날리는 순간을 의식하지 못했을 정도로 소리도 기척도 없는 쾌속 돌진이었다.

"카오!"

날카로운 용음(龍吟)을 토해내며 토르는 헬나이트로 한 점을 노린 채 좌우를 갈랐다. 척추에서 목뼈가 갈라지는 바로 그곳이었다.

한 호흡에 모든 힘을 토해낸 칼질은 풍뢰금강검의 4초식, 풍운뇌정(風雲雷霆)! 변검과 쾌검을 결합한 절대 쾌속의 칼질이었다.

"카웅!"

케르베로스의 세 머리는 각각 다른 반응을 보였다. 오른쪽 머리는 토르의 급습에 놀라 쏜살같이 토르의 머리를 물어갔고 가운데 머리는 유리알 같은 눈을 반짝이며 입을 벌렸다. 새파란 불길이 토르의 몸을 덮쳤다. 왼쪽의 머리는 라나의 몸을 삼키려는 듯 목을 젖혔다.

그러나 그 모든 반응도 너무나 빠른 토르의 칼질에는 아무런 소용이 없었다.

파아아—!

엄청난 핏줄기가 솟구치며 세 개의 머리가 허공으로 떠올랐다. 그리고도 헬나이트는 계속 움직였다. 풍운뇌정은 한 초식이었지만 한 번의 칼질이 아니었던 것이다. 단숨에 세 개의 머리를 몸뚱이에서 끊어낸 헬나이트는 춤추듯 왼쪽을 휩쓸며 라나를 문 케르베로스의 머리를 허공에서 완전히 분해해 버렸다.

퍼퍼펑!

폭발하듯 쪼개져 날아가 버리는 머리의 잔해 속에서 라나가 떨어져 내렸다.

덥석.

라나를 받아 든 토르는 케르베로스는 돌아보지도 않고 라나만을 걱정스럽게 바라보았다.

그제야 케르베로스의 머리가 바닥에 툭툭 떨어지는 소리가 들렸다. 쿵 하며 몸뚱이가 바닥에 처박히는 소리가 그 뒤를 따랐다. 토르는 실로 엄청난 속도로 움직였던 것이다.

"라나……."

토르의 눈에 안타까운 빛이 서렸다.

온통 더러운 침으로 얼룩진 라나의 몸에선 빨간 피가 여기저기에서 흘러나오고 있었다. 케르베로스의 이빨에 당한 상처였다.

딱!

토르가 손가락을 퉁겼다.

케르베로스에게 물려 여기저기 찢어진 라나의 상처가 단번에 아물기 시작했다. 토르를 그렁그렁한 눈으로 바라보던 라나는 그제야 와 소리를 지르며 토르의 목을 껴안았다. 그리고 라나는 소리를 죽인 채 엉엉 울기 시작했다.

"이제 괜찮아."

툭툭.

토르는 라나를 안은 채 어깨를 다독여 주었다. 라나는 그 순간 마음껏 울음을 터뜨렸다. 너무도 따뜻한 토르의 품속에서 공포와 아픔에서 해방된 찬란한 환희를 느끼며.

케르베로스의 시신도 곧 먼지가 되어 사라져 버렸다.

라나가 어느 정도 진정되자 토르를 선두로 모두 지옥문 안으로 발길을 옮겼다. 커트의 곁에서 토르를 따르는 라나의 눈이 계속 흔들리고 있었다.

디오스가 라나의 어깨를 툭 쳤다.

고개를 돌린 라나에게 디오스는 활짝 웃어주었다. 작업의 기운이 전혀 느껴지지 않는 호의 섞인 웃음을 받으며 라나는 왠지 기분이 밝아지는 것을 느꼈다.

토르는 위험에 빠진 자신을 구하기 위해 정말 최선을 다했다. 그리고 디오스는 자신을 향해 힘내라는 듯 말없이 웃어주고 있었다. 라나는 비로소 토르와 디오스에게 일행으로서 인정을 받은 것만 같아 뿌듯한 기쁨을 느낄 수 있었다. 커트도 둘을 바라보며 빙긋이 웃어주었다.

사방은 어둡고 컴컴했으나 라나의 가슴속에는 밝은 불빛이 켜진 것만 같았다.

'너무 따뜻했어……'

토르의 품은 너무나 따뜻하고 안심이 되었다. 토르의 품에 안겨 울며 이전에는 결코 느껴본 적이 없는 환희를 맛본 라나였다. 그 편안하고도 따뜻한, 믿음직한 품속에 안겨 한없이 눈을 감고 있고만 싶었다.

울음을 그친 라나를 내려주며 토르는 커다란 손으로 라나의 머리카락을 부스스 헝클어주었다. 동생을 다루는 듯한 손길이었지만 그 손길에 깃든 애정이 고마워 라나는 다시 눈물이라도 날 것만 같았다.

하지만 그뿐이었다. 라나를 바라보는 토르의 눈에는 이제 지난날 보았던 아픔이나 망설임 따위가 전혀 없었다. 야릇한 긴장이 느껴지던 그 눈빛이 사라진 지금, 토르가 어떤 마음으로 라나를 보고 있는지 라나는 알 수 있었다. 그리고 그것이 안타깝기만 했다.

'아……!'

라나는 아나테가 못 견디게 그리웠다. 이렇게 혼란스러운 마음을 상의할 수 있는, 토르에게 막강한 영향력을 갖고 있는 네크로맨서 아나테가 정말 그리웠다.

오빠 같은 남자들만 잔뜩 있는 타티루스 안에서 라나는 고독을 실감했다. 아무에게도 지금의 심정을 상의할 수 없었으니. 그럴 상황도 아니었으니.

"휴우……."

라나는 자신의 한숨 소리에 깜짝 놀라 상념에서 깨어났으나 그녀의 한숨 소리는 일행의 주목을 끌지 못했다. 지옥문 안은 한탄과 비통, 울음과 통곡성이 점점 커져 가고 있었기 때문이다.

커트가 토르에게 말을 건넸다.

"토르, 스틱스 강입니다."

"음. 이게 증오의 강이지?"

"맞습니다."

"카론의 말대로 끔찍한 지옥이군."

"그렇지요."

어느새 강변에 도착한 토르 일행은 말도 안 되는 광경에 눈살을 찌푸릴 수밖에 없었다.

건너편이 보이지 않는 너른 강폭은 흐름이 보이지 않는 흙탕물로 꽉

차 있었다. 강이라기보다 늪의 연장으로 보이는 거대한 강 속에는 엄청난 수의 영혼들이 한데 모여 울부짖으며 통곡하고 있었다.

라나가 고개를 돌리며 외면했다. 차마 마주 볼 수가 없었다. 스틱스 강 속의 영혼들은 그냥 울고 있는 것이 아니었다. 그들은 서로 물고 할퀴고 잡아 뜯으며 자신의 증오를 상대에게 풀고 있었다.

디오스가 고개를 돌리며 헛구역질을 했다.

"우욱! 정말 못 봐주겠군……."

비대한 몸뚱이를 한 탐욕 어린 얼굴을 한 여자가 뱃가죽을 뜯겨 창자를 쏟아내며 비명을 지르는 것을 본 디오스는 카론의 말을 떠올렸다.

"스틱스 강에서 벌을 받는 영혼들은 재물이나 쾌락, 권력에 대한 욕망에 미쳐 자신의 영혼을 파괴한 자들이오. 애욕과 탐욕, 탐식과 인색, 낭비와 격노의 죄를 범한 자들이 서로 증오하고 물고 뜯으며 영원한 벌을 받고 있지……."

들을 때는 몰랐는데 직접 그 광경을 보니 온몸이 오싹해진다.

디오스는 홀로 중얼거렸다.

"애욕이… 왜에? 그게 무슨 벌받을 짓이라고. 본능에 충실한 게… 죄냐?"

왠지 소름이 돋는 디오스였다.

토르가 낄낄 웃으며 디오스의 등을 쳤다.

"연애는 게임이라며? 벌받는 거 보니까 인생관이 바뀌나 보지? 하하!"

"무, 무슨 소리야!"

토르는 눈을 빛내며 디오스에게 바싹 얼굴을 들이댔다.

"디오스… 저기 저 여자들 잘 봐. 혹시 디오스랑 전에 잔 여자들 없나. 또 알아? 디오스도 죽으면 스틱스 강에 묻힐지?"

"무, 무슨 끔찍한 소리야!"

"무섭긴 무섭나 보구나. 말도 더듬네? 아… 대륙의 귀부인들을 눈물 짓게 하던 디오스의 연애 게임도 이제 끝나는 것인가?"

"난 인정할 수 없어! 난 오직 여자들에게 즐거움을 주었을 뿐이라구! 그게 죄야? 죄?"

토르 일행이 오랜만에 웃고 있을 때였다.

증오의 비명으로 가득 찬 스틱스 강심에서 삐걱거리는 소리가 들려왔다.

불지옥 플레케톤 : *Chapter 45*

강심에서 서서히 토르들을 향해 다가오는 조각배에는 카론과 비슷한 옷차림을 한 거구의 뱃사공이 배를 젓고 있었다.

커트와 토르의 눈이 마주쳤다.

"저자가 프레키겠군요."

"응. 상대하기 힘든 놈이라 했지? 사트바에게 거역한 벌로 뱃사공이 되었다고. 어쩔 수 없이 굴종을 택한 자라 분노가 크다고 했던가?"

"그렇습니다. 어쩌실 생각이십니까?"

"뭘 어떻게 해? 덤비면 베고, 고분고분하면 놔두고. 맘에 들면 친구 삼는 거지."

픽 웃는 토르를 향해 커트도 웃음을 보냈다.

"저자는 제가 상대하고 싶습니다만……."

"음? 왜?"

"전부터 만나보고 싶었던 자입니다."

"그래? 그럼."

선선히 대답하는 토르에게 커트는 웃으며 고개를 숙였다.

라나가 걱정스러운 듯 물었다.

"커트, 꼭 그럴 필요가……."

"후후. 걱정하지 마라. 꼭 한 번 말을 섞어보고 싶었던 자다. 그리고 우리도 구경만 하러 따라온 건 아니잖니?"

디오스가 고개를 끄덕였다.

"맞아. 나도 사실 몸이 근질거린다구. 시원하게 싸운 적이 없잖아. 토르만 신났지."

토르가 큭 웃었다.

"근질거리는 데는 특정 부위겠지. 저기 벌받는 놈들 보면서도 그 생각이 나?"

계속된 놀림에 디오스가 얼굴을 붉히며 왁 소리를 지르려 할 때였다.

강변에 도착한 배에 우뚝 서서 프레키가 고함을 질렀다. 증오의 강이라는 스틱스에 어울리는 성난 목소리였다. 가슴 깊이 꾹꾹 묻어둔 증오와 분노가 켜켜이 쌓여 응축된 듯한.

"산 자들아! 어찌 스틱스 강까지 왔느냐! 분노의 통곡을 산몸으로 경험하고 싶지 않다면 당장 돌아가라—!"

프레키는 말을 맺으며 흙탕물 속에서 뱃전을 잡는 영혼들을 노로 후려쳤다.

펑펑—!

비명 소리가 터졌다. 두드려 맞은 영혼들이 슬피 울부짖었으나 프레키는 냉엄하게 그들을 꾸짖었다.

"어리석은 것들아! 너희끼리 물어뜯고 증오하거라! 내 증오에 휩싸이면 너희의 나약한 영혼쯤은 한 줌 재로 화할지니!"

그때 커트가 앞으로 나서며 말을 걸었다.

"신께 도전한 용기를 지녔던 자여, 엘프 전사 커트가 그대에게 묻고자 하오."

프레키는 얼굴도 안 보이게 눌러썼던 모자를 휙 벗어 젖혔다. 깊게 그늘진 눈이 인상적인 얼굴, 온통 빽빽한 수염으로 덮여 눈만 보이는 특이한 얼굴이 드러났다.

"내 과거를 끄집어내 날 고통에 젖게 할 생각인가? 난 이미 과거를 참회한 지 오래다."

커트는 빙긋 웃으며 고개를 저었다.

"그대가 진정 참회를 마쳤다면 어찌 엘리시온에 있지 않고 스틱스 강에서 노를 젓는 것이오. 그대의 분노가 아직 가시지 않았기에 그런 것 아니겠소?"

프레키의 눈에서는 번갯불이라도 튀어나올 것만 같았다. 커트를 노려보는 눈에는 온통 살기가 가득해 번들거렸다.

"나를 모욕하는 것인가?"

커트는 얼굴에서 웃음을 거두고는 공손하게 고개를 숙였다.

"마음 상하셨다면 사죄드리오. 내 그대의 과거를 들추고자 함이 본심은 아니나 예전부터 꼭 묻고 싶은 것이 있었기에 실례를 무릅쓰고 나섰소이다."

고개를 든 커트의 눈은 프레키의 깊은 눈을 말없이 응시했다.

프레키는 사트바 신에 대항한 대가로 신의 분노를 사 지옥에 떨어진 영혼이었다. 그러나 그것은 정당한 저항이었고 지옥에 떨어질 만한 죄를 범한 것도 아니라 커트는 생각했다. 하지만 신에 저항했다는 그 이유 하나로 그는 씻지 못할 죄를 범한 바 되었고 가족들마저 모두 비참하게 죽어버렸다.

커트는 문헌을 통해 본 그의 삶에 깊이 공감했고 그의 분노에 함께 분노한 바 있었다.

사트바의 신관 하나가 프레키의 누이를 겁탈한 후 죽었다. 프레키는 신전에 호소하여 신관의 인도를 요청했으나 사트바의 신탁은 그것을 거부했다. 분노한 프레키는 신관과 함께 사트바의 신전마저 불살라 버렸다. 그것이 그가 지옥에 떨어진 이유였다. 신의 뜻을 거역한 대가. 그것이 프레키가 스틱스의 뱃사공이 된 이유였던 것이다.

신의 뜻.

운명이라 일컬어지기도 하는 그것의 참담함을 커트는 깊이 공감하고 있었다. 그 또한 운명의 비통함에 숱한 눈물을 뿌린 바 있었다. 프루바카나 산맥 북쪽으로 엘리시온의 터를 옮길 때, 인간과 함께 남으리라 선언한 엘프들을 커트는 자신의 손으로 죽여야 했다. 그것은 신의 이름으로, 신의 뜻으로, 엘제키온의 예언이란 이유로 행해진 돌이킬 수 없는 비극이었다. 아직도 커트는 당시의 피 냄새를 때때로 맡고 있었으니.

묵묵히 커트의 눈을 바라보던 프레키가 갑자기 웃기 시작했다.

"크흐흐흐. 이제 보니 그대는 나와 동류였군."

"그렇소."

프레키의 눈은 커트의 내면을 헤집을 듯 집요했으나 커트는 조용히 그 광포한 눈을 마주 보고 있었다.

마침내 프레키의 입이 열렸다.

"무엇을 묻고 싶은가? 내 그대의 묵은 증오를 보았기에 질문을 허하겠다."

커트는 말을 고르듯 잠시 침묵하다 증오의 원망에 몸부림치는 스틱스 강의 영혼들을 보며 물었다.

"그대는 스스로 자신의 죄를 인정하시오?"

"크크크. 묻고 싶은 건 그게 아닐 텐데?"

그랬다.

커트가 묻고 싶은 것 그것이 아니었다.

활을 잡은 커트의 손에 불끈 힘줄이 돋아났다. 꼭 다문 턱 사이로 울퉁불퉁 잇자국이 드러났다.

"운명에… 신의 뜻에 대항한 게… 잘못이오? 왜 그대가 지옥에 있어야 하는 것이오. 왜……?"

"크카카카카!"

갑자기 프레키가 고개를 젖히며 미친 듯 웃음을 터뜨렸다. 두려움에 몸을 떨며 뱃전에 모여 있던 영혼들이 썰물처럼 흩어져 버렸다. 증오의 광기가 가득 담긴 프레키의 웃음은 전율을 느낄 정도로 오싹했던 것이다.

한참을 미친 듯 웃던 프레키가 갑자기 웃음을 뚝 그쳤다. 프레키의 눈에 서린 분노가 눈에 띄게 옅어져 있었다.

"커트라 했는가?"

"그렇소."

"그대는 아직 증오에 불타고 있군."

"그렇소. 신의 이름으로, 신의 뜻대로, 운명이라 포기하고 내 손으로 동족을 죽였소. 나는 증오하오. 엘제키온의 서를……."

"커트!"

라나가 깜짝 놀라 커트의 팔을 잡았으나 커트는 부드득 이를 갈았다. 그의 눈은 프레키의 눈을 똑바로 바라보고 있었다.

"묻겠소. 그대는 내 뿌리 깊은 의심에 해답을 줄 수 있으리라 믿기에. 신의 뜻에 저항한 게 잘못이오? 그것이 죄가 되오이까? 왜? 왜!"

프레키는 큭큭 메마른 웃음을 터뜨렸다.

"흐흐. 자네는 죽으면 틀림없이 스틱스 강에 빠지겠군."

"내 증오도 죄가 되는 것이오?"

프레키는 고개를 끄덕였다.

"그렇다. 자네가 한 것과 똑같은 질문을 나는 사트바 신을 만나 직접 물었지. 그리고 나는 이곳에 떨어졌다."

"이유가 도대체 뭐요!"

커트는 그답지 않은 격한 어조로 물었다. 납득할 수 없었다. 인정할 수 없었다. 신의 뜻은 무조건 옳다는 말인가! 운명은 무조건 옳다는 말인가!

"나도 모른다."

"뭐요?"

"아니… 정확히 말하면 이해를 못하고 있지. 사트바께서는 내 증오를 인정하셨다. 내 분노를 인정하셨지. 그러나 그분은 내게 이렇게 말했다."

커트는 침을 꿀꺽 삼키며 프레키를 바라보았다.

프레키의 나직한 목소리가 이어졌다.

"내 여동생의 슬픈 운명도… 그에 분노한 내 복수심도… 내가 저지른 신에 대한 불경도… 모두 내 스스로 만든 것이라 하셨다. 내 스스로 내 삶을 그렇게 산 것이라 하셨다. 그리고 나를 뱃사공으로 일하도록 명하셨지. 내 모든 죄는 신께 불경한 그것이 아니라 나 자신을 지옥의 겁화 속에 빠뜨린 것이라 하셨다. 나는 아직 그 말을 이해하지 못하고 있지. 그래서 오늘도 배를 젓고 있다……."

묘한 울림을 갖고 있는 프레키의 말이 그치자 주위엔 한동안 싸한 정적이 흘렀다. 흐느끼고 울부짖던 영혼들도 잠시 침묵하고 있었다.

"스스로… 만든 것이라 하셨소?"

"그렇게 말씀하셨다."

커트와 프레키는 말없이 서로의 눈을 응시하다 휙 고개를 돌렸다. 거울을 보는 듯한 참담함과 비통이 더 이상 상대를 보지 못하게 했던 것이다.

한동안 묵묵히 강물을 바라보던 커트가 말을 건넸다.

"나도 그 깊은 뜻은 모르겠구려. 알 듯 모를 듯하외다."

"나도… 그렇다."

"혹 곤과 아나테라는 영혼의 이름을 들어본 적 있소이까? 우리는 그들을 구하기 위해 왔소."

"스틱스 강의 영혼은 내 모두 알고 있으나 그들은 이곳에 없다. 아마 강을 건넌 자들이겠지."

그때 갑자기 토르가 물었다.

"나나, 레나, 사나라는 인어들과… 그리고 오르스란 마법사의 이름은?"

디오스가 깜짝 놀라며 토르를 바라보았다. 오르스를 거명한 것이 너무 뜻밖이었기에. 토르는 희미하게 웃으며 디오스의 어깨를 두드렸다.

"아예 아나테의 숙원을 풀어주려고. 그게 낫지 않겠어?"

디오스는 어두운 눈으로 토르를 바라보다가 묵묵히 고개를 끄덕였다.

프레키는 한참 동안 토르를 바라보다가 순순히 대답해 주었다.

"이곳엔 없소."

"그럼 타티루스엔 없는 걸까?"

"그것은 알 수 없소. 이 뒤로 플레케톤과 코키투스가 있으니. 연옥의 정죄를 마치고 레테를 건너 엘리시온으로 간지도 모르지."

"결국 끝까지 가봐야 한다는 말이군."

토르는 고개를 끄덕이더니 갑자기 프레키에게 물었다.

"내가 누군지 아나 보지?"

"그렇소. 라만테와 싸운 얘기는 이미 죽음의 세계에 널리 알려졌소이다. 케르베로스를 죽인 것도. 이곳에선 아무런 비밀도 없소."

"그렇군. 그럼 우리를 건네줄 텐가?"

"어떨 것 같소?"

"건네줄 거 같은데?"

"왜 그렇게 생각하시오?"

"넌 아직 사트바를 증오하니까. 내가 타티루스를 휘젓는 걸 반대할 이유가 없잖아?"

프레키가 흠칫 놀란 눈으로 토르를 바라보았다. 수염이 가득 나 표정은 보이지 않았지만 그의 눈은 당혹해하고 있었다.

"그, 그게… 무슨 말이오? 나는 사트바 신을……."

"아니, 넌 아직 사트바를 증오해. 넌 아직 자신의 분노가 정당했다고 생각하고 있어. 아냐?"

프레키는 한동안 토르를 바라보다가 한숨을 쉬었다.

"과연 그대는 위대한 자이구려."

토르는 피식 웃더니 커트와 디오스, 라나에게 손짓했다.

"타자."

모두들 성큼성큼 걸어가 먼저 배에 탄 토르를 당혹한 눈으로 보았지만 토르는 묵묵히 뱃전에 서서 그들을 재촉했다.

"타라니까?"

커트가 바라보니 프레키는 묵묵히 노를 강물에 찍어 배를 저을 준비를 하고 있었다. 커트와 라나, 디오스가 차례로 배에 오르자 프레키는 힘차게 노를 저어 배를 움직이기 시작했다.

어찌나 빨리 강물을 가르는지 바람에 머리칼이 휘날릴 지경이었다.

뱃전에 서서 스틱스 강을 굽어보던 토르가 혼잣말처럼 툭 내뱉었다.

"스스로 운명을 만든다는 말이 옳아. 각자가 만드는 운명이 씨줄과 날줄처럼 얽혀 비극을 만들어내는 것이지, 그것을 누가 제어하고 계획하는 건 아니야. 진짜 신이라면 그런 일을 하지 않을 거야."

커트와 프레키는 묵묵히 듣고만 있었다.

뱃전을 향해 달려드는 울부짖는 영혼들을 우울한 눈으로 보던 토르는 암청색의 하늘로 눈길을 돌렸다.

"왜 나는 인간이 되고자 했을까……? 왜……."

"그 선택이 당신을 위대한 자로 부르게 하는 것입니다."

프레키의 말에 토르는 고개를 가로저었다.

"나도 알아, 그건. 하지만 정작 내가 인간이 되려 결심한 동기는 모르겠어. 나는 무엇을 보고 무엇을 느꼈던 것일까……?"

아무도 대답해 줄 수 없는 문제라 누구도 뭐라 하지 못했다.

토르는 갑자기 기지개를 쭉 켜더니 하하 웃기 시작했다.

"까짓거, 언젠간 생각나겠지 뭐. 어쨌든 프레키, 기대해. 사트바는 나 때문에 굉장히 애먹을 거야. 하하. 플레케톤 강과 코키투스 강을 지키는 놈들은 전혀 애정이 안 가는 놈들이거든. 개기면 싹 죽여 버릴 거야."

갑자기 웃음을 멈춘 토르는 하늘에 시선을 박고 주먹을 불끈 쥐어 보았다.

"운명? 그런 건 본래 없어! 신은 운명을 만들고 조율하는 게 아냐! 그런 신이라면 내가 박살을 내주지!"

프레키는 노를 젓다가 조용히 토르를 향해 고개를 숙였다. 자신을 위로해 주기 위해 한 말인 줄 잘 알고 있었던 것이다.

커트는 암연한 눈으로 암청색 하늘을 보고 있었다. 그의 고뇌는 하나도 해결이 되지 않았기에.

'곤……. 자네는 어떻게 극복할 수 있었나, 어떻게……?

누구보다 증오의 사연을 갖고 있을 곤의 과거를 알기에 커트는 스틱스 강에 없는 곤을 떠올렸다. 그의 웃는 얼굴이 미치도록 보고 싶었다.

2

스틱스 강을 건너자 풍경이 일변했다. 살인적인 더위가 몰려들었다.

디오스는 눈살을 찌푸렸지만 토르는 씩 웃을 뿐이었다. 더위야 토르

에겐 즐겁기만 한 것이었으니까.

"흐……. 찐다, 쪄! 여긴 딴 데랑 좀 다르네? 카론 말대로 진짜 사람 못 살 데구나."

투덜거리는 디오스를 바라보며 토르가 픽 웃었다.

"이 정도 가지고 뭘. 아직 입구인데."

라나도 눈살을 찌푸리고 있었다. 엘리시온 외곽은 눈 덮인 아이스랜드라 추위에는 익숙했지만 이런 더위는 처음 겪는 바였다. 더구나 눈앞에 펼쳐진 광경은 말 그대로 지옥이었다.

굽이굽이 도는 강물은 찐득찐득한 피로 가득 채워져 있었다. 더구나 펄펄 끓고 있었다. 강 주위에도, 강물 속에도 벌을 받는 영혼들이 아우성을 치며 비명을 지르고 있었다.

마법으로 실드를 쳐놓아 그들의 머리엔 떨어지지 않았지만 온통 불비가 내리고 있었다. 시뻘건 불덩이가 빗줄기로 쏟아지며 지면을 달구고 태웠다.

강둑과 지표에는 수많은 영혼들이 무언가에 쫓겨 비통하게 울부짖으며 달리고 있었다. 그들의 뒤를 쫓는 것은 무수히 많은 벌들과 파리 떼였다. 붕붕 울리는 날갯짓이 아니었다면 실체를 구분하기 힘들 정도로 많은 숫자, 영혼들을 쏘고 물어뜯으며 벌 떼와 파리 떼는 새까맣게 뭉쳐 날고 있었다.

라나는 카론의 말을 떠올렸다.

"불의 지옥, 플레케톤에는 살아생전 헛된 폭력을 휘두른 자들이 벌을 받고 있소. 미노타우로스와 켄타우로스들이 그들을 벌주고 있소만… 그놈들은 폭력을 벌하기보다는 자신의 폭력을 즐기는 놈들이오. 상종 못할 잡것들이지."

　카론에게 들은 대로 벌 떼와 파리 떼에게 쫓기는 영혼들을 후려치는 마족들이 있었다. 소의 머리를 한 거창한 체격의 미노타우로스와 상체는 인간, 하체는 말의 몸을 가진 켄타우로스들이 영혼들을 괴롭히며 폭소를 터뜨리고 있었다.

　그들은 토르 일행이 보이지도 않는 듯 영혼들을 꾸짖고 때리며 잔인한 웃음을 흘리는 중이었다. 토르가 실드 마법에 투명 마법을 덧씌우고 호신강기까지 펼친 터라 보이지도 들리지도 않는 것이다.

　토르가 갑자기 큭큭 웃음을 터뜨렸다.

　"좋은 생각이 났어."

　"뭔데?"

　디오스가 묻자 토르는 미노타우로스와 켄타우로스들을 가리켰다.

　"저것들을 싹 죽여 버리자."

　"싹?"

　"더 이상 일일이 찾아다니기도 귀찮아. 더구나 여길 지나면 코키투스에 가야 하거든. 거긴 엄청 춥대. 나나 커트와 라나는 괜찮겠지만 넌 좀 힘들 거야. 여기로 사트바를 불러내는 게 좋을 거 같아. 아주 뒤집어 버려야지."

　디오스는 자신을 배려해 주는 토르가 고마웠지만 일행에 방해가 된 것 같아 언짢기도 했다.

　"토르, 나 때문이라면……."

　"꼭 그런 건 아냐. 어차피 뒤집어엎으려고 했어. 사트바는 신이야. 신은 만나기 쉬운 존재가 아니거든. 여긴 불지옥이니까 내게 제일 유리한 지역이야. 코크라도 마찬가지고. 여기서 승부를 보는 게 옳아."

커트에게 고개를 돌린 토르는 툭 어깨를 쳤다.

"이봐, 커트."

"예."

커트는 프레키와 나눈 말들이 아직 정리되지 않은 듯 복잡한 표정이었다. 토르는 커트의 고뇌에 대해서는 아무 말도 하지 않았다. 몇 마디 말로 풀릴 고뇌가 아니라는 것을 느꼈기 때문에. 엘프의 참담한 역사는 토르도 기억하고 있었다. 흐릿한 풍경처럼 자신의 기억 같지 않은 기억이었지만.

"커트, 정당한 폭력이란 게 있다고 생각해?"

뜻밖의 질문에 커트는 묵묵히 토르를 바라보다 고개를 끄덕였다.

"저는 전사입니다. 전사에겐 허락된 범위만큼 가혹한 선택의 윤리가 따르죠. 그 선택을 감당할 수 있어야 비로소 전사라 할 수 있습니다. 폭력이 정당한 게 아니라 스스로 당당한 것이 중요합니다."

"멋지군."

토르는 씩 웃으며 엄지를 치켜 올렸다.

미노타우로스와 켄타우로스들을 보며 토르가 물었다.

"저놈들을 죽이는 건 정당할까? 부당할까?"

"폭력의 죄를 범한 자를 폭력으로 징치할 수도 있는 법입니다. 하지만 저것들은 그 자체를 즐기고 있군요. 살 가치가 없는 것들입니다."

단호한 커트의 단정에 토르의 웃음이 더욱 짙어졌다.

토르는 커트의 어깨를 툭툭 두드렸다.

"넌 과연 내 친구야."

커트는 머리를 혼탁하게 했던 고뇌가 어느새 가벼워진 것을 깨달으며 그 독특한 위로에 웃음으로 답했다. 기분이 조금 가벼워졌다.

토르가 고개를 돌리며 짙은 웃음을 흘렸다. 살기가 가득 담긴 웃음이었다.

"그럼 저 비루한 마족 놈들을 해치우러 가볼까? 정말 못 봐주겠군."

그때 헬나이트에서 코크라가 갑자기 말을 걸었다.

"토르."

"응? 왜 그래? 막 피 보러 갈 참인데. 같은 마족이라고 편들어주려고?"

"크크. 내 그럴 리가 있냐? 같은 마족은 무슨. 마족에게도 마족의 긍지가 있는 거야. 사트바께서 왜 저런 잡것들한테 플레케톤을 맡기셨는지 모르겠구나."

"그럼 왜 불렀어?"

"부탁이 있다."

"뭔데?"

"들어줄 거지?"

"뭔데 뜸 들여? 빨리 말해. 막 튀어나가려고 했는데 말이지……."

코크라는 상당히 말하기 어려운 부탁인지 많이 망설였다.

"음… 토르. 나도 저놈들한테 유감이 있거든."

"그래? 잘됐네! 어차피 헬나이트로 죽일 건데 뭐."

"그게 아니고 말야……."

"우씨! 너 답답하게 왜 그래! 빨리 말 안 함 안 들어준다?"

"내 모습을 보여주고 죽이고 싶어. 저놈들은 꼭 그렇게 해주고 싶어……."

"보여주면 되잖아?"

“그게 아니고!”

“그럼?”

“네 몸에 들어가서… 내 모습을 보여주면 안 될까……?”

디오스가 빽 소리를 질렀다.

“안 돼!”

라나와 커트도 다급히 고개를 흔들었다.

“안 됩니다!”

“말도 안 돼요!”

그러나 토르는 묵묵히 헬나이트의 검신을 들여다보기만 하고 있었다.

갑자기 토르가 훗 하며 웃었다.

“뭐야? 너도 사랑을 했어? 그런 건 인간만 한다며? 더구나 인간 여자랑?”

코크라가 꽥 소리를 질렀다.

“야! 너, 너, 너! 친구 맘속은 허락없이 안 본다며!”

마구 더듬거리는 코크라에게 토르는 웃으며 고개를 저었다.

“네 감정이 너무 흘러넘쳤어, 임마. 크크. 인간을 사랑했구나. 멋진데?”

“무슨 소리예요?”

라나가 궁금증을 참지 못하고 물었다. 코크라가 말하지 말라고 난리를 피웠지만 토르는 픽 웃으며 대답해 주었다.

“말 그대로야. 복수지. 저놈들 중 몇몇 켄타우로스 놈들이 코크라의 애인을 죽였대.”

라나는 눈을 휘둥그렇게 떴다. 코크라에게 그런 과거가 있을 줄은 상상도 못했기에.

"들어와, 임마."

토르는 빙긋 웃더니 헬나이트를 쓰다듬었다. 검신이 부르르 떨리는 게 느껴졌다.

"괜찮겠… 나?"

"당연하지."

단숨에 대답하는 토르에게 감격한 듯 코크라는 한동안 말이 없었다.

"나나의 복수를 네가 도와줘서 할 수 있었잖아. 정말 고마워하고 있었어. 신세 갚는 걸로 하자. 셈은 분명한 게 좋다며?"

나직한 웃음소리가 들렸다.

그리고 코크라의 봉인된 영혼이 헬나이트를 통해 토르의 몸속으로 흘러들어 가기 시작했다.

둘의 대화에 더 말리지도 못하고 바싹 긴장한 채 토르를 바라보던 디오스가 흠칫 놀라며 한 걸음 물러섰다. 라나와 커트도 마찬가지였다.

"우욱……."

토르가 고통스러운 듯 미간을 찌푸리며 상체를 접었던 것이다.

그리고 변화가 시작되었다.

드득.

등줄기의 옷깃이 터지며 시꺼먼 것이 돋아나기 시작했다. 박쥐의 것처럼 생긴 한 쌍의 날개였다. 점점 크게 나래를 펴던 날개가 토르의 몸을 감싸 안았다.

검은 날개에 휩싸여 거대한 알처럼 보이는 토르의 몸이 이리저리 좌우로 흔들렸다.

라나는 꿀꺽 침을 삼키며 물었다.

"커트… 괜찮을까요?"

"토르가 결정한 일이니… 나도 위험한 모험이라 생각하지만… 이제까지 본 코크라는 분명히 토르의 친구였으니……."

"배신은 마족의 미덕이라고 하던걸요? 코크라가 직접 한 말이에요."

"후우……. 지금으로선 그를 믿을 수밖에."

라나와 커트가 걱정스럽게 대화를 나누는 동안, 디오스도 긴장한 채 토르를 바라보고 있었다.

마침내 토르의 떨림이 멈췄다.

화락!

날개를 활짝 편 토르의 모습에 라나가 비명을 질렀다.

"꺅!"

"헉!"

디오스도 놀라 한 걸음 물러섰다. 커트도 놀란 듯 눈을 부릅뜨고 있었다.

토르의 머리 위엔 언젠가 본 코크라의 그 둥글게 휘어진 위압적인 뿔이 돋아 있었다. 눈 주위를 감싸고 밑으로 볼을 지나 일직선의 검은 줄이 전사의 휘장처럼 생겨난 채였다. 살짝 위로 치켜 올라간 왼쪽 눈이 오른쪽 눈과 극명하게 대조되어 실로 기묘한 살기를 풍기는 얼굴이었다.

"흐흐. 확실히 전보다 엄청 강해졌구나. 들어와 보니 더 잘 느낄 수 있네."

코크라의 목소리에 뒤이어 토르의 목소리가 울렸다.

"네 힘도 세졌는걸?"

"네가 강해지면 내 봉인도 점점 풀리더라구. 이상한 일이지만."

"내가 더 강해지면 아예 봉인이 풀릴까?"

"그거야 모르지 뭐."

한 얼굴로 두 영혼이 대화를 나누는 것은 기묘한 광경이었다.

묘한 정감이 서려 있어 안심이 되긴 했지만 디오스와 커트, 라나는 어쩐지 낯선 사람을 보는 것만 같았다. 날개와 뿔이 돋고 얼굴까지 변한 토르는 이미 토르가 아니었기에. 그렇다고 코크라도 아니었기에.

코크라와 결합한 토르는 고개를 돌리더니 피식 웃었다.

"괜찮으니까 다들 얼굴 풀어. 겉모습으로 사람 판단하는 거 나쁜 일이라구."

여유있는 모습에 조금 긴장이 풀렸는지 디오스도 슬쩍 웃음을 흘렸다.

"마족에도 여자가 있으면 아주 반하겠는걸? 나름대로 매력적이야."

코크라가 클클 웃었다.

"원래도 인기 많았어. 한때는 마계의 바람이라 불렸지."

"마계의 바람?"

모두 한바탕 웃음을 터뜨렸다.

토르가 코크라에게 물었다.

"어떤 놈이야? 네 애인 죽인 놈들이."

"저놈, 저놈, 저놈."

"세 놈이군. 제일 나중에 해치우자구. 겁 실컷 먹게 한 다음에."

토르는 목표물을 확인한 후 일행에게 고개를 돌렸다.

"다들 최선을 다해. 약한 놈들 괴롭히는 것들이 난 제일 싫어. 너희도 저런 놈들 싫어하니까 인정사정 볼 것 없어. 모두 불비를 막을 실드도 따로 치고. 다 준비됐어?"

커트는 롱 보우의 시위를 풀어 은빛 창을, 라나는 숏 보우와 크로스 보우를 양손에, 디오스는 래피어를 탕 퉁기며 힘차게 고개를 끄덕였다.

토르는 검은 줄무늬가 새겨진 눈을 빛내며 소리쳤다.

"그럼 가자!"

딱!

토르가 손가락을 튕기자 실드와 마법과 호신강기가 한꺼번에 제거되었다.

소나기처럼 내리꽂는 불의 비를 헤치며 토르를 선두로 커트와 라나, 디오스가 폭풍처럼 날아올랐다.

제일 먼저 위력을 떨친 것은 라나의 활이었다. 엘리시온 제일의 명궁이라는 칭호가 부끄럽지 않은 실력! 허공을 날며 연사로 쏘아붙이는 화살에 켄타우로스들이 무릎을 꺾으며 바닥을 뒹굴었다. 폐를 뚫려 헛바람이 뒤섞인 비명 소리가 연달아 울렸다.

켄타우로스의 선두에 서 있던 자가 앞발굽을 치켜들며 날카롭게 호통을 쳤다.

"키이호오—! 산 자다! 마법사야!"

동료들에게 경고를 주는 한편 놈은 손에 쥐고 있던 할베르트를 내뻗었다.

"카악!"

할베르트의 창날 부분에 가슴이 뚫린 영혼이 비명을 질렀다. 켄타우로스는 그대로 창대를 들어올렸다.

"끄아아—!"

창자가 흘러내리며 끔찍한 비명이 울렸으나 켄타우로스는 냉혹한 눈으로 창대를 휘둘렀다. 라나의 화살을 막는 방패로 썼던 것이다.

퍼퍼퍽!

피를 뿌리며 몸부림치던 영혼이 먼지로 스러졌다.

라나의 눈에서는 불똥이 튀었다.

"익!"

슈슛!

날카로운 소리와 함께 연달아 아이스 미사일이 실린 화살이 날아갔다.

그러나 켄타우로스는 할베르트를 붕붕 휘두르며 라나의 화살을 하나하나 팅겨냈다. 할베르트의 크기를 생각하면 놀랍도록 정교한 솜씨였다.

커트가 라나에게 고함을 질렀다.

"라나! 넌 외곽을 돌며 엄호해!"

커트는 은빛 창을 휘두르며 선두에 서 있던 켄타우로스에게 돌진했다.

챙!

날카로운 쇳소리가 터졌다.

그그극!

창과 창이 맞서고 돌았다.

그러나 켄타우로스는 반인반마(半人半馬)의 마족. 말에 탄 높은 자세인 켄타우로스가 중심 면에서 압도적으로 유리한 자세였다.

"크큭! 엘프인가!"

켄타우로스가 할베르트의 창날을 뒤집었다. 끝은 창, 양옆에는 도끼와 갈고리가 달린 할베르트의 장점을 최대한 이용한 공격이었다. 은빛

창을 휘감은 갈고리에 묶여 커트는 꼼짝없이 켄타우로스에게 끌려갔
다.

"핫!"

커트의 기합성이 터진 것은 그때였다.

팽—!

커트의 창대가 낭창거리며 날카롭게 회전했다. 활처럼 크게 휜 창대
의 탄력을 빌어 커트는 그 자리에서 도약했다. 커트의 몸이 회오리를
일으켰다.

퍼퍼퍼퍽!

날카로운 발길질이 쉴 새 없이 켄타우로스의 상반신을 가격했다.

"우욱!"

창을 제압해 방심하고 있다 뜻밖의 공격에 당한 켄타우로스가 정신
없이 밀려갔다. 그사이 갈고리에 걸렸던 창을 푼 커트가 눈을 빛내며
말 배 쪽으로 파고들었다.

"으하아—!"

"헛!"

켄타우로스는 깜짝 놀라 껑충 뛰어 피하며 할베르트를 휘둘렀지만
지면을 스치듯 돌진하는 커트를 피할 수는 없었다. 커트의 창날에 새
파란 오러가 뭉쳐 빛났다.

콰!

커트의 창은 할베르트의 도끼날을 그대로 박살 내며 켄타우로스의
배에 꽂혔다.

"크아악!"

비명을 지르는 켄타우로스의 목이 하늘로 떠올랐다. 커트가 몸을 회

전시키며 창날로 그대로 베어버렸던 것이다.

완전히 켄타우로스의 몸을 반 토막 낸 커트는 무섭게 눈을 빛내며 주위를 둘러보았다. 아직 켄타우로스들은 많고도 많았다. 커트의 입에서 고함이 터졌다.

"타하아아아—!"

커트는 헤이스트를 시전하며 번쩍번쩍 나타났다 사라졌다. 그가 나타났다 사라진 곳에는 반은 인간, 반은 말인 켄타우로스들이 피를 흘리며 나뒹굴고 있었다.

한편, 디오스는 바닥으로 결코 내려앉지 않고 있었다.

기사 출신의 디오스가 기병들의 위력을 모를 리 없었다. 켄타우로스는 더구나 말과 인간이 한 몸인 마족. 디오스는 지면에서 기병을 상대하는 대신 마법의 이점을 최대한 살린 원거리 공격을 주로 하고 있었다.

평평—!

파이어 볼을 연달아 때려내 켄타우로스의 혼란을 유도한 디오스는 때때로 헤이스트를 시전했다.

팟!

목표를 놓쳐 우왕좌왕하는 켄타우로스의 머리맡에 나타나서는 래피어로 결정타를 먹였다.

푹—!

머리가 꿰뚫린 켄타우로스는 몸부림을 치다 바닥에 쓰러져서는 곧 먼지로 스러져 갔다.

디오스는 곧 사라질 피가 튀는 것도 싫은 듯 래피어를 뺌과 동시에 곧바로 헤이스트를 시전해 허공으로 떠올랐다.

휘릭.

머리를 흔들어 앞머리를 넘긴 디오스는 다음 목표물을 향해 날카롭게 눈을 돌렸다. 그리고 곧 눈을 휘둥그렇게 떴다. 토르가 헬나이트를 쓰지 않고 맨손으로 공격을 하고 있었기에.

검은 날개를 펄럭이며 허공에 뜬 토르는 헬나이트를 가죽 주머니에 집어넣은 채 양손을 휘두르고 있었다. 허공에서 내리박히며 켄타우로스의 머리를 그대로 잡아 터뜨리고 있었던 것이다.

토르의 입에서는 살기 어린 웃음소리가 미친 듯 터지고 있었다.

"크하하하핫! 이게 얼마 만에 보는 피 맛이더냐—!"

"쯧. 대충 하고 빨리 그놈들이나 제압해."

"좀만 더!"

토르는 육체의 모든 의지를 완전히 코크라에게 맡긴 상태였다. 그랬기에 디오스가 놀랄 정도로 포악한 공격을 퍼부었던 것이다.

코크라의 광포한 공격에 혀를 차면서도 한편으로는 그 맘이 이해가 가는 토르였다.

코크라가 헬나이트에 갇혀 있던 기간이 얼마던가. 코크라를 가둔 전전대 드래곤 로드 아이크는 이미 뼈만 남아 토르의 스켈레톤이 되어 있었다. 그 수많은 시간 동안 검 속에 갇혀 복수만을 꿈꾸었을 코크라의 심경이 이해가 갔기에 토르는 코크라를 강하게 말리지 않았다.

"음? 그놈들 도망간다. 이제 놈들부터 잡아."

"뭐야?"

피에 젖은 손을 들며 코크라가 홱 고개를 돌렸다.

미노타우로스와 몇몇 켄타우로스들이 걸음아 날 살려라 도망가고 있는 것이 눈에 들어왔다.

토르가 말했다.

"미노타우로스는 보내줘. 누구 데려오나 보게."

"알았다."

코크라는 허공에 몸을 세운 채 양손을 가슴께에 모아갔다.

"크크. 이거 써본 지 정말 오랜만이구나."

"뭔데?"

"보기나 해!"

파앗—!

코크라가 팔을 떨치자 파지직 벼락이 치는 소리가 들리며 검은 번개가 양손에서 치솟아 날아갔다.

"오호!"

토르가 감탄성을 내뱉었다.

세 줄기로 나뉜 검은 벼락이 정확하게 켄타우로스들의 다리 한 짝씩을 후려갈겼던 것이다.

"끄악!"

비명 소리와 함께 켄타우로스들이 뒹굴었지만 미노타우로스는 뒤도 돌아보지 않고 그대로 내뺐다.

코크라는 토르의 말대로 미노타우로스는 쫓지 않고 켄타우로스들의 머리맡으로 내려앉았다.

쿵.

바닥에 발을 디딘 코크라가 하늘을 우러르며 미친 듯 웃음을 터뜨렸다.

"크하하하하! 케이, 넥스, 폴로. 오랜만이구나! 으웃하하하하!"

"너, 너는 누구냐?"

바닥에 뒹굴던 몸을 일으켜 세 발만으로 몸을 지탱하며 케이와 넥스, 폴로라 불린 켄타우로스들이 할베르트를 겨눴다. 그러나 창끝이 심하게 떨리고 있었다.

"이놈들! 날 모르겠느냐! 날 몰라? 오냐! 내 기억나게 해주마!"

별안간 덤벼든 코크라는 켄타우로스 하나를 낚아챘다. 목을 잡힌 켄타우로스가 대롱대롱 허공에 매달렸다.

"끄, 끄."

할베르트를 뻗어 코크라를 찌르려 했지만 휙 휘저은 팔에 할베르트의 창대가 휘청 꺾어지며 바닥에 나뒹굴었다. 코크라의 팔뚝이 부풀었다.

"끄……."

"케이, 이놈! 내가 누군지 몰라? 내 눈을 똑바로 봐라, 이 자식!"

케이란 켄타우로스는 미처 대답하지 못하고 눈에서 빛을 잃어가고 있었다.

짜악—!

코크라가 뺨을 때리자 케이의 입에선 피분수와 함께 부서진 이 조각들이 튀어나왔다.

"똑바로 보란 말이야!"

"끄… 너… 설마……."

케이의 충혈된 눈이 놀라움으로 커지는데 주춤거리던 넥스와 폴로가 비명 같은 소리를 질렀다.

"코크라!"

세 발만으로도 도망가려는 듯 발굽을 치켜드는 넥스와 폴로에게 코크라는 호통을 쳤다.

"꿇어!"

파팟!

코크라의 손가락이 넥스와 폴로의 두 앞다리를 겨냥하자 다시 검은 번개가 솟구쳐 올라 앞다리들을 그대로 박살 내버렸다.

"끄아아―!"

단숨에 넥스와 폴로를 제압한 코크라는 케이를 바라보며 흐흐 웃음을 토해냈다. 검은 줄무늬가 그어진 눈은 무섭게 일그러져 살광(殺光)을 토해냈다.

"크흐흐흐. 내가 분명히 말했지? 리아를 죽인 놈을 갈가리 찢어 죽여 버리겠다고……?"

"어떻게… 넌 분명히…….'

"그래. 네놈의 간계에 놀아나 아이크가 리아를 죽인 흉수인 줄만 알았지. 크흐흐흐…….'

코크라의 눈이 찢어져라 부릅떠져 있었다. 그의 눈에는 언뜻 물막이 고이는 듯했으나 곧바로 터진 웃음소리와 함께 그조차 말라 버렸다.

"크하하하! 아이크에게 제압당하고 내가 죽이러 갔던 그놈한테 진실을 들었다! 네놈들이 리아를 겁탈하고 죽였다는 걸! 네놈들이 그걸 아이크에게 덮어씌웠다는 걸! 내가 아이크한테 얼마나 사정했는지 알아? 풀어달라고 얼마나 애원했는지 알아? 이 대마족 코크라님이 드래곤한테 애원을 했단 말이다! 이 개자식아―!"

짜아악―!

날 서린 소음과 함께 비명 소리가 터졌다.

"아아아아악―!"

코크라가 케이의 한 팔을 송두리째 찢어버렸던 것이다.

“네놈들 때문에 천 년을 갇혀 살았다! 검 쪼가리에 갇혀 천 년을 살았어!”

코크라의 부릅뜬 눈이 홱 돌아가며 넥스와 폴로를 향했다.

“크흐흐. 날 속여서 즐거웠나? 바보 같은 놈이라고 깔깔댔겠지? 이제 대가를 치르게 해주마!”

콰직!

코크라의 발길질에 넥스와 폴로도 한 팔씩 그대로 터져 버렸다.

“크아아아—!”

몸부림을 치며 바닥을 뒹굴던 넥스가 엉금엉금 기어와 하나만 남은 팔을 쭉 뻗으며 애원했다.

“코크라… 제발. 우리는 케이가 시키는 대로 했을 뿐이야……. 술 때문에 제정신이 아니었어……. 코크라, 제발…….”

“시끄럽다!”

쾅!

코크라의 무릎이 넥스의 얼굴을 그대로 강타했다. 코가 주저앉고 입이 터진 넥스가 스르르 무너져 내렸다.

“이 비굴한 놈들! 마족의 긍지마저 잊어먹은 놈들!”

찌아아악—! 짜작! 찌아아아—

코크라는 미친 듯 포효하며 넥스와 폴로의 몸을 그가 선언했듯 갈가리 찢어발겼다.

비명 속에 스러지는 넥스와 폴로를 바라보며 케이가 비릿하게 웃었다.

“큭큭……. 큭큭…….”

“뭐가 우습지?”

목을 잡힌 채 동료의 죽음에도 웃음을 터뜨리는 케이를 코크라는 잡아먹을 듯 노려보았다.

"흐흐. 인간 여자를 그렇게 사랑했더냐? 마족의 긍지를 버린 건 네가 먼저야……."

코크라의 눈에서 불길이 쏟아졌다.

"카오―!"

케이는 피식피식 웃으면서 코크라를 비웃었다.

"리아… 였지? 아주 야들야들한 게 그만이었지……. 크크."

코크라는 케이의 남은 한 팔을 그대로 비틀어 뽑아버렸다. 너덜너덜해진 힘줄이 흔들리며 피부가 벗겨져 시뻘건 피가 튀었다. 케이가 비명을 질렀다.

"크아아―!"

"그래. 넌 저 비굴한 놈들보단 그래도 죽일 맛이 나는구나. 어디 더 지껄여 봐라. 더 나불대 봐!"

투투둑. 파아―!

비튼 팔을 그대로 뜯어버린 코크라가 괴성을 질렀다.

"더 씨부렁대 봐! 자식아!"

"커억! 이놈……! 우리는 플레케톤을 지키는 마족이다……. 네가 이런 짓을 하고도 무사할 것 같으냐……?"

"크크크. 믿는 구석이 있다 그거냐? 그래서?"

"사트바 신께서 네놈의 영혼도 소멸시키실 것이다……. 네놈도 영원히 죽는 거야……."

"내가 그런 걸 두려워할 것이라 생각하나?"

코크라의 흔들림없는 태도에 케이의 눈이 처음으로 흔들렸다.

"신의 징벌이 두렵지 않으냐······?"

"크크크크. 어떤 벌을 받더라도 두렵지 않다. 이런 기회를 허락해 준 운명에 감사할 따름이다!"

코크라는 날카롭게 손톱을 세우고 그대로 케이의 배를 찔렀다.

푸욱!

케이의 몸에서 경련이 일기 시작했다. 악다문 입에서도 피가 흐르기 시작했다.

코크라의 광기 서린 눈이 번쩍 빛났다.

"찢어 죽이겠다 그랬지? 끝까지 봐라. 네 몸이 찢어 없어지는 꼴을 말이야!"

파앗―!

코크라의 손에서 검은 번개가 폭발하자 케이의 허리가 그대로 끊어져 버렸다.

케이의 상체를 공중으로 집어 던진 코크라는 양손을 번뜩여 말의 형체를 한 하반신을 정말 갈가리 찢어발겼다. 떨어지는 케이의 몸뚱이를 다시 받은 코크라는 한 점의 망설임도 없이 케이의 몸을 아래에서 위로 조각조각 찢어버렸다. 희뜩 부릅뜬 케이의 눈이 부르르 떨리며 그 끔찍한 광경을 낱낱이 지켜보고 있었다.

턱.

마지막 남은 케이의 머리를 받아 든 코크라는 꺼져 가는 케이의 눈동자를 바라보며 소리쳤다.

"리아의 복수다! 네놈은 이제 영원히 죽는 거야! 최고의 고통을 마지막 기억으로 말이다―!"

콰직!

케이의 머리를 눌러 터뜨린 코크라는 하늘을 우러르며 미친 듯 고함을 내질렀다.

"크아아아아—!"

우르릉! 꽝꽝!

검은 번개가 번뜩이며 사방에서 광풍이 휘몰아쳤다. 불의 비가 바람에 휘말려 이리저리 폭풍처럼 흩어졌다.

"리아—!"

코크라의 마지막 소리는 애끓는 부름이었다.

얼음 지옥 코키투스 : *Chapter 46*

디 오스와 커트, 라나는 묵묵히 코크라를 보고 있었다.

사방에 나뒹굴던 켄타우로스들의 시체는 이미 자취없이 사라졌고, 살육에 놀란 영혼들이 앞 다투어 흩어져 버려 광활한 플레케톤 강 유역에는 오직 그들만이 서 있었다.

코크라는 어깨를 들썩거리다가 흐으으 한숨을 토해냈다.

토르의 목소리가 울렸다.

"잘했다. 통쾌한 복수였어."

"토르……. 고맙다."

"고맙긴. 너도 내 복수 도와줬잖아. 우린 친구야."

"크크. 그놈의 친구 소리는……."

"그럼 뭐라고 해?"

"크크. 됐다. 위로하지 않아도 돼. 해야 할 일을 마쳤을 뿐이야."

디오스와 커트, 라나가 다가와 코크라에게 한마디씩 건넸다.

"잘했어……."

"사내다운 복수였소."

"어쩜……."

코크라는 쑥스러운지 그들을 외면하고 작게 소곤거렸다.

"이제 검으로 돌아가련다. 헬나이트 잡아."

디오스가 남몰래 안도의 한숨을 쉬었다.

토르는 헬나이트를 뽑더니 픽 웃음을 지었다.

"헬나이트는 필요해졌는데 이 안에 들어갈 필요는 없겠다. 이 상태가 편하겠어."

"무슨 소리야?"

"올 놈들이 오고 있잖아."

라나가 토르의 턱짓을 따라 시선을 돌리다 깜짝 놀라 소리쳤다.

"저것들은!"

허공을 까맣게 채운 점들이 놀라운 속도로 그들을 향해 날아오고 있었다.

커트가 무거운 얼굴로 고개를 끄덕였다.

"하르피이아다."

토르는 한 팔을 쭉 뻗었다. 허공에서 그의 손이 갑자기 사라진 듯 보였다. 다시 나타난 그의 손에는 엄청난 수의 화살 묶음이 들려 있었다.

"거의 다 썼지?"

"그렇습니다."

"이번엔 커트도 활을 먼저 쓰는 게 좋을 거 같아."

"그래야겠죠."

까맣게 점처럼 보이던 하르피이아들이 점점 뚜렷하게 보이고 있었다. 커다란 날개는 빽빽하게 하얀 깃털이 덮여 있었고 머리는 아리따운 처녀의 형상이었다. 그러나 날카롭게 돋은 이빨이 그 아름다움을 흉악함으로 바꿔놓고 있었다.

디오스가 한숨을 쉬었다.

"못생긴 것들이 많기도 하군."

코크라가 큭 웃었다.

"넌 특히 조심해야 할 거야."

"내가 왜?"

"카론한테 들었잖아? 저것들은 남자를 홀리거든. 입만 다물면 끝내주게 예쁜 데다 목소리가 아주 넘어갈 정도지. 너 같은 녀석은 홀리기 딱 좋달까? 눈 마주치지 않게 조심해. 눈으로도 홀리니까."

디오스가 발끈해 소리쳤다.

"나도 기준이 있는 남자야! 여자면 다 헬렐레하는 줄 알아?"

코크라가 계속 클클대는 가운데, 토르는 라나에게 화살을 주며 말을 건넸다.

"공중전이 될 거야. 커트 옆에서 떨어지지 마."

라나는 고개를 힘껏 끄덕였다. 케르베로스에게 잡혀 일행에게 짐이 될 뻔했다는 것이 못내 마음에 걸렸던 라나였다. 토르의 배려가 오히려 자존심을 건드려 라나의 얼굴엔 독기마저 서렸다.

"이번엔 영혼으로 방패 삼을 수도 없으니 좀 전과는 다를 거예요."

"기대하지."

빙긋 웃은 토르는 디오스의 등을 툭 쳤다.

"디오스, 설마 새하고 해볼 생각은 아니지?"

"토르!"

낄낄거리던 토르는 일행을 둘러보며 높이 소리쳤다.

"자! 박살을 내자구! 덤비는 놈들 다 죽이면 결국 사트바가 나올 거다!"

토르가 땅을 박차며 날아올랐다. 검은 날개가 펄럭이자 토르의 몸은 단숨에 공중으로 떠올랐다.

디오스와 커트, 라나가 그 뒤를 따라 플라이 마법을 써 토르를 뒤따랐다.

코크라가 툴툴거렸다.

"이번에 난 날기만 하는 거야?"

"나도 참아줬잖아. 너도 이번엔 참아."

"…알았다."

"하하. 알았어. 왼손은 네게 맡기지. 아까 그 검은 번개 쓸 만하더라."

"크크. 좋았어!"

토르는 눈앞에 점점 쇄도하는 하르피이아 무리를 바라보았다. 어찌나 많은지 하늘 반, 하르피이아 반인 것 같았다. 그러나 토르는 씩 웃음을 지어 보였다.

"그럼 시작해 볼까?"

선두에 선 하르피이아의 등 위에 미노타우로스가 앉아 있는 걸 본 토르는 눈을 빛냈다.

토르는 가시 원추가 달린 봉, 모르겐슈테른을 휘두르는 미노타우로스를 노리고 날개를 펄럭였다.

파싯—!

한줄기 검은 번개처럼 토르의 몸이 하르피이아의 무리를 향해 쇄도
했다.

쉬쉬쉬쉬쉭—!

커트와 라나가 날린 화살들이 토르를 호위하듯 그 뒤를 따라 날았
다.

디오스가 함성을 질렀다.

"와랏—!"

2

파창—!

미노타우로스의 모르겐슈테른과 부딪친 헬나이트에서 불똥이 튀었
다.

"어쭈?"

토르의 눈에 즐거운 빛이 떠올랐다.

꽁지가 빠져라 도망가길래 실력은 영 시원치 않을 것이라 생각했던
미노타우로스가 헬나이트의 날을 피하며 모르겐슈테른으로 검면을 후
려쳤던 것이다. 공중에서 얽히는 싸움이란 걸 감안하면 정말 놀라운
솜씨였다.

"아하하하! 너 좀만 기다리라구!"

토르는 통쾌하게 웃음을 터뜨리며 갑자기 미노타우로스의 눈앞에서
사라졌다.

커트와 라나의 화살에 맞아 불의 강에 떨어지는 하르피이아들이 수 없이 많았지만 아직 그들의 수가 너무 많았던 것이다. 숫자를 줄일 필요가 있었기에 토르는 한순간 몸을 날려 하르피이아 무리의 가운데로 파고들었다.

"흐아아아아—!"

토르가 몸을 오그렸다 활짝 폈다.

허공에 떠 사방으로 쭉쭉 뻗은 팔다리. 토르의 주위에는 폭죽이 한꺼번에 터지듯 엄청난 불길이 피어올랐다. 불의 마법, 파이어 필드였다. 공중에서 펼쳐진 파이어 필드는 하르피이아들에게 단숨에 치명타를 입혔다.

"끄아아아아—!"

토르의 주위로 엄청난 불길이 치솟아올라 하르피이아들을 통째로 태워 버렸다. 불덩이가 된 하르피이아들이 비명을 지르며 한꺼번에 추락하기 시작했다.

토르는 헤이스트를 사용해 번개같이 몸을 움직이며 하르피이아 무리의 곳곳에서 파이어 필드를 펑펑 터뜨리기 시작했다. 불 마법을 쓰며 붉게 달아오른 눈동자가 빨갛게 빛나고 있었다. 토르의 입을 비집고 용음이 튀어나왔다.

"카우우우우우—!"

그때 커트는 활시위를 풀고 롱 보우를 창으로 바꾼 채 허공을 헤집고 있었다. 커트의 창에 실린 새파란 오러가 한꺼번에 두세 마리씩 하르피이아들을 꿰어 떨어뜨렸다.

주변엔 하르피이아들로 꽉 차 있었지만 커트는 일행의 활약을 보며 조금 여유가 생겨났다. 디오스의 래피어도 하르피이아의 돌격과 발톱 공격을 꽤 여유있게 상대하고 있었다. 라나는 헤이스트를 사용해 번쩍 번쩍 자리를 바꾸며 계속 화살 공격을 퍼부었다. 숏 보우 대신 겨냥이 쉬운 크로스 보우를 쓰는 라나는 잘끈 이를 물고 놀라운 활약을 펼치는 중이었다. 모두 플라이 마법을 사용할 줄 아는지라 하르피이아들의 개성없는 돌진이 전혀 먹혀들지 않고 있었던 것이다.

'이 정도면!'

커트는 빙글 창을 돌려 잡으며 후욱 숨을 들이켰다.

곤과 대전할 때 깨달은 경지를 한 번도 실전에서 시험해 보지 못한 커트였다. 지금은 몸 상태가 최고조에 달한지라 열 번에 다섯 번밖에 성공하지 못하는 그 공격이 가능할 것 같았다.

커트는 눈을 부릅떴다.

그리고 엄청난 기합성이 터졌다.

"흐아아아압!"

커트의 은빛 창이 마치 분신을 만드는 것 같았다. 천천히 휘젓는 창대가 하나, 둘 불어나고 있었다. 날카롭게 빛나는 창날이 마치 은빛 수레바퀴처럼 둥글게 피어오르고 있었다. 새파란 오러를 담은 은빛 수레바퀴가 곧 사방으로 비산해 날아올랐다.

슈슈슈슈슈슈슈—!

오러가 서린 창날에 꿰인 하르피이아들이 단숨에 재로 부서지며 흩어졌다. 놀라운 회전력이 담겨 있는 듯 부서지는 재가 둥글게 소용돌이치다 허공에 흩어졌다.

"타핫!"

커트의 수레바퀴가 허공을 휘젓기 시작했다.

그 모습을 본 디오스도 오기가 불끈 치솟았다.

자신의 실력이 커트에게 까맣게 모자라다는 것을 알고는 있었지만 동료의 엄청난 활약을 보고 힘이 솟구치지 않는다면 기사가 아닐 터였다.

디오스는 질끈 이를 물며 래피어를 내뻗었다. 메모라이징해 놓은 파이어 블래이드 마법의 위력에 래피어에서는 오러처럼 새빨간 광망이 일렁이고 있었다.

그때, 계속 래피어를 휘두르는 디오스의 뒤로 소리없이 접근하는 하르피이아가 있었다. 날개의 끝만 움직여 활공하듯 허공을 이동하는 하르피이아는 마치 공중을 기어가는 듯 느린 전진을 하고 있었다.

디오스의 머리 위 허공에서 활을 쏘던 라나가 날카롭게 주의를 주었다.

"디오스, 뒤!"

디오스가 번개처럼 뒤를 돌아보았다. 마치 가슴과 등이 겹치는 것 같은 잔상을 남길 정도로. 내뻗는 래피어에는 불의 기운이 담겨 불길이 일렁거리고 있었다.

그러나 디오스는 래피어를 찌르지 못했다.

보았던 것이다.

등 뒤로 몰래 접근했던 하르피이아와 눈이 마주치는 순간, 갑자기 하르피이아의 얼굴이 변화하기 시작하는 것을.

"헉! 아, 아나테?"

그것은 회색빛 창백한 아나테의 얼굴이었다. 아나테의 검은 머리카락이 바람에 나부끼고 있었다. 그녀의 검은 눈동자가 너무나 슬프게 디오스를 보고 있었다.

꿈결 같은 목소리가 들려왔다.

"디오스… 날 죽일 셈이야……?"

디오스는 아무런 생각도 할 수 없었다.

아나테의 목소리는 꿈에도 듣고 싶었던 사랑이 듬뿍 담긴, 애원이 가득 담긴 목소리였다.

허공에서 라나가 '디오스, 뭐 하는 거야—!' 라고 외치는 소리가 바람결에 실린 먼 아우성처럼 느껴졌다.

아무 생각도 할 수 없었다. 아무 생각도.

"아나테……."

"디오스… 무서워. 추워. 날 혼자 놔둘 거야?"

"아나테… 나는."

아나테의 얼굴은 디오스의 얼굴과 부딪칠 듯 가까워졌다. 그녀의 창백한 입술이 디오스의 눈앞에서 반짝이고 있었다.

"디오스… 칼을 버려……. 나와 같이 가자……."

디오스의 눈이 몽롱하게 풀려가기 시작했다.

아나테를 겨눌 수 없어 늘어뜨렸던 래피어에서 점차 힘이 빠지기 시작했다.

툭.

디오스의 손을 떠난 래피어가 속절없이 낙하하기 시작했다.

쪽.

꿈에서도 바라 마지않았던 바로 그 키스. 아나테와의 키스에 디오스는 눈을 감았다.

그 순간.

콰득!

디오스의 목과 허리는 아나테의 얼굴을 한 하르피이아에게 채여 축 늘어져 버렸다. 그러나 디오스는 아픔을 느끼지 못하는 듯 여전히 몽롱한 얼굴로 눈을 감고 있었다. 하르피이아의 치명적 마법에 걸린 디오스는 라나의 애타는 부름도 듣지 못하고 망상의 바다에 빠져 들어갔다.

"끼야아아아아—! 후퇴—!"

디오스를 낚아챈 하르피이아가 귀곡성을 울리며 날아올랐다.

라나의 화살이 허공을 갈랐지만 하르피이아의 비상은 이전과는 비길 수 없을 정도로 빨랐다.

디오스의 축 늘어진 몸이 가는 경련을 일으키고 있었다.

커트가 다급한 나머지 창을 던지려 했으나 라나가 커트의 팔을 붙잡았다.

"완전히 정신을 잃었어요! 하르피이아를 맞추더라도 디오스 스스로 탈출할 수 없어요! 추락하고 말 거예요!"

"도대체 어떻게 된 거지? 잘 싸우고 있었잖아?"

라나가 디오스의 래피어를 들어 보였다.

"스스로 검을 놓았어요. 아마… 마법에 당한 것 같아요. 아나테라고 부르며… 하르피이아랑 키스를 했으니까요."

"이런!"

그사이에도 하르피이아들은 눈부신 속도로 퇴각을 하고 있었다.

토르가 뒤를 돌아보며 소리쳤다.

"곧바로 추격한다! 따라와!"

커트와 라나의 반응을 기다리지도 않고 토르는 곧 날개를 펄럭이며 디오스를 붙잡은 하르피이아를 추격하기 시작했다.

커트는 이를 악물며 창을 고쳐 잡았다.

"결국 코키투스인가……? 가자, 라나."

"예."

커트와 라나도 토르를 따라 몸을 날렸다.

쫓기는 하르피이아들과 쫓는 토르 일행의 추격전이 플레케톤의 상공에서 장엄하게 펼쳐지고 있었다.

3

쾌쾅—!

파이어 필드를 연달아 터뜨리는 토르의 눈은 완전히 불덩이였다. 하르피이아들은 토르의 돌진을 육탄으로 막고 있었다. 까맣게 쇄도해 길을 막는 놈들을 불살라 떨어뜨려도 계속 날아들며 토르의 빠른 진격을 막고 있었다. 그사이 디오스를 잡아챈 하르피이아는 미노타우로스를 태운 놈과 함께 멀리멀리 날아가고 있었다.

코크라의 다급한 목소리가 울렸다.

"토르! 진정해! 우릴 유인하는 거야!"

"닥쳐! 디오스가 잡혔단 말이다! 디오스가!"

"그러니까 더 냉정해야지! 디오스 녀석이 바보같이 마법에 걸린 게 분명해! 경고까지 했는데도!"

토르의 곁으로 날아든 라나가 소리쳤다.

"맞아요! 하지만 어쩔 수 없었을 거예요. 하르피이아가 갑자기 뒤로 접근해 아나테로 변한 것처럼 마법을 썼어요."

"뭐야!"

토르의 고개가 홱 돌아갔다. 파이어 필드 공격이 주춤하자 하르피이 아들은 잽싸게 달아나기 시작했지만 토르의 눈은 라나에게 고정되어 있었다.

"검도 스스로 놓았어요. 이거 봐요."

"…줘."

라나에게 래피어를 받아 든 토르는 으드득 이를 갈았다.

코크라가 달래듯 말했다.

"토르, 냉정해야 해. 마족이 인간의 약점을 파고드는 건 당연한 거다. 디오스의 준비가 모자랐던 거야. 나도 제대로 충고해 주지 못했고. 어쨌든 우릴 유인하려고 납치한 것 같으니 죽이진 않을 거다. 진정해. 곧 코키투스야."

어느새 기온이 점차 내려가고 있었다. 코크라의 말대로 플레케톤이 끝나가고 있었던 것이다. 이제 곧 얼음의 지옥이라는 코키투스 강의 영역에 들어설 것이 분명했다.

라나와 함께 날아온 커트도 한마디 거들었다.

"토르, 디오스를 죽이려 했다면 그 자리에서 죽였을 것입니다. 미끼로 쓰려고 납치한 것이 분명해요. 침착하셔야 합니다."

토르는 래피어를 허리춤에 묶으며 딱딱한 얼굴로 멀어지는 하르피이아들을 노려보았다. 여전히 그들을 쫓고 있었지만 토르의 파이어 필드 공격이 사라지자 하르피이아들은 엄청난 속도로 허공을 가로지르는 중이었다.

"알고 있어. 하지만 화가 난다. 참을 수 없을 정도로. 디오스의 부주의였다는 건 알아. 하지만 디오스는 정말 어쩔 수 없었을 것이다. 어쩔 수 없었을 거야……."

토르의 눈에서 차츰 냉정함이 솟아올랐으나 라나는 한층 더 압박감을 느꼈다. 차갑게 분노하는 것이 얼마나 무서운 것인지 라나는 알고 있었다. 토르의 분노가 정말 심상치 않다는 것도. 파랗게 가라앉아 가고 있는 눈동자가 어찌나 싸늘하게 보이는지 토르 같지 않아 보일 지경이었다.

토르는 코크라에게 물었다.

"코키투스를 지키는 놈들 중 대장은 게리온이라고 했지?"

"맞아. 나도 직접 본 적은 없는 마족이다. 내가 갇힌 다음 새로 투입된 놈이야. 그놈은 빠르게 움직이는 게 장기가 아닌 놈이라 계책을 써서 널 유인한 모양이다."

토르는 천천히 커트와 라나를 돌아보았다. 하르피이아가 그리 강한 마족은 아니었지만 워낙 엄청난 수가 덤벼들었던지라 커트와 라나의 체력도 많이 떨어진 듯 보였다.

"조금 천천히 가자. 기다리고 있는 놈들이니 서둘 필요는 없어."

"그러다……."

'디오스를 죽이면요?' 라고 물으려다 라나는 입을 다물었다. 꽉 움켜쥔 토르의 주먹에서 주르륵 피가 흐르는 것이 보였던 것이다. 누구보다 마음이 급한 이는 바로 토르일 터였다. 위로나 걱정보다는 빨리 체력을 회복시키는 것이 토르를 돕는 길이라 생각하고 라나는 더 이상 말을 꺼내지 않았다.

셋은 천천히 허공을 가로지르기 시작했다.

토르가 혼잣말처럼 중얼거렸다.

"하르피이아라……. 저것들은 죽는 게 두렵지 않은 모양이지?"

아무리 죽여도 공포조차 없는 듯 덤벼드는 놈들이 하르피이아였다. 그 맹목적인 희생이 없었다면 디오스를 놓치는 일 따위는 없었을 터. 토르의 목소리에는 회한이 담겨 있었다.

커트가 옆에서 토르의 말을 받았다.

"무리가 아무리 불어나도 그들은 하나라 했으니까요. 전체가 하나의 의식을 공유한다고 하니, 개체 하나의 죽음은 그들에게 의미가 없겠지요."

토르는 나직하게 중얼거렸다.

"마지막 한 마리를 죽일 때도 그럴 것인지 꼭 봐야겠군······."

라나는 왠지 한기가 들었다. 코키투스 강의 상공에 진입한 터라 풍경이 바뀐 이유도 있었지만 아이스랜드에 익숙한 라나가 추위를 느낄 정도는 아니었다. 토르의 기운 때문이었다. 분명히 온몸에서 열기를 내뿜고 있는데도 토르의 몸에서는 날카로운 한기가 느껴지고 있었다. 그것이 유형화된 살기라는 것을 깨달은 라나는 코키투스의 싸움이 이제까지와는 비교도 되지 않을 정도로 잔혹해질 것을 예감했다. 라나는 고개를 흔들었다.

'저들이 자초한 거야······.'

이제 불의 비는 눈보라로 바뀌어 있었다. 시야가 차단되어 가고 있었으나 토르는 눈보라에도 제약을 받지 않는지 먼 곳을 응시하는 매의 시선을 계속하고 있었다.

"저기 있군."

부드득 이를 가는 토르의 목소리에 라나도 시선을 그쪽으로 돌렸으나 눈보라에 가려 아무것도 보이지 않았다.

"코크라, 헬나이트로 들어가라."

"토르!"

"이건 내 싸움이다. 완전한 내 의지로 싸우겠다. 다 죽여 버릴 거다……."

나직하나 너무도 단호한 목소리에 코크라도 더는 뭐라 말을 걸지 못하고 그저 한숨만 쉬었다.

"크으으……."

토르가 허공을 날다 멈칫했다. 신음을 터뜨리는 사이 토르의 등에 돋았던 날개와 머리에 나 있던 뿔이 사라져 버렸다. 얼굴에 그어졌던 선도 어느새 사라져 있었다.

"커트, 라나. 너희는 내가 싸우는 사이 디오스를 구해라. 추위는 너희에게 익숙하니 어찌 싸워야 할지 잘 알 것이다. 반드시 디오스를 구해라."

"토르!"

라나가 소리쳤으나 토르는 커트를 바라볼 뿐이었다.

커트는 고개를 끄덕였다.

"알겠습니다."

"반드시 구해라."

"물론입니다."

토르는 커트와 라나의 어깨를 툭 치더니 갑자기 눈보라 속으로 쏜살같이 쇄도해 사라졌다.

라나가 따라가려 했으나 커트는 고개를 저었다.

"우린 디오스를 구해야 한다."

"하지만 커트!"

"토르가 한 말의 의미를 알아들었다면 그를 따라가서는 안 되는 것이다, 라나."

"무슨 말이에요?"

"인질이 잡힌 싸움이다. 인질을 잡고 우리를 협박하면 우리가 어찌하겠니? 디오스를 포기할까?"

"그건 안 되죠……."

"그러니 우리에게 디오스 구출을 전담으로 맡긴 것이다. 우리가 디오스를 무사히 구해내야 토르가 전력으로 싸울 수 있을 것이다. 지금은 토르와 함께 싸우는 게 그를 돕는 게 아니라 디오스를 구하는 게 그를 돕는 것이다. 토르는 우리를 믿고 간 거야."

라나는 묵묵히 고개를 끄덕일 수밖에 없었다. 커트의 말이 하나같이 모두 옳다는 것을 인정할 수밖에 없었기에. 그러나 마음만은 토르의 곁을 따라 옆 자리를 지키고 싶었기에 라나는 토르가 사라진 쪽을 물끄러미 바라보았다.

"이제부터는 투명 마법을 쓴다. 마나를 소모할지라도 대화는 텔레파시로만 한다."

"알겠어요."

커트는 라나와 무기를 꼼꼼히 점검한 후, 주문을 외우기 시작했다. 커트와 라나의 몸이 곧 차례로 사라졌다.

모두 사라진 눈보라 사이로 아득한 신음 소리와 비통한 울음만이 들리고 있었다.

이곳은 코키투스.

타티루스의 끝.

가장 지독한 죄를 범한 자들, 남을 속이고 믿음을 배신한 자들을 벌 준다는 지옥의 끝이었다.

미노타우로스는 씩씩거리며 모르겐슈테른을 바닥에 찍었다.

쿵!

"이것들이 왜 안 오는 것이냐!"

하르피이아 하나가 경멸 어린 시선으로 미노타우로스를 바라보다가 휙 고개를 돌렸다. 자신의 영역도 지키지 못하고 도움을 청한 데다 싸움에는 언제나 소극적인 그 모습이 역겨워 하르피이아들은 미노타우로스의 고함을 아까부터 무시하고 있었다.

"이봐, 너! 그놈 이리 데려와!"

미노타우로스는 자신을 무시하는 게 분통이 터졌던지 더 크게 고함을 질렀다.

디오스를 낚아채 온 하르피이아가 미노타우로스의 명에 발치에 뒹구는 디오스를 툭 차서 건네주었다.

데구르르르.

눈밭을 굴러온 디오스는 좋은 꿈이라도 꾸는지 히죽거리며 웃고 있었다.

미노타우로스가 허하며 어처구니없어했다.

"이놈 봐라? 웃어? 이 자식을 그냥!"

모르겐슈테른에 달린 원추로 디오스의 머리를 치려는데 하르피이아가 나직하게 경고했다.

"그는 소중한 인질입니다."

"뭐? 너 지금 뭐라고 했냐? 감히 하르피이아 따위가 내게 충고를 해? 너 이리 와!"

하르피이아가 꼼짝을 안 하자 미노타우로스는 콧김을 씩씩댔다. 소

머리를 한 코에서 흥흥 소리가 허연 콧김과 함께 뿜어 나왔다.

"이제 별게 다 나를 같잖게 보고!"

뿌드득.

발걸음을 옮기자 눈밭에 선명한 소 발굽이 찍혔다. 씩씩대며 눈앞까지 다가온 미노타우로스를 하르피이아는 감정없는 눈으로 바라볼 뿐이었다.

"우리는 게리온님의 명을 따를 뿐입니다."

"오냐! 게리온이 내 말엔 거역하라 이르더냐? 이년!"

모르겐슈테른이 허공을 가를 때였다.

나직한 음성이 허공에 울렸다. 어찌나 목소리가 큰지 분명히 나직하게 말한 것이었지만 눈보라가 사방으로 흩어질 지경이었다.

"그만, 미노타우로스."

"게리온, 하지만!"

"그만이라 하였다. 여기는 내 책임 지역, 코키투스다. 내 말을 너도 존중해라."

모습을 드러내지 않고도 게리온의 위엄은 압도적이었다.

미노타우로스는 불만에 가득 찬 얼굴로 퉤 침을 뱉고는 모르겐슈테른을 내렸다. 허공에 시선을 던지며 미노타우로스가 물었다.

"이놈들 어디에 있는지 알아? 왜 안 오는 거야? 혹시 저 자식 인질로 가치가 없는 놈 아냐?"

다시 허공을 웅웅 울리는 목소리가 들렸다.

"친구를 구하겠다고 죽음의 세계로 온 자들이다. 동료를 몰라라 할 놈들이 아니지. 곧 모습을 드러낼 것이다. 강한 기운이 이리로 오고 있다."

"근데 왜 안 보여?"

"눈보라 때문이지. 아마 눈보라에 영향을 받지 않는 자들 같구나."

"그럼 눈 좀 그치게 해주면 안 되겠나? 불편해서 당최 싸울 수가 있겠어?"

하르피이아 몇 마리가 비웃음이 담긴 눈으로 미노타우로스를 바라보았다. 그를 보지 않는 하르피이아들도 같은 눈을 하고 있었다. 그들은 모두 한마음. 미노타우로스에 대한 경멸도 당연히 공유하고 있었던 것이다.

게리온의 음성이 다시 울렸다.

"하르피이아들은 이 환경에서 최고의 힘을 낼 수 있다. 그럴 수는 없지. 자네는 인질을 지켜라. 탈취될 것 같으면 죽여도 좋다."

"음하하하! 맡겨두라구! 놈들이 손 하나 까딱 못하게 해주지."

"거의 다 왔군."

게리온의 음성이 끊어졌다.

그리고 그와 동시에 엄청난 폭염이 솟구쳤다.

콰콰콰콰콰쾅—!

눈보라를 온통 뒤집어엎는 폭염 때문에 하얀 눈 기둥이 셀 수 없이 솟아났다. 불길에 녹아 삽시간에 물로 화해 공중에 뿌려지는 눈 때문에 주위엔 안개가 자욱하게 깔렸다.

하르피이아들이 고함을 지르며 날아올랐다.

미노타우로스는 모르겐슈테른을 디오스의 머리에 겨눈 채 고래고래 고함을 질렀다.

"당장 목을 내밀고 항복하지 않으면 이놈을 죽여 버리겠다아—!"

그러나 폭염은 그치지 않고 점점 더 범위를 확산하고 있었다. 미노타우로스가 당황한 얼굴로 허공에 시선을 박았다.

"게리온! 인질 가치가 없나 봐!"

"침착하게 지켜라. 모습을 드러내지 않는 건 그를 구하겠다는 의지다."

불길이 하늘에서도 터지며 하르피이아들을 감쌌으나 눈보라 덕분에 피해가 그리 크지는 않았다.

게리온의 목소리가 허공에 다시 울렸다.

"미노타우로스, 저들은 두 편으로 갈라져 움직이고 있다. 한쪽의 자취가 잡히지 않으나 틀림없이 인질을 노리고 있을 것이다. 정신 똑바로 차려라."

"걱정 마!"

미노타우로스는 사방을 희번덕거리는 눈으로 둘러보며 소리 높여 대답했다.

점점 긴장이 고조되고 있었다.

커트와 라나는 마나의 기운마저 눈보라 속에 감춘 채 천천히 펑펑 터지는 눈 기둥의 폭발을 우회해 전진하고 있었다. 투명 마법으로 몸을 감추고 아이스랜드에서 몸에 익은 기술을 발휘해 마나의 흐름마저 감춘 그들은 이제 미노타우로스와 디오스의 모습이 보이는 곳까지 다가가 있었다. 자취를 들키지 않기 위해 최대한 조심하며 전진한 것이었기에 그들의 속도는 느리기 짝이 없었다.

라나는 천천히 시위에 살을 먹이고 활을 겨눈 채 커트의 말만을 기다리고 있었다. 이런 눈보라가 치는 환경이라면 아이스 미사일을 담은 화살에서는 소리가 나지 않는다. 미노타우로스를 겨눈 채 라나는 호흡을 고르고 있었다.

'왜 쏘라는 말을 안 하는 거지?

이 정도 거리라면 백발백중의 자신이 있었다. 커트도 자신의 실력을 잘 알고 있을 텐데 웬일인지 쏘라는 말이 없었다.

활을 쏘아 미노타우로스를 죽이거나 주의를 돌리는 역할은 라나가, 디오스를 구해오는 역할은 커트가 하기로 했는데 이상하게도 커트가 왠지 망설이는 것처럼 느껴졌다. 살짝 불안감마저 들 지경인데 커트의 목소리가 뇌리에 울렸다. 엘프끼리만 가능한, 그러나 마나의 사용량이 많기에 좀체 사용하지 않는 텔레파시였다.

"라나, 지금부터 열을 센 후 미노타우로스를 쏘아라. 쏜 후에는 얼른 이동해라! 최대한 멀리 이동해야 한다! 계속 방향을 바꾸는 것도 잊지 마!"

왠지 급박한 목소리에 깜짝 놀라 라나도 텔레파시를 보냈다.

"커트, 왜 그래요? 토르가 시선을 완전히 분산시켰잖아요. 이 정도면 절대 자신있어요!"

"긴말할 시간이 없다. 게리온은 아직 움직이지도 않았어. 왠지 심상치 않다. 우릴 기다리는 느낌이야. 쏘자마자 이동하는 걸 잊지 마! 단발에 미노타우로스의 미간을 꿰뚫어야 한다! 간다—!"

"커트!"

커트는 대답이 없었다.

라나는 입술을 꼭 깨물었다.

그녀도 게리온의 자취를 찾지 못하고 있었던 것이다. 눈보라 속에 그들이 마나의 흔적을 감추었듯이 게리온도 자신의 흔적을 완전히 감추고 있었다. 먼저 드러나는 쪽이 지는 싸움이었던 것이다.

‘단번에!’

라나의 입술에 또르르 핏물이 고였다.

라나는 생애 최고의 집중력을 발휘해 미노타우로스를 노려보았다.

‘여덟… 일곱…….’

가득 당긴 숏 보우의 몸체가 부르르 떨렸다.

‘여섯. 이런! 바람이 이상해졌어!’

계속 숫자를 세다가 라나는 미간을 와락 찌푸렸다. 이제까지는 한 방향으로 바람이 불고 있었는데 갑자기 눈보라의 방향이 이리저리 돌풍처럼 바뀌고 있었다.

‘넷…….’

숏 보우로 쏜 화살은 바람의 변화를 누를 만큼 강력한 힘이 담기는 것은 아니었다. 그랬기에 겨냥의 조절이 무엇보다 중요했다.

‘셋…….’

라나의 입술에 맺히는 핏물의 양이 점점 많아졌다. 저도 모르게 입술을 깨물고 있었지만 라나는 미처 그것을 알지 못했다. 얼기설기 엉켜 미쳐 날뛰는 바람의 방향을 읽어내느라 그것을 의식할 겨를이 없었던 것이다.

‘하나!’

생애 최고의 집중력 속에서 쏜 화살이 마침내 시위를 떠났다.

아이스 미사일이 담겨 소리없이 쏘아진 화살이 라나가 읽은 바람의 틈을 꿰뚫으며 일직선으로 날아갔다. 미노타우로스의 미간이 정지된 것처럼 라나의 시야를 덮쳤다.

퍼억—!

“컥!”

미노타우로스의 비명이 울렸다.

화살이 명중됨과 동시에 라나의 입술에 고였던 핏방울이 눈밭에 떨어졌다.

톡.

그와 동시에 거대한 음성이 허공에 울려 퍼졌다.

"거긴가—!"

콰콰콰쾅—!

라나가 있던 자리에서 엄청난 눈 기둥이 연속으로 피어올랐다.

라나는 미노타우로스가 화살에 거꾸러지고 디오스의 몸이 갑자기 사라지는 것을 본 후, 즉시 몸을 날렸지만 게리온의 마력에서 완전히 몸을 빼는 데는 실패하고 말았다. 라나의 몸이 허공을 훌훌 날았다.

'악!'

터져 나오는 비명을 가까스로 참으며 라나는 재빨리 플라이 마법을 시전했다. 생애 최고의 속도를 낸 것이리라. 입가에서 울컥울컥 핏물이 솟아올랐으나 라나는 날고 또 날았다.

디오스를 낚아채 투명 마법의 장막 안으로 끌어들인 커트는 격렬한 구토가 치미는 것을 느끼고 있었다. 투명 마법과 헤이스트를 동시에 쓰며 몸을 피하고 있었으나 게리온의 마력은 끈질기게 커트를 괴롭히고 있었다.

눈송이 하나하나가 그를 감시하는 감시병에 다름 아니었다. 나풀거리는 눈송이들이 어느새 날카로운 쇠침처럼 변해 온몸으로 쇄도하고 있었다. 실드를 쳐 가까스로 방어하고 있었으나 모습을 드러내지도 않은 게리온의 파상적인 공격에 커트의 이동 속도는 조금씩 줄어들고 있었다.

'보이기라도 하면……! 컥!'

게리온의 눈 마법은 그보다 한 수 위였다. 어디 있는지 도대체 알 수 없었다. 가끔 들려오는 목소리는 허공 자체가 말하는 것처럼 사방에서 웅웅 울려 나올 뿐이었다.

그에 반해 커트는 투명 마법으로 모습을 감추고는 있었지만 눈송이에 부딪칠 때마다 고스란히 위치를 노출시키고 있었다. 게리온은 그들처럼 눈보라를 뚫고 시야를 확보하는 능력을 갖고 있는 것이 틀림없었다.

'더 이상은 의미가 없어!'

결단을 내린 커트는 투명 마법을 풀며 실드를 강화했다.

커트의 모습이 눈벌판 아래 드러남과 동시에 하르피이아들의 급습이 시작되었다.

"끼야아아아아—!"

"젠장!"

커트의 창이 휘르르 돌던 바로 그때였다.

커트를 향해 내리 꽂히던 하르피이아들이 순식간에 불덩이로 화해 재로 흩어진 것은!

귀곡성이 삽시간에 비명 소리로 변해 흩어졌다.

"커트! 이리 와!"

커트의 얼굴이 밝아졌다. 토르의 목소리였던 것이다.

시야가 갑자기 탁 트여 있었다.

커트가 있던 자리에서 토르가 서 있는 곳까지는 눈송이 하나 보이지 않았다. 토르가 파이어 필드를 광범위하게 펼쳐 삽시간에 눈보라를 중

발시켜 버렸던 것이다.

헤이스트를 펼쳐 토르의 뒤로 내려서자 토르는 옆구리에 끼고 있던 라나를 건네주었다. 라나는 입가에 피를 잔뜩 흘린 채 정신을 잃고 있었다.

"라나!"

"내부가 상했다. 심하지는 않아. 커트… 고생했다. 쉬어라."

커트는 돌아보지도 않고 말하는 토르에게 말할 수 없는 든든함을 느꼈다. 보고 싶지 않아 안 보는 게 아니리라. 누구보다 디오스의 상태를 확인하고 싶은 것은 토르일 것이다. 그러나 토르의 등은 '이제 나한테 다 맡겨!' 라는 말없는 기백을 단호하게 풍기고 있었다.

커트의 입매가 슬쩍 올라갔다. 어울리지 않는 자리였지만 웃음이 피어올랐다. 그 정도로 토르의 등은 믿음직했다.

커트는 눈을 돌려 디오스와 라나의 상세를 재빨리 살피기 시작했다. 이제 남은 싸움은 토르의 몫. 커트의 몫은 라나와 디오스를 한시라도 빨리 치료하는 것이었다.

his chapter begins with the spell lists of the spellcasting
classes and the list of cleric domains and the spells associ-
ated with each domain. An M or F appearing at the end of a
spell's name in the spell lists denotes a spell with a material or

ing a particular spell. A creature with no classes
level equal to its Hit Dice unless otherwise spe
word "level" in the spell lists that follow alway
caster level.

Spell Effects and Conditions: If a spell cau
ject or subjects to be affected by one or more
blinded, incorporeal, invisible, or stun

토르는 허리춤에 꽂았던 디오스의 래피어를 눈밭에 푹 박아 넣었다.

"디오스 깨면 줘."

커트의 대답을 기다리지도 않고 토르는 한 걸음 내디뎌 앞으로 나섰다.

파이어 필드로 시야를 환히 뚫었던 것도 잠시, 다시 눈보라가 자욱하게 몰아치고 있었다. 코키투스의 강변에는 하르피이아들의 날갯짓 소리만이 울려 퍼지기 시작했다. 토르를 노리고 급강하하고 있었던 것이다.

토르는 허공의 한 점을 노려보며 큰 소리로 외쳤다.

"게리온! 똑바로 봐! 내 친구를 갖고 놀면 어떻게 되는지 보여주마!"

헬나이트가 하늘을 향해 우뚝 섰다.

토르의 눈은 싸늘하게 불타고 있었다. 게리온이 있음 직한 곳은 모두 훑어보았지만 게리온은 그의 눈에도 보이지 않았다. 그러나 있는 곳도 모르는 것은 아니었다. 심안을 터득한 토르의 눈을 속일 것은 아무것도 없는 것이다.

토르가 갑자기 고개를 젖히며 사자후를 토해냈다.

"우우우우우—!"

허공이 뒤흔들렸다. 사방으로 휘몰아치던 눈보라가 일제히 위로 비산했다.

허공에서 내리 꽂히던 하르피이아들이 사자후의 위력에 비명을 지르며 휘청거리는 그때!

토르는 헬나이트를 치켜든 채 게리온에게 선언하듯 소리쳤다.

"메—테—오—!"

꽈르르르릉!

암청색의 하늘에서 갑자기 거대한 불벼락이 번쩍이더니 빗발치듯 유성이 떨어지기 시작했다. 각성을 할 때 펼쳤던 바로 그 유성의 소환 마법, 메테오였다.

"끼아아아아—!"

콰콰쾅!

유성우의 폭격에 강타당한 하르피이아들이 속속 비명을 지르며 추락하기 시작했다. 하늘에서 불의 꽃이 휘날리며 떨어지는 것 같았다.

"하아아아—!"

토르는 헬나이트를 빙글 휘저었다.

파아아아아—!

갑작스런 검막이 피어올랐다. 검강이 넓게 퍼지며 토르 일행의 머리

위로 떨어지던 하르피이아들을 완전히 먼지로 박살 내버렸다.

토르는 게리온이 있는 곳을 노려보며 미친 듯 웃음을 터뜨렸다.

"크하하하하! 감히 디오스의 마음을 갖고 놀아? 내가 그런 놈들을 용서할 것 같더냐!"

그때 웅웅거리는 목소리가 터졌다. 게리온이었다.

"블리자드—!"

코키투스 강 주변에 쌓였던 눈들이 일제히 솟구쳤다. 메테오의 엄청난 위력에 코키투스가 초토화될 것 같자 드디어 게리온이 나섰던 것이다.

공중을 향해 솟구친 눈보라가 유성우를 단숨에 얼음으로 만들며 조각조각 부수기 시작했다. 엄청난 파괴음이 코키투스를 온통 굉음 속에 빠뜨렸다.

토르는 재빨리 파이어 실드를 펼쳐 일행을 보호했다. 그러나 정면을 향한 토르의 눈은 드디어 드러난 게리온의 실체를 노려보고 있었다.

"진짜 괴물이군."

게리온은 거대한 산을 그대로 옮겨놓은 것처럼 엄청난 체구를 자랑하는 거인이었다. 머리가 셋, 팔은 여섯, 몸통이 셋, 다리가 여섯인 삼두육비(三頭六臂)의 거인 마족이었던 것이다. 그 거대한 체구를 눈보라 속에 은신한 재주가 놀랍기만 했다.

세 개의 입에서 터지는 음성이 허공을 뒤흔들었다.

"모두 모이거라—!"

메테오의 폭풍 속에서 간신히 생존한 하르피이아들이 게리온의 호령을 쫓아 그의 곁으로 가 빙글빙글 주위를 날기 시작했다.

세 머리 중 정면을 향한 게리온의 커다란 눈이 토르를 노려보고 있었다. 미간에 하나만 달려 있는 외눈이었다.

눈보라가 그친 새하얀 코키투스 유역에는 게리온과 토르가 서로 잡아먹을 듯 노려보고 있었다.

게리온의 장대한 음성이 터졌다.

"산 자여! 감히 신의 영역을 훼손시키겠다는 것이냐! 죄진 영혼을 벌주는 것은 사트바 신의 위대한 가르침이다! 어찌 감히 메테오 같은 마법을 쓰는 것이냐! 코키투스의 영혼을 모두 소멸시킬 작정인가—!"

"닥쳐라! 내게 사트바의 가르침 운운하지 마! 내가 왜 그런 걸 신경 써? 너도 죽기 싫으면 사트바 나오라 그래!"

"라토시! 그대가 아무리 드래곤이라 할지라도……!"

"내 이름은 토르다! 맘대로 부르지 마!"

게리온이 갑자기 한숨을 쉬었다. 그의 외눈은 짙은 안타까움을 담고 있었다.

"휴우. 알았다, 토르. 도대체 어쩔 생각인가? 그대가 죽인 마족들이 몇이나 되는 줄 아는가? 모두 사트바께서 명하신 대로 신성한 의무를 수행하던 마족들이다. 그들을 죽여 그대가 무엇을 얻는단 말인가?"

토르는 눈 하나 깜빡 않고 소리쳤다.

"말했지? 덤비면 죽인다고! 덤비니까 죽였을 뿐이야!"

"켄타우로스는 그대가 습격해 죽이지 않았나? 그리고 그렇게 말하면서 왜 라만테는 살려두었나?"

"그잔 맘에 들었으니까. 켄타우로스들은 맘에 안 들었어! 그건 내 맘이다!"

게리온은 어이가 없는 듯 세 개의 머리를 차례차례 흔들었다.

"그대는… 정녕 그 포악한 단순함을 고칠 생각이 없는 것인가? 그대가 지금 이 세계의 질서를 얼마나 깨뜨렸는지 알고 있는 것인가?”

“질서? 웃기지 마라! 영혼을 벌줘? 그런 네놈들은 그렇게 깨끗해? 네놈들이 무슨 자격으로 벌을 준단 말이냐! 비겁한 술수나 쓰고 영혼에게 폭력을 가하는 걸 즐기기나 하는 변태 놈들이! 이 꼴로 네놈들에게 시달리느니 내 손에 죽는 게 더 나아! 신의 뜻이면 다 통하는 줄 알아?”

“정말… 말이 안 통하는구나.”

“누가 너랑 말하재? 너랑 그 새들은 어차피 살려둘 생각이 없었어!”

토르의 눈이 새파랗게 빛났다. 게리온과의 대화가 그의 분노를 더 부추겼던 것이다.

말만 그럴듯하게 할 뿐이지 디오스를 납치한 과정부터 미노타우로스를 희생물로 쓴 것까지 정말 일관성있게 마음에 안 드는 놈이다. 게리온이란 놈은 치밀한 계산을 한 후, 그것을 실행하는 마족이라고 확신하는 토르였다.

아무리 전 개체가 하나의 의식을 공유하는 마족이 하르피이아라지만 그들의 엄청난 희생에도 눈 하나 깜박하지 않은 것을 토르는 알고 있었다. 카론에게 들어 게리온의 놀라운 냉정함과 잔인성을 익히 알고 있었지만 직접 겪어보니 위선까지 떠는 놈이었다. 게리온의 말이 몽땅 거짓은 아니었지만 그의 말은 그래서 더 추악했다.

토르는 몸을 날리며 소리쳤다.

“배신자, 위선자를 벌준다는 코키투스를 지키는 놈이 왜 위선을 떨어! 구역질난다, 이 자식아!”

헬나이트가 갑자기 엄청난 크기로 커졌다. 토르의 의지에 따른 결과였다. 토르는 자신의 키를 수배나 넘는 헬나이트를 휘두르며 소리 높여 외쳤다.

"머리가 셋이니 세 토막을 쳐주마!"

꽈르르릉!

헬나이트에서 벼락 치는 소리가 울렸다.

풍뢰금강검의 5초식 풍뢰어린!

게리온의 몸을 단숨에 끊어버리려는 듯, 헬나이트는 거대한 검강을 내뿜었다. 가뜩이나 평소보다 커져 있던 헬나이트는 무지막지한 검강을 시뻘겋게 뿜어냈다. 흡사 드래곤 브레스가 터지는 것 같았다.

"헛!"

게리온의 여섯 팔이 느리게 움직였다. 여섯 개의 거대한 검이 둥그런 원을 그리며 차례차례 풍차처럼 회전하기 시작했다.

고오오오오—!

검에서 뿜어져 나온 바람이 거센 폭풍을 일으켰다. 그와 함께 게리온은 세 입으로 하얀 블리자드를 내뿜었다.

헬나이트에서 솟구친 검강과 블리자드의 폭풍이 맞닥뜨릴 무렵!

갑자기 토르의 시뻘건 검강이 폭발해 버렸다.

콰쾅!

본래 풍뢰어린은 증폭시킨 검강을 물고기 비늘 모양의 작은 조각으로 부수어 폭발시키는 초식! 빗발치듯 불타는 검강의 파편이 블리자드의 폭풍을 뚫고 쇄도했다.

콰콰콰콰쾅!

엄청난 폭음이 울리며 눈보라가 피어올랐다.

토르는 눈을 번쩍이며 바닥에 착지했다.

쿵!

거대하게 변한 헬나이트가 땅을 치며 떨어져 내렸다.

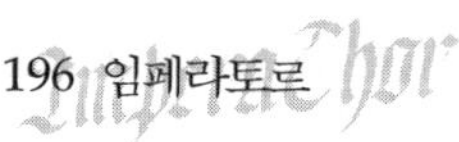

짙은 눈보라가 먼지처럼 사방으로 흩어지는 가운데 차츰 게리온의 모습이 드러나기 시작했다.

온몸에 검강의 파편이 박혀 시뻘겋게 불길을 뿜던 것도 잠깐, 워낙 거대한 몸이라 급속히 얼음으로 덮어 상처를 복구하는 게 눈에 보였다.

게리온이 거대한 웃음을 터뜨렸다.

"겨우 이 정도였더냐? 우하하하하! 내 너를 과대평가했구나! 이 정도로는 나를 쓰러뜨리지 못한다!"

득의만면한 웃음을 터뜨리던 게리온은 안타까운 듯 한탄하던 눈빛을 버리고 흉흉하게 세 개의 외눈을 번뜩이고 있었다.

커트가 '아!' 하는 탄성과 함께 몸을 일으켰다.

토르의 검이 통하지 않는 상대가 있을 줄은 몰랐다. 워낙 체구가 거대하다 보니 내구력 또한 만만치 않은 듯해 커트는 치료를 멈추고 싸움에 가세하려 했다.

그때 토르가 뒤를 돌아보았다.

커트는 내디디려던 발을 멈추고 토르의 눈을 바라보았다.

불타오르는 눈.

그러나 그 안엔 자신감이 가득했다.

슬쩍 손을 휘저어 막는 것은 맡기라는 말과 다름없었다.

커트는 토르를 향해 고개를 끄덕이고는 다시 자리에 앉았다.

라나는 안정된 호흡을 되찾아 곧 깨어날 것처럼 보였지만 디오스의 마법은 아직도 풀리지 않고 있었다. 꿈결을 헤매는 듯 빙긋빙긋 웃음을 띠면서.

"이 판국에 즐거운 꿈이라니……. 자네도 참 대단하군."

커트는 피식 웃음을 터뜨리며 라나의 몸에 다시 힐링 주문을 걸었다. 토르는 걱정하지 않았다. 그런 눈을 하고 있는 친구를 돕는 것은 모욕과 다름없었기에.

그러나 커트도 눈을 휘둥그레 뜰 수밖에 없었다. 이어 벌어진 광경은 그의 상상조차 초월한 것이다.

게리온이 거대한 여섯 개의 검을 휘두르며 득의한 웃음을 터뜨릴 때 토르도 마주 웃기 시작했다.

"우하하하하! 이제 보니 덩치 믿고 까분 거였어? 네 크기가 그렇게 자랑스럽더냐? 하아아아아압!"

게리온도 커트도 게리온의 주위를 날던 하르피이아들도 토르의 변화에 깜짝 놀랄 수밖에 없었다.

토르의 몸이 기합성을 따라 쭉쭉 커지고 있었던 것이다. 세 길이 넘는 크기로 변해 있던 헬나이트가 조그만 꼬챙이로 보일 때까지 몸을 키운 토르는 어느새 게리온을 내려다보는 거인으로 자라 있었다.

"어… 어……!"

게리온이 고개를 위로 젖힌 채 뒷걸음을 쳤다. 다리가 여섯 개라 반응이 늦어 뒤뚱거리는 폼이 여간 어색하지 않았다.

토르의 엄청난 웃음소리가 터졌다. 코키투스가 온통 쩌렁쩌렁 울릴 지경이었다.

"너보다 큰 놈 보니 무섭냐? 코크라! 커져라!"

헬나이트 또한 쭉쭉 자라더니 삽시간에 게리온만 한 크기로 자라났다.

구우우우—

단순히 검을 치켜드는 동작이었는데도 허공을 가르는 바람 소리가 장난이 아니었다.

허공에 우뚝 헬나이트를 치켜든 토르는 두려움에 뒷걸음치는 게리온을 바라보며 크게 꾸짖었다.

"이 위선자야! 강해 보이면 움츠러들고 약해 보이면 당당하냐? 뭐가 어째? 포악한 단순함? 그래! 너 진짜 단순하게 죽여주마!"

파아아아아―!

헬나이트는 그대로 게리온을 노리며 일직선으로 떨어졌다.

꽈광!

게리온이 여섯 개의 검을 들어 헬나이트를 막았으나 역부급!

우지직!

헬나이트에 실려 있는 막대한 힘을 이기지 못하고 게리온의 검이 그대로 부서져 나갔다.

"커헉!"

게리온의 입에서 세 줄기 피가 솟구쳤다.

헬나이트는 게리온의 검을 부수고 그대로 내리 꽂혔다. 검신에 어린 새빨간 검강이 활활 불타올랐다.

"카학!"

토르의 검은 거대하게 변한 상태에서도 전과 다름없이 빠르게 움직였다. 다만 그 소리가 달랐다.

우르릉! 꽈꽈꽈꽝!

분명 풍뢰금강검의 2초식 뇌정관천을 펼치는데도 헬나이트에선 엄청난 천둥소리가 쉬지 않고 흘러나왔다.

헬나이트가 쾌검의 초식인 뇌정관천을 따라 움직일 때마다 게리온의 팔다리가 하나씩 허공을 날았다. 몸뚱이도 하나하나 잘라 한데 붙어 있던 세 덩이를 세 토막으로 날려 버렸다.

공포에 질려 크게 부릅뜬 외눈을 바라보며 토르는 마지막으로 소리쳤다.

"단순하게 포악한 건 이런 거야, 자식아!"

쾅쾅쾅!

토르는 헬나이트로 풍뢰금강검을 펼치지 않았다. 그저 검을 거꾸로 들고 검자루의 끝으로 게리온의 머리를 차례차례 가격했을 뿐이다.

머리가 터지며 핏물과 함께 회색빛 뇌수가 자욱하게 솟구쳤다.

삼두육비의 마족, 게리온은 그렇게 온몸이 토막나고 머리가 터져 비참하게 죽고 말았다.

토르는 으스스한 웃음을 터뜨리며 헬나이트를 번쩍 치켜들었다.

"봤냐? 사트바! 이제 나와! 안 나오면 연옥까지 박살 내버리겠다!"

암청색의 하늘이 토르의 고함에 놀라 소리쳤다. 천둥소리와 번개가 코키투스의 하늘을 찢어발기듯 휘몰아쳤다.

한참을 소리치던 토르는 빛나는 눈을 들어 허공에서 오들오들 떨고 있는 하르피이아 한 마리를 바라보았다. 토르의 헬나이트에 휘말려 들어 이제 살아남은 것은 단 한 마리에 지나지 않았다. 일부러 남겨둔 하나이기도 했다. 토르의 시선이 닿자 하르피이아가 비명을 질렀다.

"아아악! 제, 제발 살려주세요!"

한 마리밖에 남지 않자 하르피이아도 생명의 위협을 느끼는 모양이었다.

토르는 아래를 바라본 후, 디오스가 아직도 깨어나지 않은 것을 보고는 우렁우렁한 목소리로 말했다.

"우선, 내 친구한테 건 마법부터 풀어라."

"그, 그건 직접 눈을 보면서 해야……."

“그럼 내려가. 허튼짓하면 저 꼴 날 줄 알아라.”

토르가 게리온의 사라지는 잔해를 가리키자 하르피이아는 오들오들 떨며 몸을 움츠렸다.

하르피이아가 디오스의 곁에 내려앉자 토르의 몸이 천천히 줄어들기 시작했다. 헬나이트도 그 속도에 맞춰 천천히 줄어들었다.

저벅, 저벅.

디오스 곁에서 잔뜩 움츠리고 앉아 있는 하르피이아에게 토르가 말했다.

“마법부터 풀어.”

“저, 저는 살려주시는 건가요?”

“일단 풀어. 두 번 말하게 하지 마. 죽는 수가 있다.”

토르의 눈이 차갑게 빛났다.

하르피이아의 안색이 창백하게 질렸다. 입술을 바르르 떨더니 얼른 디오스에게 고개를 숙였다.

“디오스… 눈을 떠요…….”

정말 목소리는 천상의 아리아처럼 아름다웠다.

디오스의 얼굴에 환한 웃음이 떠오르더니 천천히 눈을 떴다. 여전히 꿈속을 헤매는 것처럼 몽롱한 눈동자였다.

“아나테…….”

“이제 현실로 돌아가세요. 안녕…….”

“안 돼! 안 돼, 아나테!”

안타까운 목소리가 울렸으나 하르피이아는 이미 디오스의 곁에서 물러난 후였다.

허공을 움켜잡으며 아나테를 부르던 디오스의 손짓이 뚝 멎었다. 암

청색 하늘을 묵묵히 바라보고만 있었다. 디오스의 눈가로 한줄기 눈물
이 흘러내렸다.

"아나테……."

"디오스, 괜찮아? 나 토르야."

토르는 걱정스러운 표정으로 디오스에게 말을 걸었다.

"토… 르……."

"그래! 알아보겠어? 너 하르피이아의 마법에서 막 깨어난 거야. 어
디 안 좋은 데는 없어?"

"토르……."

"그래, 나야! 괜찮은 거야?"

"왜 깨웠니……?"

토르는 말문이 막혔다.

디오스의 눈에서 계속 눈물이 솟아나고 있었다.

"왜… 왜 깨운 거야……."

"…좀 쉬어."

마른 목소리로 대답한 토르는 커트에게 눈짓을 보냈다.

커트가 디오스에게 말을 거는 동안 토르는 하르피이아를 향해 휙 고
개를 돌렸다.

움찔 몸을 떤 하르피이아가 뒷걸음질치다 엉덩방아를 찧고 말았다.

"사, 살려주신다고……."

"내가 그런 말 언제 했냐?"

턱.

토르는 하르피이아의 목을 단숨에 잡아챘다.

"끄으으……."

으드득 하고 이 가는 소리가 울렸다.

"저거 보이냐? 내 친구다. 네 지랄 같은 마법 때문에 마음에 상처를 입었어. 너 아냐? 마음을 다치면… 팔다리 부러지는 것보다 더 아파. 그게 얼마나 더럽게 아픈 건지 알아? 얼마나 오래가는 줄 알아? 어!"

하르피이아의 입에서 가는 선을 그리며 침이 흘러나왔다. 혀가 삐져나오고 눈이 위로 돌아가고 있었다.

"끄… 커……."

"아예 네 종자를 완전히 없애주마! 네가 마지막이지? 너 죽이면 다신 그런 빌어먹을 마법 쓰는 종자가 없는 거지? 죽어!"

콰득.

하르피이아의 목을 막 꺾어버리려는데 조용한 부름이 들렸다.

"토르, 그만 해."

토르는 얼른 힘을 빼고 뒤돌아보았다. 디오스가 어느새 자리에 앉아 있었다. 그새 기력을 많이 회복한 듯 보였다. 커트의 부축을 받아 앉긴 했지만 눈동자가 또렷하게 제자리를 찾은 채였다.

"디오스!"

토르가 활짝 웃었다.

디오스도 웃었다. 씁쓸한 자조가 배인 웃음은 토르의 마음을 아프게 했지만 디오스는 계속 웃어주었다.

"디오스, 네 손으로 죽이려고? 그래, 그렇게 하자!"

디오스는 조용히 고개를 저었다.

"아냐. 토르, 그 마족을 죽이지 마. 부탁한다."

"뭐? 왜!"

그사이 하르피이아는 연방 밭은기침을 내뱉고 있었다. 눈물마저 찔

꿈거렸다. 그 와중에도 디오스의 말을 알아들은 듯 간절한 눈으로 디오스를 바라보고 있었다.

디오스는 씁쓸한 눈으로 하르피이아를 바라보다가 토르에게 시선을 돌렸다.

"토르, 저 마족은 날 해치기 위해 마법을 건 것이지만… 내가 꿈에도 그리던 환상을 구현해 주었다. 꿈이란 걸 전혀 몰랐어. 너무 생생했으니까. 정말… 너무 행복했다. 절대… 깨고 싶지 않았을 정도로. 끝까지 행복한 기억으로 갖고 싶어. 비록 망상이었다고 할지라도 말이지……."

토르는 묵묵히 디오스를 바라보았다. 디오스도 토르를 말없이 보고 있었다.

디오스가 얼마나 아나테를 좋아했는지, 아나테를 향한 마음이 얼마나 지순했는지 토르는 잘 알고 있었다. 안타까웠다. 친구 간의 문제만 아니라면 마법을 써서라도 도와주고 싶지만…….

한참을 묵묵히 디오스만 바라보던 토르가 갑자기 픽 웃었다.

"꿈에서 좋긴 엄청 좋았나 보구나? 야! 너 디오스에게 어떤 환상을 보여준 거냐?"

토르가 하르피이아의 목을 놓으며 물었다.

하르피이아는 캑캑거리며 목청을 돋우더니 잔뜩 갈라진 목소리로 겨우 대답했다. 토르의 질문에 대답하느라 엄청 필사적이었다. 무섭긴 진짜 무서웠나 보다.

"우리 마법은 인간이 원하는 환상을 그대로 보여주는 건데요……."

"그게 어떤 환상인지 너도 볼 수 있는 거야?"

"그렇죠, 마법을 건 의식은 우리와 이어지는 것이니까요……. 저 인간은……."

갑자기 디오스가 펄쩍 뛰며 소리를 질렀다.

"더 말하면 다시 죽이라고 할 거야!"

하르피이아는 창백하게 질린 채 토르의 얼굴을 바라보았다.

토르는 씨익 하얀 웃음을 지었다.

"말 안 하면 죽일 거야."

하르피이아가 깜짝 놀라 더듬거렸다.

"그, 그것이… 저 인간의 환상은……."

디오스가 왁하며 토르에게 달려들었다.

언제 정신을 잃었냐는 듯 토르의 목을 안아 죄며 디오스는 필사적으로 소리쳤다.

"야! 너 빨리 안 가! 가! 안 가면 내가 죽인다!"

하르피이아는 디오스에게 꼼짝 못하고 목을 졸리는 토르를 보다 공포 섞인 눈으로 디오스를 바라보았다. 게리온을 죽인 괴물 같은 인간을 단숨에 제압할 정도의 인간이었다니! 이런 인간에게 마법을 어떻게 걸 수 있었을까? 마법을 걸지 않았다면 지금쯤……?

목숨이 걸린 일이라 엄청난 속도로 두뇌가 회전한 하르피이아는 이 자리에서 제일 강한 인간이 디오스라고 단정 지었다. 그들의 대장, 게리온을 죽인 괴물 같은 인간도 꼼짝 못하는 괴물이었으니까.

디오스가 고함치는 것이 너무도 무서웠다.

"안 가? 지금 죽을래?"

하르피이아는 죽고 싶지 않았다. 타티루스에서 죽으면 완전히 존재가 소멸해 버리는 것이다. 하르피이아는 토르에게 목이 졸려 정상이 아닌 몸이었지만 뒤뚱거리면서도 필사적으로 날갯짓을 해 날아올랐다.

그리고 뒤도 안 돌아보고 도망쳤다.

토르는 멀어져 가는 하르피이아를 보며 입맛을 다셨다.

"쩝! 들었어야 하는데……."

"벼, 별거 아니었어!"

"근데 왜 안 가르쳐 줘?"

"때론 사내에게도 숨기고 싶은 비밀이 있는 거야!"

"비밀은……. 디오스, 말하기 부끄러우면 내가 슬쩍 엿볼게. 아무한 테도 말 안 할게. 어때?"

"안 돼! 안 돼!"

디오스가 토르의 목을 놓으며 옷깃을 팍 여몄다. 가슴을 가린 모습이 너무 우스워 커트가 껄껄 웃음을 터뜨렸다.

토르는 씨익 웃으며 한 걸음 더 다가섰다.

"그런다고 못 볼 것 같아? 어디 보자……."

"악! 보지 마! 보면 너랑 절교한다―!"

투덕거리는 디오스와 토르를 보며 커트는 잔잔하게 웃음 짓고 있었다. 이제 그들의 관계를 알 것 같았다. 얼마나 서로 아끼고 있는지. 얼마나 서로 위하고 있는지. 그리고 그들 속에 이제 커트와 라나도 함께 있다는 것까지도.

커트는 장난을 치듯 툭탁거리는 친구들의 음성을 들으며 라나를 회복시키는 데 주력했다. 라나도 곧 깨워 모두 함께 웃고 싶었기에.

토르는 여유있게 앉아 딴청을 피우는 중인데 디오스는 애가 달아 계속 캐묻고 있었다.

"에이, 안 봤다잖아? 그만 좀 확인해."

“어떻게 믿어? 어떻게? 진짜 안 봤어?”

토르는 눈을 게슴츠레 뜬 채 디오스를 보다 흥미없다는 듯 홱 고개를 돌렸다.

“큿. 안 봐도 뻔한데 뭐. 굳이 볼 필요 있어? 아나테 만나면 내가 다 불어버릴 거다.”

“너, 너 그럼 진짜 절교야!”

“언제는 말다툼하다 ‘절교야!’ 하는 여자는 밥맛이라더니. 디오스, 지금 네가 밥맛없어하는 여자랑 똑같이 구는 거 알아? 너, 여자 할래?”

“야!”

둘의 대화를 들으며 쿡쿡 웃던 커트의 얼굴이 환해졌다. 라나가 눈을 떴던 것이다.

“라나!”

커트의 음성에 토르와 디오스도 벌떡 일어나 라나의 곁으로 갔다.

“괜찮아?”

“어지럽진 않니?”

갑자기 쏟아지는 남자들의 관심에 어리둥절한 얼굴을 했던 라나는 빨갛게 볼을 붉혔다.

커트가 라나를 칭찬했다.

“정말 잘했다. 바람을 읽기 어려웠을 텐데 아주 잘했어.”

토르와 디오스도 한마디씩 했다.

“훌륭했어, 라나.”

“덕분에 살았다. 고맙다, 라나.”

비로소 한 사람의 일행으로 당당히 역할을 해낸 듯해 라나는 스스로 자랑스러웠다. 그랬기에 상기된 얼굴로 밝게 웃을 수 있었다.

커트가 목을 받쳐 몸을 일으켜 주자 라나는 자리에 앉아 팔다리를 놀려보았다.

"괜찮아요. 아무 이상 없어요. 잘 자고 깬 듯한 느낌인데요?"

커트가 빙긋 웃는데 토르와 디오스가 라나의 머리를 마구 쓰다듬어 헝클어놓았다.

"하하. 자다 깬 것 같다고? 커트가 얼마나 애쓴 줄 알아? 꼭 직접 치료하겠다며 정말 애 많이 썼다구."

"멋진 말이야! 폼나잖아? 하하."

라나는 빙긋 웃는 커트를 바라보았다. 그가 얼마나 애썼는지는 묻지 않아도 알 수 있었다. 힐링을 계속 되풀이해 썼는지 커트의 얼굴엔 지친 기색이 역력했다. 가슴이 따뜻해졌다.

"고마워요, 커트……."

토르가 씨익 웃더니 손가락을 튕겼다.

딱!

커트의 전신에 맑은 기운이 서렸다가 금세 사라졌다.

커트는 토르를 보며 빙긋 웃었다. 힐링을 써줘 고맙다는 말은 하지 않았다. 가슴으로 느끼고 있었던 것이다. 이번 전투를 통해 넷의 마음이 단단히 뭉쳤다는 것을.

토르가 양팔을 활짝 펼치더니 셋을 한꺼번에 끌어안았다.

"하하. 다들 무사하니 다행이야. 몸도 다 회복되었으니 진짜 중요한 일을 지금부터 하자."

"뭘 하게?"

디오스의 물음에 토르는 씩 웃었다.

"말했잖아? 원래는 플레케톤에서 끝내려고 했는데 어쩌다 보니 코

키투스까지 왔네. 사트바를 불러내야지. 이 다음은 연옥이고 그 다음
은 엘리시온인데 언제 거기를 다 돌아보냐?"
"그게 될까?"
"안 되면 되게 하면 돼!"
토르는 하하 웃더니 손을 치켜들었다.
"가자! 여긴 너무 추우니까 연옥 앞으로 가서 부르자구."
모두 고개를 끄덕였다.
넷은 일제히 몸을 날렸다. 자욱한 눈보라가 그들의 발길을 따라 피
어올랐다.

2

암청색의 하늘이 푸른 하늘로 바뀌어 있었다. 오랜만에 맑은 하늘을
보니 가슴까지 후련해 왔다.
눈밭이 끝난 그곳엔 거대한 산이 우뚝 솟아 있었다. 나무 한 그루 보
이지 않는 암괴로 이루어진 산이었지만 얼마나 높은지 구름에 가려 정
상이 보이지도 않았다.
커트가 감탄했다.
"대단하군요, 연옥이라는 곳은. 기상이 남다른 산입니다."
"정죄를 하는 곳이잖아. 산만큼 뭘 씻는 데 좋은 곳은 없지."
"그렇군요."
토르의 말에 고개를 끄덕이던 커트는 산 아래를 바라보며 눈을 빛냈

다. 작은 동혈이 보였던 것이다.

"저곳이 입구인가 봅니다."

"저긴 안 들어갈 거야."

"그럼 어떻게?"

"여기서 부르는 거지 뭐."

디오스가 물었다.

"아까부터 궁금했는데, 사트바는 신이잖아. 신을 어떻게 부른다고 그래?"

"뭘 어떻게 불러? 그냥 부르면 되지."

디오스가 이마를 짚었다.

"각성하고 나서도 그건 안 변하냐? 이 무대책아!"

"복잡하게 생각하면 다 복잡해져. 단순하게 받아들이면 다 단순하게 풀리고."

라나가 감탄한 듯 고개를 끄덕였다. 카론의 앞에서도 토르는 라나에게 같은 말을 했었다. 이제 어느 정도 토르를 알 것 같았다. 생각이 없는 게 아니라 정말 단순하게 결정을 내리고 끝없이 밀어붙이는 것이 토르의 방식이었다. 이제는 이해할 수 있었다.

"멋진 말이에요."

"내 말은 원래 멋져."

토르는 픽 웃더니 일행에게 손짓했다.

"조금 물러나."

커트, 라나, 디오스가 뒤로 물러나자 토르는 코크라에게 알려주었다.

"귀 막아."

"또 사자후야? 으흐~"

"이제 익숙해질 때도 되지 않았냐?"

"그 소린 마족에게 너무 안 좋아. 마력을 산산이 흩어버린다구."

"알았으니 귀 막아."

"도대체……!"

투덜거리던 코크라가 잠잠해지자 토르는 힘껏 가슴을 부풀렸다.

왁 소리를 지르려는데 허공에서 잔잔한 음성이 들려왔다. 하늘이 입을 벌려 그대로 말하는 것처럼 포근하게 들리면서도 장중한 목소리였다. 그것은 여인의 목소리였다.

—토르, 소리 지르지 말아요. 연옥을 지키는 마족들이 기절할지도 몰라요.

막 사자후를 터뜨리려던 토르는 허를 찔린 듯 움찔했다. 하마터면 기혈이 흔들릴 뻔했다. 그만큼 절묘한 타이밍에 울린 목소리였다.

"후우……."

뒤틀릴 뻔한 호흡을 바로잡으며 토르는 천천히 하늘을 보았다. 어디에도 목소리의 주인공은 보이지 않았다.

"나오진 않을 거야?"

하늘이 웃었다. 뭉게구름이 둥둥 물결쳤다.

—호호. 나는 신이에요. 형체를 굳이 보고 싶다면 얼마든지 만들 수는 있어요. 하지만 본래 난 형체가 없어요. 진짜 나는 의지만 있는 존재예요. 가짜 형상을 보고 싶어요?

"아니."

디오스는 입을 쩍 벌린 채 신과 대화하는 토르를 보고 있었다. 커트에게 고개를 돌려 묻는 디오스의 얼굴은 온통 불신 어린 표정이었다.

"커트, 지금 우리가 보고 듣는 게 사실 맞지?"

라나가 디오스의 허리를 꼬집었다.

"아얏!"

"맞는데요?"

"너어~!"

"쉿!"

커트가 주의를 주자 디오스는 주먹을 들어 라나에게 흔들었다. 라나는 혀를 내밀었다. 장난을 그치고 토르를 보는 셋의 얼굴은 경외에 가득 차 있었다. 뿌듯한 자부심도 떠올라 있었다. 사트바 신과 당당히 대화하는 토르는 그들의 친구였던 것이다.

토르의 목소리가 들렸다.

"왜 이렇게 늦게 나온 거야? 오자마자 나왔으면 피차 좋았잖아?"

도발적인 토르의 말에도 사트바는 동요하지 않았다. 조용하면서도 침착한 목소리, 듣는 이의 마음을 평화롭게 만드는 묘한 힘을 가진 목소리가 울렸다.

―나는 타티루스에는 가지 않아요. 자칫하면 벌받는 영혼들이 모두 소멸할 수도 있어요. 그들은 내 존재를 감당하지 못한답니다.

토르는 성의없이 고개를 끄덕이더니 단번에 용건을 꺼냈다.

"그래? 그랬군. 어쨌든 그건 됐고. 곤하고 아나테 내놔."

사트바는 대답이 없었다.

토르는 다시 한 번 말했다.

"내놔. 곤, 아나테, 나나, 사나, 레나. 그리고 오르스까지. 이들만 데려가게 해주면 더 이상 시끄럽게 안 하지."

―곤란한 말이군요.

"왜?"

─곤란해요…….

토르가 버럭 고함을 질렀다. 연옥의 산이 우르르 떨릴 정도로.

"안 들어주면 죽음의 세계를 완전히 박살 내버릴 거야!"

그러나 사트바의 목소리는 침착했다.

─그것은 그대의 의지일 뿐이죠. 그대의 의지가 그렇다면 그렇게 하세요.

"뭐?"

토르는 당황했다. 위협이 통하지 않았던 것이다.

"내가 이 세계를 파괴해도 괜찮다는 말이야? 허세를 부리는 거라면 그만둬! 난 한다면 해!"

─토르, 이제 알 텐데요? 내가 왜 타티루스를 감독하던 마족들이 죽어도 가만있었는지…….

토르는 움찔했다. 짐작 가는 바가 있었던 것이다.

프레키가 지옥에 떨어진 사연을 들으며 언뜻 생각했던 게 있었다. 사트바는 영혼의 죄와 벌에 대해 어떤 간섭도 하지 않는 존재일지 모른다는. 모든 죄는 영혼들 스스로 굴레를 씌운 것일지도 모른다는. 스스로 만든 운명이라는 말은 자그레브나 엘제키온의 서도 비슷하게 했던 말이기에 그런 생각이 들었던 것이다.

프레키가 사트바에게 들었다며 해준 말이 떠올랐다.

"내 여동생의 슬픈 운명도… 그에 분노한 내 복수심도… 내가 저지른 신에 대한 불경도… 모두 내 스스로 만든 것이라 하셨다. 내 스스로 내 삶을 그렇게 산 것이라 하셨다. 그리고 나를 뱃사공으로 일하도록 명하셨지. 내 모든 죄는 신께 불경한 그것이 아니라 나 자신을 지옥의 겁화 속에 빠뜨린 것이라 하셨다."

토르는 묵묵히 고개를 끄덕였다. 마족들을 죽여도 사트바가 전혀 개입하지 않은 것은 신이 본래 그런 존재였기 때문이다. 본래부터……. 토르의 생각이 맞았던 것이다. 신은 간섭하지 않는 존재였다.

토르의 눈이 활활 타올랐다. 프레키의 비통한 울부짖음이 귓가에 들리는 듯했다. 간섭하지 않더라도 아예 무관심하다면 너무 심한 것 아닌가?

"그거 너무 무책임한 거 아냐? 창조했으면 돌보기도 해야 할 것 아냐!"

―토르, 신이 세계를 창조했다고 생각해요?

"다들 그렇게 믿잖아!"

―그 말은 당신답지 않은걸요?

"흐으……."

토르는 고개를 흔들더니 소리쳤다.

"말장난하고 싶지 않아! 내놓을 거야? 말 거야?"

―아직 내 말을 이해하지 못했군요.

"뭐야?"

―당신은 이미 어떻게 해야 할지 알고 있어요. 잘 생각해 봐요. 때론 단순한 결정이 다가 아닐 때도 있는 거예요.

토르는 이글이글 타오르는 눈으로 허공을 노려보았으나 점차 푸르게 눈빛이 가라앉기 시작했다.

'생각을 하라 이거지……?

해주지.

신은 세계를 창조했는지는 모르나 간섭을 하는 존재가 아닌 것은 확실했다. 죽음의 세계에서 영혼을 데려가는 것은 이 세계의 질서에 어긋날지 모르지만 이제까지 겪은 바에 따르면, 정말 중요한 것은 의지였다. 토르 자신의 의지였다.

'맞아! 그거야!'

토르는 확신에 찬 목소리로 말했다.

"좋아. 내 눈으로 직접 확인하고 그들을 데려가겠다. 그들을 내가 찾아 데려가면 되는 거지? 이게 내 의지야. 사트바! 내 의지로 부탁한다. 나와 내 일행을 그들에게 데려다 줘!"

하늘이 다시 웃었다. 구름이 물결쳤다.

—훌륭해요. 과연 당신은 데바가 위대한 자라고 칭송할 만해요.

"너도 날 그렇다고 생각해?"

—데바가 그렇게 생각하면 나도 그렇게 생각하지요. 우린 둘이지만 하나이고 하나지만 여럿이니까요.

토르는 알 듯 말 듯한 사트바의 말에 고개를 갸웃거렸으나 지금 그런 것에 신경 쓸 때가 아니었다. 토르는 뒤를 돌아보았다.

디오스와 커트, 라나가 눈을 치뜨고 토르를 보고 있었다. 신에게 '의지'를 관철시킨 놀라운 친구를 보고 있었다.

토르는 빙긋 웃었다.

"가자."

그때 허공에서 사트바의 목소리가 울렸다.

—그들은 갈 수 없어요.

"왜?"

토르가 소리쳤으나 사트바의 음성은 여전히 담담했다.

―그들은 당신만큼 확고한 의지가 없어요. 고뇌하고 유보하고 망설이고 있지요. 당신만 갈 수 있어요.

디오스와 커트, 라나 모두 움찔했다. 사트바의 말이 맞았던 것이다. 토르는 죽은 친구들을 구해내겠다며 확신에 가득 차 그들을 여기까지 이끌었으나 그들의 마음속에는 한 가닥 의혹이 있었던 것이다. 과연 가능할까라는…….

디오스가 푹 고개를 숙였다. 토르에게 너무나 부끄러웠다. 곤과 아나테를 구할 수 있다는 확신이 없었다는 게 너무나 부끄러웠다. 자신에게 화가 났다.

턱.

어깨를 잡는 손길에 고개를 드니 어느새 토르가 앞에 서 있었다. 토르는 웃고 있었다.

"디오스, 걱정 마. 내가 다 구해올게."

"토르……."

"아무 걱정 마. 여기서 커트랑 라나랑 기다려."

토르는 커트와 라나의 어깨를 툭툭 치곤 몸을 돌렸다.

"사트바, 나는 준비가 끝났어."

―좋아요.

갑자기 토르의 몸이 뿌옇게 흐려지기 시작했다.

디오스가 주먹을 쥐며 소리쳤다.

"토르! 꼭 성공해야 해!"

고개를 돌려 빙긋 웃던 토르의 웃음도 차츰 사라져 갔다.

디오스와 커트, 라나는 연옥의 거대한 산 앞에서 망연히 서 있었다.

연옥과 엘리시온 : *Chapter 48*

토 르는 눈을 깜박였다.

사트바의 안내로 토르가 온 곳은 하얀 대리석으로 만든 커다란 문 앞이었다. 연옥의 산속에 있는 곳인 듯 작은 창을 통해 눈부신 빛이 들어와 문을 비추고 있었다.

"여긴 어디지?"

—오만한 자들이 자신의 죄를 뉘우치는 곳이에요.

사트바의 대답에 토르는 고개를 갸웃거렸다.

"오만함도 죄인가? 그냥 오만하기만 해서 나쁜 짓을 하는 것은 아니잖아?"

—이 문안에 있는 자들은 타인에게 오만했던 자들이 아니라 자신에게 오만했던 자들이에요.

"자신에게?"

—그래요. 스스로 오만했기에 자신의 영혼에 깊은 상처를 입힌 자들이죠.

토르는 여전히 고개를 갸웃거리다 다시 물었다. 궁금한 건 직접 눈으로 확인하는 게 제일 낫다.

"이 문을 열면 돼?"

—그래요.

"여기 곤과 아나테가 있어?"

—들어가 보면 누가 있는지 알아요.

토르는 더 묻지 않고 대리석 문을 열어젖혔다.

조용히 문이 열리자 커다란 방이 드러났다.

온통 하얀 대리석 벽으로 이루어진 그 방에는 둥근 방의 벽을 따라 천천히 걷고 있는 영혼들이 있었다. 그들을 둘러보던 토르는 눈을 빛냈다. 곤과 아나테는 아니었지만 그가 구하고자 했던 영혼 중의 하나가 그 방에 있었던 것이다.

"레나!"

물기가 없어서였는지 인어의 하반신 대신 두 다리로 걷고 있었지만 그녀는 나나의 큰언니, 자그레브의 딸인 레나가 분명했다. 깜짝 놀라 토르를 바라보는 얼굴은 레나가 틀림없었다.

토르는 몸을 날려 레나의 앞에 내려섰다. 다른 영혼들은 그들을 상관하지 않고 계속 낮게 웅얼거리며 대리석 방을 돌고 있었다.

"레나! 왜 네가 여기 있어? 네가 죄진 게 뭐가 있다고!"

울컥 치솟아오르는 감정을 누르지 못하고 토르는 레나의 어깨를 잡고 흔들었다.

레나는 당황한 눈으로 토르를 바라보다 천천히 물었다.

“당신… 누구신데 저를……?”

아차! 몸이 커졌지!

“토르야! 나 토르야! 레나, 나 몰라보겠어?”

레나는 의혹 어린 눈으로 토르를 바라보다가 깜짝 놀라고 말았다. 레나의 눈에 그렁그렁 눈물이 맺혔다.

“정말… 토르?”

와락!

토르는 레나의 몸을 끌어안았다.

“그래! 나, 토르야! 토르라구!”

끝까지 믿지 못해 미안하다고 울먹였던 레나의 영혼이다. 토르는 품속에서 파르르 떠는 레나를 끌어안고 크게 소리쳤다.

“레나가 왜 여기 있지? 얘는 플루티에게 당했을 뿐이야! 무슨 죄를 지었다고! 얘가 무슨 죄가 있다고!”

사트바의 대답은 오직 토르에게만 들렸다.

―토르, 이제 알잖아요. 죄는 내가 정하는 게 아니에요. 레나의 죄는 레나가 정한 거예요. 참회 또한 레나가 정한 의식이고요.

안다! 하지만, 하지만! 왜! 왜!

토르는 품속에 안은 레나를 떼어내고 물었다.

“레나! 네가 무슨 죄를 지었다고 여기를 돌고 있어? 응? 넌 잘못없잖아? 넌 그냥 플루티에게 죽임을 당했을 뿐.”

레나가 조용히 토르의 입을 손가락으로 막았다. 레나의 볼엔 주르륵 눈물이 흘러내리고 있었다.

“토르, 정말 훌륭한 모습으로 컸네요. 벌써 세월이 그렇게 흐른 걸까요?”

"아니, 갑자기 큰 거야."

"어떻게… 산몸으로 여기까지 왔죠?"

"난 세니까."

"토르……."

레나는 눈물을 흘리면서도 방긋 웃었다. 그리운 그 말투에 벅차오르는 웃음을 참을 수 없었다.

"레나, 여기서 나가자. 넌 죄없어."

"아니에요. 내 죄는 헤아릴 수 없이 많아요. 타티루스가 아니라 연옥에 있는 것도 이상할 지경이에요."

"네가 왜?"

"토르, 난 당신을 믿지 못해 동생들까지 죽게 하고 말았어요."

"그건."

"그뿐이 아니에요, 토르. 나는 친아빠를 죽이려고 한 딸이죠."

"레나……."

그랬다. 레나가 자그레브를 죽이려 했다는 과거를 토르는 그제야 기억해 냈다. 일순 말을 잃었던 토르는 강하게 고개를 저었다.

"하지만 자그레브는 살아 있어!"

"맞아요. 토르에게 반지를 전해주며 난… 아빠에 대한 증오는 어느 정도 씻을 수 있었어요. 하지만 죄책감까지 사라진 건 아니었어요. 플루티에게 죽을 때도 그 벌을 받는다고 생각하니 조금은 덜 고통스러웠어요. 그리고 난… 오만했어요."

토르는 멈칫했다.

사트바도 말했지 않은가. 이 방은 오만한 자들이 정죄를 하는 곳이라고.

레나는 토르의 얼굴을 정겹게 쓰다듬으며 그윽하게 바라보았다.

"이렇게 볼 줄은 몰랐어요, 토르. 정말 뭐라 말해야 할지 모르겠네요. 내 오만함 때문에 나는 동생들까지 죽게 했어요. 동생들까지……."

비통한 레나의 목소리에 토르도 목이 잠겼다.

"그게 도대체 무슨 소리야?"

"난… 여기 와서야 내 죄를 알았어요. 여기 계신 분들은 모두 저와 같은 잘못을 저지르고 참회 중인 분들이죠. 난 동생들의 모든 것을 내가 책임져야 한다고 생각했어요. 동생들의 안전도, 당신의 안전도, 모두 내 책임이라고 생각한 거예요. 동생들의 죽음도 내 탓이라고 생각했어요. 그게 오만했던 거예요. 그게……."

토르는 묵묵히 눈물을 흘리는 레나의 눈을 바라보았다. 레나는 속삭였다.   .

"토르, 당신도 명심해요. 세상 모든 게 당신 책임인 게 아니에요. 그것이야말로 오만한 거예요. 나는 오만했기에 내 동생들을 믿지 못했고 당신을 믿지 못했어요. 그게 나의 죄예요."

"레나……."

토르는 안타까운 눈으로 레나를 바라보았다. 타티루스에서 고통스러운 벌을 받는 자들도, 연옥에서 정죄를 하고 있는 자들도 실은 모두 스스로 만든 죄로 벌을 받는다는 걸 토르는 이제 알고 있었다. 그렇기 때문에 구원은 오직 스스로 할 수 있을 뿐이다. 스스로.

토르는 고개를 숙여 레나의 이마에 키스를 했다. 정중하고 부드러운 키스였다. 그리고 토르는 레나의 눈물을 닦아주었다.

"레나, 난 너희를 다 구해갈 작정이야. 나와 함께 다시 우리 세계로 가자. 날 따라가면 넌 다시 살아날 수 있어.”

레나의 눈이 커졌다.

“그게… 가능해요?”

“그래, 가능해. 나의 의지로. 사트바 신의 허락도 받았다.”

“오오! 토르……!”

레나는 감격에 겨운 눈으로 토르를 바라보았다.

토르도 레나를 보며 벅찬 감격을 느끼고 있었다. 레나가 죽는 것을 보며 얼마나 가슴이 아팠던가. 그것은 처음 느껴보는 고통이었다. 절대 잊지 못할.

그런데 레나가 갑자기 고개를 저었다.

“토르, 난 여기서 내 죄를 씻겠어요.”

“레나!”

“그게 나의 의지… 예요. 더구나 동생들은 지금 여기 있지도 않은걸요. 그 애들과 함께 가지 않는다면 다시 살아난다고 해도 의미가 없어요.”

동생들. 나나를 생각하니 심장이 쿵쿵 뛴다. 토르는 감정을 억누르고 물었다.

“사나와 나나는 어디 있는데?”

“그 애들은 아마 엘리시온에 있을 거예요.”

토르는 고개를 끄덕였다. 그럴 것이다. 사나와 나나는 맑기만 했던 이들이다. 그들이 엘리시온에 가는 것은 당연한 일이다. 토르는 씩 웃으며 레나의 턱을 살짝 치켜 올렸다. 눈이 정면으로 부딪쳤다.

“레나, 내가 사나랑 나나 데려오면 너도 갈 거지? 약속해.”

레나는 토르를 한참 동안 바라보다 살포시 고개를 끄덕였다.

"그 애들과 함께라면요."

"좋아!"

토르는 씩 웃고는 고개를 숙였다.

쪽.

레나의 볼에 가볍게 키스한 토르는 장난스럽게 웃음 지었다.

"곧 데리러 올게!"

레나는 그저 바라보기만 했다. 토르를 향해 살짝 얼굴을 붉히고서.

토르가 몸을 날려 사라지고 문이 닫히자 레나는 고개를 숙이고 다시 방 안을 천천히 돌기 시작했다. 대리석으로 이루어진 오만한 자들의 방에는 다시 중얼중얼거리는 참회의 소리만이 나직하게 울려 퍼졌다.

2

연옥의 산을 바라보던 라나는 몇 번을 망설이다 디오스에게 물었다.

"디오스, 나 궁금한 게 있어요."

입술을 잘근잘근 씹으며 연옥을 노려보던 디오스는 라나의 질문에 고개를 돌렸다. 굳어 있던 얼굴을 억지로 펴며 디오스는 웃었다. 라나가 자신을 구하기 위해 목숨마저 걸었다는 걸 아는 디오스였다. 이전과 그녀를 대하는 태도가 달라진 건 당연한 일이었다.

"뭔데 그렇게 똥 마려운 표정이야?"

"디오스!"

디오스는 하하 웃음을 터뜨렸다. 웃는 게 좋다. 힘들고 긴장될수록 웃어야 한다. 그것이 토르와 친구가 되며 디오스가 받은 선물이었다.

엘프인 라나의 실제 나이는 자신보다 몇 배는 더 많은 걸 아는 디오스였지만 그녀를 보면 왠지 어린 소녀를 보는 것 같았다. 성인이 되지 못한 몸 때문은 아니었다. 그녀는 아직 자신의 삶이 준 고뇌를 경험하지 못한 엘프였다. 선대의 과거로 인해 인간에 대한 증오와 불신을 갖고 있다는 것은 알지만 그것은 라나의 고뇌가 아니었다. 그렇기에 그녀는 디오스에게 아직 덜 자란 소녀 같다는 인상을 계속 주었다.

"하하. 장난이야, 장난. 대신 뭐든지 물어봐. 다 말해주지."

"정말요?"

"그럼!"

커트가 둘을 보며 빙긋 웃고는 다시 연옥으로 눈을 돌렸다.

라나는 눈을 빛내며 디오스를 보고 있었다.

"약속한 거예요?"

"물론! 기사의 약속이야!"

"손가락."

라나는 새끼손가락을 걸어 흔들며 입술을 깨물었다. 무언가 단단히 결심한 게 틀림없었다.

디오스는 점점 기대가 되었다. 도대체 라나가 무엇을 물어볼 것인지. 토르가 훌쩍 커버려 예전처럼 놀려먹는 재미가 아예 없어졌는지라 토르처럼 호기심 덩어리인 라나는 디오스에게 솔솔 기대감을 불러일으켰다.

"어서 말해봐. 그만 뜸 들이고."

"음… 나나랑 토르는 어떤 사이죠?"

흠칫.

디오스는 굳어버렸다. 아나테가 이 얘길 안 해줬다는 것인가? 왜에? 내가 왜 하필 그 어려운 얘길 해줘야 하는 건데!

"약속했어요."

"끄응……."

디오스는 이마를 손으로 짚었다. 정말 쓰러지고만 싶었다.

"그거… 토르에게 직접 물어보면 안 돼?"

"아나테도 그랬지만 못 물어보겠어요."

"왜?"

"말해줘요."

라나의 맑은 눈망울이 초롱초롱 빛난다. 아, 무지 맘 약해지네. 그런 눈으로 보면 거절을 못하잖아!

디오스는 한숨을 쉬고는 천천히 이야기를 꺼내기 시작했다. 원래 구변이 좋은 디오스였던지라 한번 말을 꺼내기 시작하니 술술 잘도 풀려 나오기 시작했다. 디오스는 아예 토르를 처음 만나던 때부터 이야기했다.

커트도 궁금했던지 이야기에 귀를 기울였다. 워낙 말을 맛깔나게 하는지라 꽤 긴 이야기였는데도 불구하고 라나와 커트는 디오스만 보고 있었다.

마침내 이야기가 칼루토 호수에서 토르를 잃어버렸던 얘기까지 진행되자 둘은 꿀꺽 침을 삼켰다. 디오스가 어찌나 실감나게 얘기하는지 마치 직접 겪은 일을 회상하는 것 같은 느낌마저 들었다.

잠시 후, 라나의 얼굴이 점점 흐려졌다. 인어 세 자매의 죽음과 토르의 폭주, 절망, 그리고 회복의 얘기를 들으며.

커트도 슬쩍 고개를 돌려 연옥을 바라보았다. 그곳에 있을 토르를 떠올렸다.

'당신은 사랑도 참 멋지게 했군요……'

슬프지만 아름다운 사랑 이야기였다. 이루어지지 않았기에 더 아름다운지도 모른다. 아름다웠기에 슬펐는지도 모른다.

라나는 똑똑 눈물을 떨어뜨리며 디오스의 이야기를 듣고 있었다.

디오스는 커트와 라나가 너무 몰입되어 이야기를 들어주자 말을 꺼내기 전에는 그렇게도 망설였던 부분까지 그대로 이야기하고 말았다. 가속도가 붙어 디오스도 어쩔 수 없었다.

"그랬던 토르가 널 만난 거야. 그래서 그렇게 놀랐던 것이고."

라나는 고개를 들어 디오스를 보았다.

"너는 나나랑 진짜 똑같이 생겼거든. 푸른 머리카락, 푸른 눈동자, 오밀조밀한 이목구비에 목소리까지. 내가 봐도 나나와 너는 너무 닮았어."

라나는 벼락이라도 맞은 듯 굳어버렸다. 디오스의 말은 그 후에도 계속 이어졌지만 단 한 마디도 귀에 들어오지 않았다.

'그랬구나. 난… 대용품이었어.'

고개를 숙이고 있어 라나의 얼굴이 파랗게 질려 있는 것을 커트도 디오스도 알지 못했다. 그들은 토르에 관련된 일화를 묻고 답하며 즐거운 웃음을 터뜨리고 있었다. 그래서 라나의 입술이 꼬옥 깨물려 있다는 것을 두 사내는 미처 알지 못하고 말았다.

3

토르는 안개가 자욱하게 낀 강변에 도착해 있었다. 토르가 허공에 소리를 질렀다.

"나나에게 데려다 주랬더니 왜 이리 온 거야? 여긴 강이잖아!"

—이곳이 바로 레테죠. 여길 건너야 엘리시온이에요.

"빨리 건널래!"

—토르, 레테가 어떤 강인지 아나요?

토르는 사트바의 차분한 목소리에 조급한 마음이 저절로 가라앉는 것을 느꼈다. 정말 묘한 기운을 가진 목소리였다. 죽은 나나를 다시 만날 수 있다는 기쁨에 앞뒤 안 가리고 날뛰던 심장이 차츰 진정하기 시작했다. 그래, 이런 꼴로 나나를 만날 수는 없지. 마음을 추슬러야 해.

토르는 후우욱 심호흡을 한 후, 사트바에게 인사를 건넸다.

"고마워."

—호호. 질문에나 대답해 줘요.

"연옥에서 엘리시온을 가려면 이 강을 통과해야 한다면서? 카론에게 들었어."

—이 강의 다른 이름도 알고 있지요?

"응. 망각의 강이라더……."

콰쾅 하고 머리에 벼락이라도 떨어진 것처럼 토르는 말을 멈추었다. 망각의 강. 그랬다. 레테의 다른 이름이 바로 그것이었다. 연옥에서 정죄를 마친 영혼들은 레테를 건너며 그 물을 마신다 했다. 남아 있는 모든 고통까지 없애는 진정한 정화를 위해.

토르의 목소리가 떨렸다.

"서, 설마… 모든 기억을 잊는 거야? 그런 거야?"

─맞아요.

조용한 음성이 너무나 냉엄하게 들렸다.

토르는 털썩 그 자리에 주저앉고 말았다. 나나를 다시 만날 생각에 기대가 컸던 만큼 밀려오는 좌절감은 단번에 무릎에서 힘을 빼앗았다. 만나도, 이제는 다시 만나도 기억을 못한다는 것인가? 나나가 날 몰라 본다는 것인가!

"왜! 왜에─!"

토르의 음성이 격하게 울렸다. 망각의 강이 파도를 일으켰다.

사트바의 목소리는 조용했다.

─영혼이란 그렇게 약한 존재지요. 아무리 정죄의 과정을 거쳤더라 도 삶의 기억이 조금이라도 남아 있으면 엘리시온에서 편히 쉴 수 없 거든요. 그들은 엘리시온의 안락 속에서 영혼을 정화하고 다시 세상으 로 나가 새 삶을 산답니다.

토르는 쾅쾅 땅을 두드렸다.

강변의 흙이 허공으로 비산하고 순식간에 거대한 웅덩이가 파였다.

"젠장! 젠장!"

토르는 머리를 땅에 찧었다. 디오스나 커트, 라나에게는 절대 말하 지 못했다. 곤과 아나테를 구하러 온 길이었기에.

나나도 구할 수 있다는 것을 알고 얼마나 기뻤던가. 이제는 말할 수 있는데. 이제는. 이제는 나나에게 나도 널 사랑한다고 목청껏 소리칠 수 있는데!

"카오오오오─!"

토르는 용음을 토해냈다. 분노와 좌절이 뒤섞인 포효는 애잔하기 짝 이 없었다. 부릅뜬 눈에서 펑펑 눈물이 쏟아졌다.

사트바는 아무 말도 없었다.

한동안 아무도 없는 강변에서 실컷 울음을 토해낸 토르는 주먹을 들어 눈물을 닦았다.

허공을 바라보는 토르의 눈은 아득하니 힘이 빠져 있었다.

사트바의 목소리가 들렸다.

─볼래요?

묵묵히 하늘만 바라보던 토르가 고개를 끄덕였다.

"응. 날 기억하지 못해도… 나나가 행복한 걸 보고 싶어. 꼭 보고 싶어……."

토르의 몸이 뿌옇게 흐려지더니 사라지기 시작했다. 토르는 망각의 강에서 모습을 감추었다. 토르가 흘린 눈물도 강물로 흐를 것이다.

4

엘리시온은 푸르디푸른 들판이었다.

타티루스나 연옥과는 공기부터 달랐다. 상쾌한 공기를 마시기만 해도 기분까지 상쾌해지는 듯했다.

토르는 엘리시온의 들판을 뛰노는 영혼들을 보고 있었다. 나이도, 성별도, 종족도 그들에겐 문제가 되지 않는 듯했다. 모든 영혼이 한데 섞여 웃고 즐기고 놀고 있었다. 하나같이 모두 웃고만 있었다. 리라의 연주에 맞춰 춤추고 즐기는 그들의 얼굴엔 가식없는 기쁨만이 가득했다.

팟.

토르의 몸이 꺼지듯 사라졌다. 영혼들을 놀라게 하고 싶지 않았다. 그들만의 평온을 깨뜨리고 싶지 않았다.

토르는 투명 마법을 쓴 채 플라이 마법을 사용했다. 영혼들의 머리 위를 날며 나나와 사나를 찾아 헤맸다.

그리고 마침내 그들을 발견했다.

맑은 물이 흐르는 시원한 냇물이었다.

까르륵 웃으며 물장난을 치는 것은 그의 첫사랑, 나나였다. 나나의 언니 사나도 있었다.

"호호호."

맑은 웃음소리. 얼마 만에 듣는 나나의 웃음인가.

토르는 냇가에 내려앉았다. 그리고 투명 마법을 풀었다.

"어머!"

사나와 나나가 깜짝 놀란 듯 눈을 동그랗게 떴다. 갑자기 나타난 토르의 모습에 그들은 호기심 어린 눈으로 다가왔다. 수면을 스치는 지느러미를 보며 토르는 아득한 감상에 빠져들었다.

토르의 얼굴을 보던 나나가 고개를 갸웃거렸다.

"엘리시온에 왔으면서 왜 그런 얼굴을 하고 있어요?"

"맞아요."

사나가 옆에서 방글방글 웃으며 턱을 고였다.

냇가에 앉은 토르의 곁에서 상반신만 살짝 물 밖으로 내민 나나와 사나가 웃고 있었다.

토르는 목이 메었다. 이들을 잃을 때는 너무 나약했다. 아무것도 몰랐다. 이들을 잃고서야 상실감과 절망이라는 감정을 알았다. 지켜주고 싶었던 이들. 그러나 지키지 못한 이들. 그들이 토르를 보고 웃고 있었다.

"안녕?"

겨우 내뱉은 한마디는 그저 인사였다.

나나와 사나가 까르르 웃었다.

"이상한 사람이야."

"그렇지? 왜 슬픈 얼굴을 하고 있어요?"

"내 얼굴이 슬퍼 보여?"

"그래요."

사나가 고개를 끄덕였다. 나나는 물끄러미 토르를 보며 고개를 갸웃거렸다. 나나가 물었다.

"나 알아요?"

나나의 입술이 나풀거린다.

아아, 얼마나 저 입술이 그리웠던가. 저 푸른 눈이 얼마나 보고 싶었던가. 토르는 가슴이 먹먹해 아무 말도 할 수 없었다.

나나는 다시 고개를 갸웃거렸다.

사나가 물었다.

"왜 그래? 엘리시온에 온 영혼이 누굴 알 리가 없잖아?"

"이상해서. 가슴이 이상해. 뛰어."

"그래? 이상하네."

사나는 나나의 가슴에 손을 얹으며 고개를 갸웃거렸다.

"괜찮은 것 같은데?"

"아냐. 이상해."

나나는 토르를 바라보며 다시 물었다.

“나 알아요?”

토르는 대답하지 않았다. 아니, 못했다. 가슴이 콱 막혀왔다. 아냐고? 널 아냐고? 알지! 알아! 내가 토르라고! 토르란 말야!

그러나 토르는 물끄러미 나나의 얼굴을 보기만 했다.

뿌옇게 눈앞이 흐려오려 한다. 토르는 이를 악물고 참았다. 눈을 감았다. 눈을 감고 눈물을 태워 말려 버렸다. 눈을 뜬 토르는 최대한 담담하게 물었다. 그러나 목소리가 떨리는 것까지는 막지 못했다.

“너희… 행복… 하니?”

나나와 사나가 다시 까르르 웃었다. 말도 안 되는 걸 묻는다는 듯.

“당연하죠. 여긴 엘리시온이에요. 이곳에선 모두 행복해요. 당신도 어서 행복해지세요. 그런 얼굴은 엘리시온에 어울리지 않아요.”

모든 기억을 레테의 강물로 씻었기 때문일까. 나나와 사나는 토르를 알아보지도 못했고, 토르가 산몸이라는 것도 눈치채지 못하고 있었다. 그저 순수하고 맑기만 한 영혼. 그러나 그들의 얼굴은 정말 행복해 보였다.

“행복하다니… 다행이야.”

“당신도 곧 그렇게 될 거예요.”

사나는 방긋 웃어주고는 다시 냇물 속으로 헤엄쳐 들어갔다.

나나는 물끄러미 토르를 보며 아쉬운 눈길을 계속 주었지만 곧 사나를 따라 물속으로 사라졌다.

“아…….”

손을 내뻗었지만 토르는 끝내 말하지 못했다. 꼭 해주고 싶은 말이었지만 결국 하지 못하고 말았다.

토르는 우두커니 앉아 나나가 일으킨 파문을 하염없이 보고만 있었다.

부르고 싶었으나 부르지 못한 이름.

토르는 조용히 그 이름을 되뇌었다.

'나나……'

사트바의 고요한 목소리가 들렸다.

―잘했어요, 토르.

"잘한 걸까……?"

―그래요. 그들은 과거를 모두 잊었어요. 이미 당신이 알던 나나와 사나가 아니에요. 심지어 서로 자매라는 것도 잊었지요. 자신의 이름도 잊었어요. 모든 정화가 끝나면 그들은 세상으로 다시 나가게 될 거예요. 지금 그들을 혼란하게 하는 것은 그들을 위하는 게 아니에요.

"그렇겠지……."

토르는 물끄러미 냇물을 바라보다 고개를 들었다.

"사트바… 좋았던 기억도 잊어야 한다면 그것이 정말 천국일까?"

―토르, 이제 알잖아요. 타티루스도, 연옥도, 엘리시온도 내가 만든 게 아니에요. 모든 영혼들이 스스로 만들고 가꾸어온 곳이에요. 그들이 원해서 생겨났고 그들이 바라서 이곳을 거치는 거예요. 나는 그들이 자신의 의지로 원하는 것을 조금만 도와줄 뿐이에요.

"결국 좋았던 기억도 정죄를 마친 영혼에게는 괴로움을 준다는 것이겠지?"

―그래요. 기억이란 좋았던 것만 있는 게 아니니까요. 절대 잊고 싶지 않은 좋은 추억에도 치명적인 아픔이 섞여 있게 마련이에요.

"그렇군."

―그들에게 아무 말도 안 한 건 정말 잘한 거예요. 그것이 진정 그들을 위하는 길이에요.

"그렇게 말해주니 조금 위로가 되는군."

―당신의 선택, 당신의 의지일 뿐이에요.

"그렇지."

토르의 눈에는 점차 힘이 돌아오기 시작했다. 토르는 빙긋 웃으며 냇물을 바라보았다.

"다시 태어나서 또 예쁘게 살겠지. 나름대로 괴로움도 겪겠지만 잘 이겨낼 수 있을 거야. 나나, 사나. 힘내."

레나도 정죄를 마치면 이곳을 거쳐 다시 태어날 것이다.

토르는 비로소 죽음의 세계가 어떤 곳인지 알 것 같았다. 삶에 대해 조금 눈을 뜬 것만 같았다.

"으라차!"

벌떡 몸을 일으킨 토르는 힘찬 목소리로 사트바에게 물었다.

"다시 태어나면 역시 인어로 태어나는 거야?"

―꼭 그렇지는 않지요. 인간으로 태어날 수도 있어요. 그들이 어떤 존재로 태어나길 원하냐에 따라 다르죠. 나나는 인간으로 태어날 거예요. 인간으로 태어나길 간절히 원했으니까요.

"인간으로……?"

토르는 가슴이 뭉클해지는 것을 느꼈다. 나나가 인간이 되길 원했다면 그것은 자신 때문이리라.

―물론, 지금 인간은 새 생명을 탄생시킬 수 없게 되었지만요.

"뭐? 무슨 소리야?"

―드래곤들이 인간을 멸종시킬 생각이니까요. 그들은 마법으로 새

로운 인간의 탄생을 막았어요. 당분간 인간으로 태어날 영혼은 없을 거예요. 이미 많은 영혼들이 정화가 끝났는데도 인간으로 태어나지 못하고 있지요.

"뭐얏!"

그제야 생각났다. 자그레브가 했던 말이.

드래곤은 인간 말살 계획을 꾀한다고 하지 않았던가. 드래곤이 인간들을 지배한 이후, 새로 태어난 아기는 단 한 명도 없다고.

토르는 사트바에게 소리쳤다.

"신이라면서 그런 걸 그냥 두고 본다는 거야!"

─신은 간섭하는 존재가 아니에요. 그리고 그 세상은 제 몫도 아니잖아요. 데바가 담당하는 세상이죠.

토르는 부드득 이를 갈았다. 뭔가 참을 수 없는 분노가 끓어올랐다.

"데바도 너와 같은 존재인 것인가? 자신을 받드는 존재들을 마냥 방치하는?"

─방치가 아니에요. 신은 운명을 좌우하는 존재가 아니에요. 모든 운명은 스스로 만들어가는 것이죠. 생명체들의 어우러짐과 해침을 데바는 보고 있을 뿐이에요. 아프지만 지켜볼 따름이죠. 그렇게 보아주는 것이 신의 사명이랍니다.

"그게 뭐야! 결국 맘대로 해라 이거 아냐! 무책임하잖아!"

─책임은 스스로 질 뿐이에요. 오만한 자들의 방에서 무엇을 보았죠?

"으으……."

토르는 뭐라 할 말이 없었다.

사트바의 말을 이해할 수는 있었다. 훌륭하다는 생각도 좀 전까지는 했다. 하지만 화가 난다. 견딜 수 없는 화가 치밀어 올랐다.

"그래서! 드래곤들의 횡포도 그저 바라볼 뿐이라는 거냐! 그거야?"

―인간에게는 횡포겠지만 드래곤에게는 조화를 꾀하는 일이니까요. 두 종족 모두 데바의 애정 아래 있는 존재들이에요. 드래곤이 인간을 말살시킨다면 정말 안타까운 일이지만 그 또한 할 수 없는 일이에요.

"됐어! 난 정말 마음에 안 들어! 나나가 환생하는 걸 방해한다면 다 죽여 버릴 거야!"

―그건 당신의 선택이지요. 그게 당신의 운명이 될 수도 있을 거예요. 전 존재의 의지가 복잡하게 얽힌 게 운명이라 일컫는 것이니까요.

엘제키온의 서가 자신을 '운명의 해방자' 라 칭했던 것이 기억난다. 이런 것인가? 이런 거야?

타티루스에서 스스로 짊어진 죄에 고통받던 영혼들이 떠올랐다. 연옥에서 정죄의 길을 걷는 영혼들이 떠올랐다. 정화를 위해 기억까지 잊은 영혼들의 모습들이 알알이 떠올랐다. 그들이 무엇을 위해 그렇게 힘든 정화의 과정을 거쳤는데! 드래곤들이 도대체 무슨 권리로 그들의 노고를 가로막는데!

토르는 으드득 이를 갈다 하얗게 웃었다.

"그래! 내 의지대로 하겠다! 가로막는 건 뭐든지 부숴 버리겠어! 그게 내 의지야!"

―그것이 그대의 뜻이라면.

챙!

토르는 헬나이트를 뽑아 들고 큰 소리로 선언했다.

"나 토르는 헬나이트를 걸고 맹세하니, 나나의 환생을 방해하는 것들은 모조리 죽여 버릴 것이다! 힘들게 정죄를 거쳐 다시 태어나려는 영혼들의 새 출발을 막는 놈들은 결단코 용서하지 않을 것이다!"

짜릉!

엘리시온의 맑은 하늘에 벼락이 번쩍였다. 공간을 가르며 헬나이트로 곧장 떨어진 벼락이 토르의 온몸을 감싸며 번쩍번쩍 빛났다.

토르는 번쩍이는 눈으로 사트바를 향해 소리쳤다.

"사트바! 이제 곤과 아나테에게 데려다 줘! 그들과 함께 내 길을 가겠다!"

사트바의 목소리가 조용히 울렸다. 그러나 그것은 천둥처럼 토르를 후려갈겼다.

—곤과 아나테는 죽음의 세계에 오지 않았어요. 그들은 죽지 않았으니까요.

"뭐!"

5

"토르!"

디오스가 크게 외쳤다.

사라질 때처럼 스르르 나타난 토르는 정말 이상한 표정이었다. 분명히 디오스를 보고 있건만 초점은 디오스에게 맞춰 있지 않았다. 어딘가를 응시하는 그 눈엔 심한 떨림과 분노가 복잡하게 뒤섞여 있었다.

"토르, 어찌 된 것입니까?"

커트의 침착한 음성이 울렸다.

라나는 아무 말 없이 묵묵히 토르를 보고 있기만 했다. 아픔이 가득한 눈이었지만 토르는 그것을 보지 못했다.

토르는 하늘을 응시하더니 긴 탄식을 토해냈다.

"후우우……. 사트바, 정말 고마웠어."

―천만에요. 위대한 자여, 그대의 앞날에 축복을.

"이제 너도 그렇게 부르는 거야? 내 뭐가 위대하다는 거야."

―나중에 알게 될 거예요. 나중에.

사트바의 목소리가 점점 작아지더니 완전히 사라졌다.

다시 한 번 긴 탄식을 토해낸 토르는 일행을 둘러보며 짧게 말했다.

"돌아간다."

"토르! 왜 혼자 온 거야? 어떻게 된 거야?"

"곤과 아나테는 여기 없어. 죽지 않은 거야."

"뭐야?"

깜짝 놀라는 디오스를 향해 토르는 이를 드러내며 웃었다.

"여기 없었어. 안 죽은 거지."

"확실한 거야?"

"사트바가 내게 거짓말을 할 이유가 없잖아. 여기 오기 전에도 조금 이상하긴 했어. 영혼 소환술이 통하지 않았거든. 영혼마저 소멸해 버렸는 줄 알고 얼마나 걱정했는지 몰라. 그땐 살아 있을 거라는 생각은 전혀 하지 못했으니까."

커트를 향해 고개를 돌린 토르는 빠른 말투로 물었다.

"커트, 그때 이상한 마나의 흐름을 느꼈다고 했지?"

"그랬죠. 토르가 곤의 기운일 거라 하셔서 저도 그런가 했습니다만."

"그거부터 시작하자. 내가 그때 제대로 못 봤던 건가 봐. 제정신이 아니었으니까."

"그렇다면?"

커트의 물음에 토르는 고개를 끄덕여 긍정했다.

"자그레브에게 가야지. 자그레브를 의심하고 싶지는 않지만 분명히 무언가 이상한 면이 있었으니까."

헬나이트 안에서 코크라가 오랜만에 투덜거렸다.

"애초에 수상했다니까. 처음부터 내 말 믿었으면 이런 고생 안 했잖아."

토르는 헬나이트의 검신을 툭 치며 웃었다.

"지난 일이야. 지난 일 갖고 왈가왈부하지 마. 따질 건 따져야 하지만 그런 일이 아니잖아. 여기 온 덕분에 네 원수도 갚았잖아. 그리고 난 아직도 자그레브를 친구라 생각해."

커트는 고개를 흔들며 토르에게 말했다.

"토르, 당시의 정황상 곤과 아나테가 살아 있는 게 확실하다면 제일 의심스러운 자는 자그레브입니다. 그는 무언가 목적이 있어 토르를 속인 게 분명합니다. 어쩌면 곤과 아나테의 행방도 알고 있을지 모릅니다."

"그럴지도 모르지. 하지만 자그레브는 내 정체를 처음 알려준 사람이야. 나는 드래곤일 때 맹세를 했대. 아직 그 기억은 안 나지만 말이야. 인간이 된 내게 내 본래 정체에 대해 언급하는 자는 말살해 버리겠다고 맹세했다더군. 자그레브는 그걸 알면서도 자신이 아는 내 정체에 대한 거의 모든 걸 내게 이야기했어. 내가 맹세의 내용을 기억하면 자기를 죽일지도 모르는데. 그런 사람을 의심할 수 있을까? 날 위해 목숨을 걸었던 사람이야. 더구나 곤과 아나테, 디오스가 내 정체에 대해 알면 그들도 죽이게 될까 봐 걱정하는데 자그레브가 잘 막아줬어. 그 덕분에 친구들은 내가 전에 드래곤이었다는 걸 몰랐지. 얼마 전, 디오스에게 내가 전에 드래곤이었다는 걸 밝힐 때 날 싫어하게 될까 봐 속으로 얼마나 걱정한 줄 알아?"

고개를 끄덕이며 토르의 얘기를 듣던 디오스의 얼굴색이 달라졌다.

"잠깐, 토르. 그게 무슨 소리야?"

"뭐가?"

"마지막에 한 말 말이야. 우리들이 네가 전에 드래곤이었다는 걸 몰랐다고?"

"응. 몰랐잖아."

"무슨 말이야? 자그레브는 엘리시온의 조각을 다 모으던 날, 우리에게 말해줬어. 네가 전에 레드 드래곤 라토시였다고."

"뭐?"

토르의 얼굴색이 확 변했다.

디오스의 말이 이어졌다.

"네 정체에 대해 알려는 줬지만 너한테 아는 척하지는 말라더라. 너와 드래곤 시절에 대한 대화를 나누다 혹시라도 맹세에 걸리는 얘기가 나오면 나중에 네가 우릴 죽여야 할지도 모른다면서. 그래서 곤과 아나테, 나는 네 정체를 알면서도 모르는 척했다구. 우리는 자그레브가 네게도 그 얘길 해준 것으로 아는데? 얘기 못 들었다는 말이야?"

"잠깐, 디오스."

토르의 눈이 빨갛게 변하기 시작했다.

"그러니까 너흰 내 정체를 그때부터 알았단 말이지? 나도 너희가 내 정체를 안다는 걸 알고 있다고 여겼단 말이지?"

"그래. 자그레브가 너에게 우리도 알고 있다는 걸 얘기하겠다고 했거든. 알면서도 서로 모른 척하라고 했지. 그래서 우리는 장난치듯이……."

토르의 머리카락이 하늘로 솟구치기 시작했다. 눈동자도 완전히 빨갛게 변해 버려 분노를 그대로 드러내고 있었다.

쾅!

토르가 발을 구르자 움푹 땅이 꺼져 버렸다. 자욱한 먼지가 솟아올랐다.

"자그레브!"

으드득 이를 간 토르는 새빨간 광망을 뿜어냈다.

디오스가 당황해 물었다.

"토, 토르, 왜 그래?"

"자그레브가… 우릴 속였어."

"뭐? 자세히 얘기해 봐!"

"난… 너희가 내 정체를 안다는 걸 몰랐어. 그 때문에 할 필요도 없는 캐스팅 주문을 마법 쓸 때마다 억지로 했어. 곤이 죽을 때도 버릇이 붙어 주문을 외우느라 마법을 쓰는 데 한 호흡이 늦었어! 자그레브. 자그레브가 왜……. 왜!"

파아아아ㅡ!

토르의 몸에서 불길이 솟구치자 디오스가 놀라 뒤로 물러섰다. 그러나 디오스의 얼굴도 분노에 휩싸여 있었다. 이유는 알 수 없었지만 자그레브는 그들을 기만한 게 틀림없었다. 속인 것이다. 친구로서 할 짓이 아닌 것이다. 더구나 토르의 망설임이 없었다면 곤과 아나테를 구할 수도 있었다는 얘기 아닌가!

커트가 장탄식을 토해냈다.

"보이지 않는 틈을 만들어 치명적인 위기를 만들었구나. 자그레브…
그렇게까지 해서 그대가 얻은 건 무엇이란 말이오?"

토르를 감싸고 활활 타오르던 불길이 조금씩 꺼져들다 마침내 팟하
고 사라졌다.

토르는 파란 눈을 냉정하게 빛내며 말했다.

"자그레브를 만날 이유는 너무나 확실해졌군. 그리고 프로시안 공주
에게도 물어야겠지."

힘차게 고개를 끄덕이던 디오스가 알 수 없다는 듯 물었다.

"공주에게는 뭘? 공주도 관련있어?"

디오스를 보며 토르는 차갑게 눈을 빛냈다.

"오올리도 이곳에 오지 않았다는 걸 알았거든. 그놈도 죽지 않은 거
야. 같은 해방군 소속인 프로시안과 로키는 무언가 알고 있겠지."

"그 마법사는 네가 죽였다고 했잖아?"

"죽었으면 이곳에 있어야지. 안 죽은 거야."

디오스가 '아!' 하고 탄성을 내뱉었다.

"자그레브도 그가 죽었다고 했어. 아나테는 자그레브를 오올리일지
도 모른다고 의심했거든. 리치라고 생각했지. 오해가 풀리자 자그레브
는 오올리가 죽었다고 말했어."

토르가 차갑게 웃었다. 싸늘한 한기가 피어올랐다.

"자그레브를 만날 이유가 또 늘었군. 오올리는 내가 분명히 목과 양
손목을 잘랐어. 목을 잘랐는데도 안 죽었다면 하나뿐이지."

"아나테의 생각대로 리치가 된 걸까?"

"아마도. 하지만 이번에 만나면 반드시 죽여주겠어. 한 가지를 확인해야겠지만."

"뭘 확인해?"

토르는 디오스를 보며 조금 주저하다 물었다.

"디오스, 너 아나테한테 오르스 얘기 들은 적 있지? 오르스 시체를 눈으로 확인했대? 죽은 걸 묻어줬대?"

디오스는 난데없는 오르스의 이야기에 눈을 껌벅이다 고개를 흔들었다.

"아니. 죽는 걸 봤다고만 하더라구."

"그렇군. 오올리는 뭔가 알고 있을 거야."

"뭘?"

"오르스도 여기 없었어. 그도 죽지 않았던 거야."

"뭣?"

디오스의 얼굴이 창백하게 질렸다. 아나테가 살아 있다는 말에 다시 희망이 생겼으나 절대 넘을 수 없는 벽이었던 오르스도 죽지 않았다는 말은 새로운 벽이었기에.

토르는 디오스의 어깨를 꽉 움켜쥐며 속삭였다.

"아나테도 잘못 안 거야. 오르스는 그때 죽지 않았어. 어찌 된 일인지 아직 아무것도 알 수 없지만 반드시 밝혀내고 말겠어. 우선 자그레브를 만나자. 왜 우릴 속였는지 알아야겠어. 만약 곤과 아나테의 죽음, 아니, 실종에 조금이라도 관계가 있다면 가만 안 둘 거야. 우리를 농락한 놈들이 있다면 절대 용서하지 않겠어!"

토르는 더 말을 잇지 않고 곧장 아공간에서 아이크를 불러냈다.

"아이크! 돌아가자!"

검은 동체를 일으키며 아이크가 거대한 포효를 내질렀다.

토르의 뒤를 따라 디오스와 커트, 라나가 속속 아이크의 등에 차례로 올라탔다.

쿠어어어어—!

아이크는 눈부신 수직 비상을 하더니 곧장 땅을 향해 곤두박질쳤다.

번쩍 검은 빛이 일어나고 아이크의 몸은 지면과 충돌할 찰나 씻은 듯 사라져 버렸다.

임페라토르 : ***Chapter 49***

토르 일행은 엄청난 속도로 차원의 벽을 통과 중이었다.

파아아—

유황의 불길이 아이크의 날갯짓을 따라 불꽃을 뿌리며 밀려났다.

뜨거운 불길이 덮쳐 왔지만 라나는 실드도 치지 않은 채 토르의 등을 바라보고만 있었다. 아이크의 머리에 우뚝 선 채 붉은 머리를 나부끼는 토르의 뒷모습은 당당하고도 멋있었다. 그러나 너무 멀리 있었다. 몸을 날리면 지금이라도 껴안을 수 있는 거리였지만 그는 잡히지 않았다. 그 단호한 등은 라나와 너무 멀리 떨어져 있었다.

'나나는 어떻게 된 거죠……?'

라나는 묻지 못했다. 나나가 토르에게 어떤 존재인지 알고 난 후라 너무도 그녀의 행방이 궁금했지만 감히 묻지 못했다.

나나도 죽지 않은 것일까?

그것은 아닐 것이다. 디오스가 죽은 영혼을 분명히 보았다 했고 장례까지 치렀다고 했으니까. 틀림없이 만나고 왔을 것이다. 하지만 물어볼 수 없었다. 절대 없었다.

어떤 얼굴로 토르를 봐야 할지 알 수 없었다.

나나라는 인어가 자신과 꼭 닮은 얼굴과 목소리를 가졌다는 것을 알고 얼마나 충격을 먹었는지 모른다.

처음 만날 때부터 토르는 나나를 보는 눈으로 라나를 보았던 것이 분명했다. 그래서 제압을 하고도 공격하지 않았던 것이다. 그래서 엘리시온에서 라나를 피했던 것이다.

타는 듯한 열기 때문이었을까? 라나는 격심한 갈증을 느꼈다.

'나는 정말… 나나의 대신이었을 뿐인가요?'

죽음의 세계에 와서 느낀 감정들이 모두 거짓이었을까?

다정하게 대답해 주고 위험에서 구해주고 지쳐 정신을 잃었을 때 따뜻하게 안아주던 그때도, 토르는 나나를 보는 눈으로 자신을 보고 있었던 걸까?

홀로 돌아온 토르는 자신을 제대로 바라보지도 않았다. 진짜를 만났으니 대용품은 필요없어진 것일까?

아프다.

라나는 가슴이 아팠다. 대못을 명치에 박아버린 것처럼 날카로운 고통이 쉴 새 없이 라나를 괴롭혔다.

'나를 봐줄 수는 없나요? 나를 나 그대로 봐줄 수는 없는 건가요?'

라나의 눈에 뿌연 물막이 서렸다. 유황의 타는 불길 속에서 라나의 볼에는 한줄기 눈물이 흘러내렸다.

“수고했다, 아이크. 들어가 쉬어라.”

구우우.

토르는 아이크의 머리를 쓰다듬고 아공간에 아이크를 넣었다.

옥스칼토네 대륙으로 돌아와 단숨에 라호프 만까지 이동한 토르 일행은 모두 모여 눈을 빛내고 있었다.

대륙 최북단의 부동항이 있는 라호프 만은 나트판이 다스리는 타루니아의 영역이었지만 빙하 지대가 가까워 권력의 영향력이 거의 미치지 않는 곳이었다. 프루바카나 산맥 북쪽으로는 아무런 나라도 없었기에 치안에도 신경 쓰지 않는 버려진 땅이기도 했다.

라호프 만에도 봄이 와 그나마 따뜻해진 대지에는 파란 이끼가 고개를 디밀고 있었다. 바로 이곳에 옥스칼토네 해방군의 비밀 기지가 있었다. 자그레브가 바로 여기 있었던 것이다.

라나는 커트의 곁에 서서 물끄러미 토르를 바라보다 고개를 숙였다. 그러나 자그레브의 배신 행위에 흥분한 사내들은 라나의 미묘한 변화를 알아차리지 못했다.

디오스가 소리쳤다.

“여기 어디쯤 있지? 당장 쳐들어가자!”

커트가 고개를 저었다.

“서둘지 말게. 이럴 때일수록 침착해야 해. 의논이 필요하네. 자그레브가 또 대답을 회피하면 어쩔 것인가? 우리에겐 그저 심증밖에 없어.”

“그래? 그렇다고 없는 증거가 갑자기 나올 것도 아니잖아? 일단 만나봐야 뭐든 들을 거 아니겠어?”

커트의 말도, 디오스의 말에도 일리가 있었다. 토르는 고개를 끄덕이다 문득 라나를 보았다.

"라나, 너는 어떻게 생각해? 왜 그렇게 조용히 있는 거야?"

라나는 깜짝 놀란 듯 고개를 들었다. 물끄러미 토르를 바라본다.

토르는 의아한 듯 물었다.

"왜 그런 눈으로 봐? 뭐 묻었어?"

얼굴을 만지는 토르의 얼굴을 라나는 바라보기만 했다.

'내게 물을 건 그런 거밖에 없나요?

디오스가 토르의 얼굴을 보더니 혀를 찼다.

"자칫했으면 쳐들어가서 쪽팔릴 뻔했네. 이게 뭐냐? 아까 너무 정면으로 불길을 맞더니. 쯧!"

디오스가 토르의 얼굴에 묻은 그을음을 손으로 닦아냈다.

"지금 그런 게 문제야?"

토르는 어이없다는 듯 디오스를 보았지만 디오스는 옷깃에 침까지 뱉었다.

"퉤! 당연히 문제지! 기사는 언제나 각이 살아야 해! 내가 몇 번이나 말해줬잖아?"

토르가 질색을 하고 피하려 했다.

"지금 그걸로 닦겠다고?"

"못할 건 뭐야? 각을 위해선 뭐든 참아야지!"

"그건 네 얘기지!"

"좀 참아봐 봐!"

싸울 때도 가끔씩 멋있게 보이도록 폼을 교정하는 디오스를 아는지라 토르는 좀 더럽긴 했지만 디오스의 손길을 그냥 받아들였다. 이런 사소한 문제로 투덕거릴 시간도 아까웠기 때문에. 토르의 눈은 라나를 향해 있었다.

"라나, 어떻게 생각해?"

라나는 눈을 깜박거리다 다시 고개를 숙이며 물었다.

"어떻게 하고 싶으신데요?"

"당연히 곧장 쳐들어가는 거지! 우릴 농락한 게 사실이면 아주 박살을 내버릴 거야!"

"증거가 없잖아요."

"그런 거 상관없어! 내 눈을 속이진 못해!"

"친구 맘은 안 보신다고 했잖아요."

토르의 목소리가 갑자기 싸늘하게 가라앉았다.

"친구가 아닐지도 모르니까 확인해야지. 강제로라도."

"그럼 그렇게 하세요."

토르는 바로 그 말이 듣고 싶었다. 라나의 목소리에 성의가 없다는 것도 그래서 느끼지 못했다. 커트가 이상하다는 듯 라나를 보았지만 토르는 고개를 끄덕이며 한 걸음 앞으로 나섰다. 바닥에 외무릎을 꿇는 토르를 보며 디오스가 물었다.

"뭘 하려는 거야?"

"통관하려고. 어디 있는지 알아내야지."

"마나 방벽을 쳐놨을 겁니다. 감지하지 못할 텐데요."

커트의 말에 토르는 씩 웃었다.

"나한텐 안 통해. 마나는 숨겨도 기는 숨기지 못하니까."

토르는 바닥에 손을 짚고 눈을 감았다. 곤에게 배운 통관법이었다. 온몸의 기감을 활짝 열고 토르는 라호프 만 전체를 통관하기 시작했다.

커트는 토르의 방법을 이해할 수 없었지만 토르를 믿었다. 시위를 풀어 활을 창으로 만든 커트는 라나를 바라보았다.

"라나, 왜 그러니?"

"뭐가요?"

"지금도 목소리에 힘이 없잖아. 걱정거리라도 생겼어?"

"아니에요."

커트는 고개를 숙인 채 대답하는 라나를 걱정스럽게 바라보았다. 디오스의 눈이 반짝인 것은 그때다.

'오호~ 혹시?

케르베로스에게 납치당했을 때부터 감이 오긴 했다. 토르를 보는 라나의 눈이 영 심상치 않았으니까. 살려달라 부를 때도 커트가 아닌 토르를 부르지 않았던가!

디오스는 흐뭇하게 웃었다. 묻지도 않고 토르가 말하지도 않았지만 나나를 데려오지 못한 걸로 결론은 난 거다. 처음부터 라나와 토르를 미래의 한 쌍으로 점찍고 있던 디오스는 흐흐 웃음을 지었다. 빨리 곤과 아나테를 찾고 토르와 라나 이어주기 작업에 돌입해야겠다. 라나에게 슬쩍 언질이라도 주려는데 갑자기 토르가 벌떡 몸을 일으켰다. 심각한 표정이었다.

"찾았어?"

디오스의 물음에 토르는 고개만 끄덕였다.

"왜 그래?"

"이상해."

"뭐가?"

"자그레브의 기운이 어디 있는지는 찾았어. 땅속이더군. 그런데 이상해. 죽음의 기운을 가진 자가 함께 느껴져. 자그레브는 아니야."

“죽음의 기운이라면……?”

커트를 돌아보며 토르는 고개를 끄덕였다. 눈에서 붉은 광채가 흘렀다.

“그래. 리치가 된 오올리일지도 몰라. 어쩌면 자그레브와 오올리가 한편일지도 모르겠어.”

디오스가 흥분해 소리쳤다.

“그럴 리가! 그건 완전 배신이잖아!”

토르의 눈이 차갑게 빛났다.

“이제부터 확인해야지. 직접 부딪쳐 보는 수밖에. 가자!”

토르가 몸을 날리자 모두 서둘러 토르를 따랐다. 갖가지 의혹이 한꺼번에 얽히고 있었지만 직접 부딪쳐 푸는 것이 제일 빠른 방법임을 모두 알고 있었다.

2

토르 일행이 도착한 곳은 라호프 만과 빙하 지대의 접경이라 할 수 있었다.

얼어붙은 땅이 녹아 군데군데 파란 이끼가 돋아 있던 대지가 사라지고 차디찬 얼음 기둥이 날카로운 창처럼 박혀 있는 기이한 땅이었다.

디오스가 고개를 갸웃거렸다.

“여긴 스피어의 숲인데. 아무리 가도 이런 얼음 기둥밖에는 없는 곳이야.”

토르는 확신 어린 목소리로 대답했다.

"이 밑이야."

"토르, 나도 여기 전에 와본 적 있는데 동굴 같은 건 못 봤는데?"

커트가 눈을 빛냈다.

"마나 결계가 느껴지는군요."

디오스가 눈을 돌렸다.

"이곳에? 나는 안 느껴지는데?"

"자네보다는 내가 이런 지형에는 훨씬 익숙하니까. 보통 마법 결계가 아니군. 이곳에 직접 오지 않으면 나도 못 느꼈겠어."

"안내해, 커트."

"알겠습니다."

커트가 앞장을 선 채 토르 일행은 스피어의 숲으로 발을 들였다. 정녕 얼음의 창이 수없이 박혀 있는 것만 같은 지형이었다.

커트가 맨 앞에 서고 디오스와 라나가 중간에, 토르는 맨 뒤를 걷고 있었다. 지형에 익숙한 자가 선두에, 제일 강한 자가 후미를 지키는 방법이었다. 한참 동안 스피어의 숲으로 파고들던 커트가 마침내 발걸음을 멈췄다. 거대한 얼음 기둥이 우뚝 솟아 있는 곳이었다.

"여기군요. 이 기둥은 일종의 마법진입니다."

"통과할 수 있겠어?"

"물론입니다. 지하로 내려가는 도중 어떤 함정이 있을지는 모르겠습니다만."

그때 토르가 짙은 웃음을 입에 걸었다.

"더 쉬운 방법이 생겼군."

휘익.

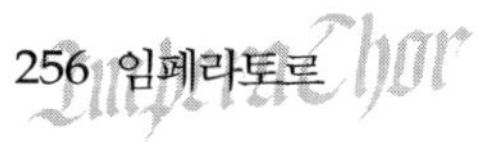

토르가 허공으로 몸을 날렸다. 얼음 기둥의 상단 부분까지 단숨에 뛰어오른 토르는 기둥 속으로 손을 뻗었다.

"컥!"

바닥에 내려선 토르의 손엔 로브를 걸친 자가 목을 잡힌 채 매달려 있었다. 눈동자에 숨길 수 없는 경악이 담겨 있었다.

"마법사군요."

"응. 입구를 지키는 자가 마법사라니 특이하네."

"아마 이 지하기지는 여기저기 탈출구가 있을 것입니다. 감당할 수 없는 적이 습격해 오면 곧바로 철수하려는 목적이겠죠. 이 마법사는 연락 담당일 겁니다."

"그렇겠지?"

토르는 손에 잡은 마법사의 눈을 바라보았다. 갑자기 토르의 눈빛이 붉게 물들었다.

"끅!"

마법사가 번개라도 맞은 듯 표정이 굳었다. 눈꺼풀이 파르르 떨렸으나 마법사는 눈도 깜박이지 못하고 있었다.

토르는 빙긋 웃더니 눈을 떼었다.

"끄으으."

신음 소리와 함께 마법사는 고개를 떨어뜨렸다.

"죽인 거야?"

디오스의 질문에 토르는 픽 웃었다.

"그냥 속을 좀 본 거야. 이런 놈을 뭐 하러 죽여. 지금은 잠들게 해놓은 거고. 이놈 역할은 역시 연락이군. 아직 통신 마법은 쓰지 못했어. 대충 볼 건 다 봤으니 가자구."

토르는 축 늘어진 마법사를 옆에 끼고 성큼성큼 걸음을 옮겼다.

토르가 스며들 듯 얼음 기둥 속으로 사라지자 디오스와 라나, 커트가 차례로 토르의 뒤를 따랐다.

턱, 턱.

토르는 뒤따라 착지한 디오스와 라나를 보고 고개를 돌렸다. 마지막으로 소리없이 커트가 착지하자 토르는 잠든 마법사를 바닥에 내려놓았다.

"두고 가게?"

"응. 귀찮잖아. 하루 지나면 깰 거야."

디오스의 물음에 가볍게 답한 토르는 전면을 바라보았다. 꽤 깊이 떨어졌는데도 불구하고 동굴 통로는 밝기만 했다. 천장 구석구석에 빛을 발하는 야광석이 박혀 있었다.

"이놈 머릿속을 보니 여긴 별다른 함정이 없어. 그냥 미로야."

"미로? 그럼 어떻게 뚫고 나가는데?"

"나만 따라오면 돼. 놓치지나 말라구."

"걱정 마."

토르가 선두에 서서 몸을 날렸다. 디오스, 라나, 커트의 차례대로 토르 일행은 동굴 통로에 뛰어들었다. 여유있는 말투와는 달리 선두를 달리는 토르의 얼굴은 잔뜩 굳어 있었다.

'자그레브, 너 정말 날 배신한 거야? 그런 거야?'

믿고 싶지 않았지만 모든 정황이 자그레브의 배신을 말해주고 있었다. 토르는 이를 악물었다. 자그레브는 믿음을 준 친구였다. 레나의 아버지이기도 했다. 정말 죽이고 싶지 않은 자였다.

‘자그레브, 아니길 빌 뿐이다. 아니길……’

얼기설기 얽힌 미로 속을 달리며 토르는 차가운 이성으로 자그레브를 추궁할 말들을 정리했다. 그러나 가슴속은 활활 타오르고 있었다.

3

디오스는 새삼 토르의 능력에 경악하고 있었다.

각성을 한 이후, 죽음의 세계에서 마족들만 상대했고 토르는 주로 제일 강한 마족을 상대했기에 제대로 못 느꼈지만 인간을 상대하는 토르를 보니 기가 질렸다.

미로 곳곳에 지키는 자들이 없는 게 아니었다. 하지만 있어도 소용이 없었다.

토르는 그저 달리는 와중 딱딱 손가락만 튕길 뿐이었다.

그러나 아무도 토르에게 반항하지 못했다. 그저 픽픽 쓰러져 코를 골 뿐이었다.

무인지경이나 마찬가지였다.

‘이거야 원……. 강해도 너무 강하잖아.’

디오스는 혀를 내둘렀다.

하지만 그 정도가 아니면 곤란했다.

토르의 적은 인간만이 아니었으니까. 앞으로 상대할 자들은 드래곤들이니까.

‘나도 더 분발해야겠군.’

오르스가 죽지 않았다는 것은 디오스에게 새로운 충격이었다. 아나테가 죽지 않았다는 것을 알고 뛸 듯이 기뻤지만 곤이 곁에 있을 거라 생각하니 힘이 빠졌던 차였다. 그런데 이제 아나테의 진짜 연인인 오르스도 살아 있단다. 난마처럼 얽힌 복잡한 관계였지만 디오스는 좌절하지 않았다. 어쨌든… 아나테가 살아 있었으니까. 그것만으로도 디오스는 행복했다.

토르의 손가락이 딱 소리를 내자 다시 두 명의 기사가 쓰러지는 것이 눈에 띄었다. 시야가 밝아지고 있었다. 미로가 끝났던 것이다.

미로가 끝나자 거대한 광장이 모습을 드러냈다. 땅 밑이라고는 믿기 힘들 정도로 규모가 컸다. 광장 안은 천장에 박은 엄청나게 큰 야광석들로 인해 흐린 날 오후 같은 밝기였다.

토르 일행은 천천히 미로를 나와 광장 안에 발을 들였다.

"헉!"

토르를 발견한 기사가 깜짝 놀라 소리를 치려 했으나 토르가 다시 손가락을 튕겼다.

딱!

"다 누워!"

사방에서 픽픽 쓰러지는 소리가 났다.

땅속에 지어진 건물들 주위에서 옥스칼토네 해방군들이 쓰러지는 소리가 차례차례 울렸다.

댕그르르르~

방패 하나가 굴러가며 조용한 광장을 울릴 뿐이었다.

커트가 감탄한 얼굴로 말했다.

"이건 정말… 굉장하군요."

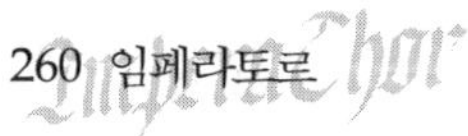

"이놈들이 너무 약한 거야."

"아무리 그래도 이건 정말 굉장한 겁니다."

"다 재우진 못했는데 뭐."

토르의 눈이 날카롭게 빛나기 시작했다.

당황한 얼굴로 뛰어나오는 몇 사람 속에서 아는 얼굴들을 발견했던 것이다.

로키와 프로시안 공주였다.

"토르!"

로키는 잔뜩 경계를 취하고 달려나오다 토르를 알아보고 걸음을 멈추었다. 사방에 쓰러진 기사들과 토르 일행을 번갈아 보다 로키는 잔뜩 가라앉은 목소리로 물었다.

"네 짓인가?"

"맞아."

"이게 무슨 짓이야! 우린 같은 편이잖아!"

"그래?"

토르가 한 걸음 내디뎠다. 두 눈에서 강렬한 빛이 폭사되었다.

"로키! 우리는 정말 같은 편인가?"

"갑자기 난입해서 공격해 놓고 무슨 엉뚱한 소리야?"

챙!

로키가 검을 빼 들었다.

토르는 눈을 빛내며 로키를 보다 조용히 물었다. 잔잔하고 낮은 목소리였지만 어찌나 강한 기세가 담겨 있던지 로키가 저절로 물러섰다.

"묻자, 로키. 우리가 정말 같은 편이라면 솔직하게 대답해라."

로키는 검을 치켜들며 토르의 눈을 마주 보았다.

"연락도 없이 무단 침입해서 이제 와 뭘 묻겠다는 거냐? 아무리 너라 해도 너무하는 것 아닌가?"

"해친 놈은 하나도 없다. 내일이면 다 깬다. 대답이나 해."

사방에 쓰러진 기사들을 살펴보고 살짝 안도의 숨을 쉰 로키는 이해할 수 없다는 듯 말했다.

"도대체 무엇 때문에……. 물어봐라. 만약 정당한 이유 없이 이런 식으로 우릴 대했다면 나도 참지 않겠다."

"기억하나, 로키? 내가 한 가지 요구할 게 있다는 거?"

로키의 얼굴이 일그러졌다.

"묻는다는 게 고작 그거냐? 안다! 내기에 졌으니 요구하면 내가 들어줄 게 있는 거 맞아! 그게 어쨌다고?"

"좋아, 로키. 그럼 물어보자. 오올리는 어디에 있는가?"

로키의 눈썹이 하늘로 치켜 올라갔다.

"토르! 지금 나를 희롱하겠다는 거냐! 대마법사인 오올리 경은 네가 죽였잖아! 그걸 불행한 사고로 친 것은 우리 쪽이 엄청난 양보를 했다는 걸 모르나!"

토르는 묵묵히 로키의 눈을 보고 있었다. 심연처럼 맑고 깊은 토르의 눈이 로키의 속내를 헤집고 있었다.

마침내 토르의 눈이 로키를 지나 로키의 뒤에 서 있는 프로시안을 향했다. 로키는 정말 오올리가 죽은 것으로 알고 있었던 것이다.

"프로시안 공주, 네게도 묻자. 오올리는 어디 있지?"

"오올리 경은……."

프로시안이 대답을 하려는데 로키가 분노해 소리쳤다.

"공주님께 그 무슨 불경한 언사냐!"

로키는 거검을 휘두르며 그대로 토르에게 돌진했다. 로키의 검에 서린 오러가 한 길이 넘게 솟구치며 쇄도했다.

그때 날카로운 소리가 울렸다.

딱!

"컥!"

토르가 손가락을 튕긴 것이다. 로키는 도약하던 자세 그대로 허공에서 굳어 그 자리에 떨어졌다.

"이익―!"

힘을 써도 마법이 풀리지 않자 로키의 얼굴에 서린 경악이 짙어졌다.

"어, 어떻게……!"

그랜드 소드 마스터라 불리던 로키였다. 마법 공격 같은 것에 이렇게 무력하게 당할 로키가 아니었다. 그런데도 손가락 하나 까닥할 수가 없었던 것이다.

"조용히 해. 질문은 끝나지 않았어."

딱!

다시 한 번 손가락 튕기는 소리가 울리자 로키의 입이 꼭 다물려졌다. 로키의 눈은 경악과 치욕이 뒤섞여 치떠졌지만 토르는 로키를 보고 있지 않았다. 토르의 눈은 로키를 지나 프로시안에게 박혀 있었다.

"대답해, 프로시안 공주. 오올리는?"

프로시안은 자박자박 걸음을 옮겼다. 출렁이는 금발이 아름답게 물결쳤다. 토르를 향해 다가오는 프로시안의 눈엔 아무 두려움이 없었다. 해방군의 군단장인 로키마저 단숨에 제압당했는데도 프로시안은 떨지 않았다. 로키를 지나 토르의 앞까지 다가온 프로시안은 조용히 토르의 질문에 대답했다.

"죽었습니다. 오올리 경은."

"시체는?"

"마나의 품에 안겨야 한다고 마법사들이 옮겼죠. 목이 잘려 돌아가신 분 아닙니까."

토르는 묵묵히 프로시안의 눈을 바라보았다. 프로시안도 토르를 바라보았다. 그녀의 눈동자는 미동도 없이 토르를 바라보고 있었다.

라나의 눈에 감탄의 기색이 스쳤다. 프로시안의 기품은 아무나 따라 할 수 있는 것이 아니었던 것이다.

'부럽네요. 그런 눈으로 토르를 바라볼 수 있다니……'

자신은 할 수 없는 일이기에 라나는 프로시안의 담담한 태도에 진심으로 감탄했다. 비밀 기지가 습격당했고 기사들은 바닥을 뒹굴고 있었다. 가장 믿을 수 있는 로키마저 제압당했는데도 프로시안의 태도는 당당하기까지 했다.

토르의 눈이 이채를 띠었다.

"너도 모르는군."

"무슨 말씀이신지……?"

토르는 대답하지 않았다. 그 대신 토르의 눈은 한곳을 향하고 있었다. 로키, 프로시안과 함께 나온 검은 로브를 걸친 자였다. 슬립 마법에 당하지 않은 자들 중에 유일하게 로브를 걸친 자, 아까부터 주목하고 있었으나 아무 움직임도 보이지 않아 가만두었던 것인데 그가 한 걸음 나서고 있었던 것이다. 이제까지는 아무 기운도 느껴지지 않았는데 발길을 떼자 엄청난 기운이 느껴졌다. 그것은 죽음의 기운이었다.

토르의 입에 한줄기 하얀 웃음이 생겨났다.

"거기 있었나? 같은 편까지 속이고 있었나 보군."

토르의 몸이 갑자기 사라졌다.

프로시안은 토르가 눈앞에서 사라진 것에 놀라 얼른 몸을 돌렸다.

프로시안과 로키를 순식간에 지나쳐 토르는 검은 로브를 걸친 자 앞에 서 있었다.

"모자를 벗지? 얼굴을 볼까, 오올리?"

토르가 살기 섞인 웃음을 지을 때였다.

프로시안이 뒤에서 소리쳤다.

"오올리 경은 죽었어요! 그분은 새로운 궁중마법사세요! 공격하지 말아요!"

토르에게 달려가려는 프로시안을 라나가 막았다.

"여기 있어요."

프로시안의 발을 묶은 라나의 눈엔 이상한 감정이 떠올라 있었다. 질투 같기도, 경계심 같기도 한.

토르는 큭큭 웃음을 지었다.

"새로운 궁중마법사라……. 죽음의 기운을 풀풀 날리는 주제에 잘도 속였군."

로브를 걸친 자에게서 풍겨 나오는 기운은 자그레브와 함께 있는 게 느껴졌던 바로 그 기운이었다. 아주 오래된 죽음의 냄새가 짙게 배어 있었다.

"오올리, 아직도 발뺌할 셈인가? 너무 추하잖아?"

그때였다.

로브를 걸친 자는 양손을 들어올려 모자를 천천히 벗기 시작했다.

토르의 눈이 반짝였다. 그리고 곧 성난 빛을 띠었다.

"뭐야? 철가면? 지금 장난하나?"

철가면 속에서 낮은 음성이 울렸다.

"오올리 대마법사는 돌아가셨소. 뭔가 오해가 있는가 봅니다. 나는 얼마 전 새로 궁중마법사가 된 드로우라 합니다."

토르의 눈썹이 꿈틀했다. 생각보다 너무 젊은 목소리였기 때문이다.

"오올리가 아니라 이건가?"

"맞습니다."

"속을 들여다볼 수 없는 자의 말을 어찌 믿지?"

"마법사가 같은 마법사에게 독심의 술을 당한다면 수치스러운 일이지요."

"그럼 네 몸에서 느껴지는 죽음의 기운은 무어냐!"

뒤에서 프로시안이 다시 소리쳤다.

"그분은 소환술사세요! 그래서 그래요!"

"소환술사라……."

토르의 눈은 날카롭게 빛났다.

헤르미나에게 마법을 배울 때 분명 들은 바 있었다. 정령이나 마족, 골렘 등을 소환하는 소환술사가 존재한다고. 하지만 드로우라 자신을 소개한 이 마법사는 너무 죽음의 기운이 짙었다.

"가면을 벗어봐."

"남에게 보일 만한 얼굴이 아닙니다."

"나를 납득시키지 못하면 넌 죽는다."

"지나친 자신감인 듯하군요."

"시험해 보고 싶나?"

"제가 힘이 없어서 가만있다고 생각합니까?"

토르의 웃음이 다시 피어올랐다.

"성격은 맘에 드는군. 확실히 능글맞던 오올리와는 다른 것 같아. 하지만 더 까불면 죽는다."

토르의 몸에서 엄청난 화염이 치솟아올랐다. 화르르 타오르는 불길 속에서 토르가 소리쳤다.

"어서 가면을 벗어!"

"그렇게는……."

드로우의 양손이 가슴께로 모일 때였다.

다급한 외침이 들려왔다.

"그만두게, 드로우! 자네가 시험할 분이 아니야!"

토르의 눈이 번쩍 빛났다.

광장의 끝, 벽에서 갑자기 열린 동굴 통로 안에서 모습을 드러낸 자가 있었다. 그는 바로 자그레브였다.

"자그레브……."

4

자그레브는 수척한 얼굴이었다. 그동안 생명의 기운이 타버리기라도 한 듯 바싹 메마른 모습이었다. 토르를 향해 달려온 자그레브는 털썩 무릎을 꿇고 머리를 조아렸다. 격동에 찬 음성이 흘러나왔다.

"드… 디어 오셨군요."

토르는 냉엄한 눈으로 자그레브를 바라보고 있었다.

드로우가 자그레브를 향해 당황한 듯 손을 뻗었다.

"몸도 안 좋으신 분이……! 어서 일어나십시오."

"손대지 말게!"

자그레브는 강하게 소리쳐 드로우의 손길을 뿌리치고는 떨리는 고개를 들었다.

"토르 님……. 많이 기다렸습니다."

축축하게 물든 노안으로 바라보는 자그레브를 보며 토르는 눈빛이 가라앉았다. 생명이 소진해 가고 있다는 것을 알았던 것이다.

자그레브의 가슴에 남은 죽음의 상처가 마침내 기승을 부리기 시작했다는 것을 토르는 알 수 있었다. 그러나 자그레브에게 일어서라는 소리 따위는 하지 않았다.

"아주 절묘한 때에 나타났구나, 자그레브."

타오르는 불길을 휘광처럼 두른 채 토르의 눈은 냉엄하게 타올랐다. 싸늘한 목소리에도 불구하고 자그레브는 기쁜 얼굴로 고개를 조아릴 뿐이었다.

"무사하셔서서 다행입니다, 다행입니다. 아아……."

여전히 자그레브의 마음속은 보이지 않았다. 그러나 바싹 마른 얼굴로 죽음이 가까워져 온 쇠약해진 몸을 보니 마음이 아파왔다. 하지만 토르는 흔들리려는 마음을 바싹 죄었다. 자신의 신념을 위해 목숨도 초개처럼 여길 자가 자그레브라는 걸 이제는 잘 알고 있었기에.

"자그레브, 이자에게 살고 싶으면 가면을 벗으라 충고해라. 나는 죽음의 세계에서 오올리를 보지 못했다. 오올리가 살아 있음을 내 이미 알고 왔다."

토르는 자그레브의 표정 변화를 세세히 관찰하며 말했다. 그러나 자

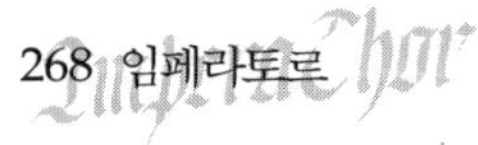

그레브의 얼굴에는 추호의 놀란 빛도, 당황한 빛도 보이지 않았다. 오히려 서서히 침착함을 되찾아가는 듯 격동 어린 기색만 지워져 갈 뿐이었다.

'역시 너는 우리를 배신한 것이었나, 자그레브?'

쓰디쓴 감회가 치밀어 오르는데 자그레브는 천천히 무거운 몸을 일으키고는 드로우에게 말을 건넸다.

"드로우, 양 손목과 목을 보여 드리게."

"자그레브!"

"자네 고충은 아네만 토르 님은 우리를 이끌어줄 태양 같은 분이시네. 부탁하네."

드로우는 자그레브를 바라보다가 철가면 사이로 짙은 한숨을 쉬었다.

톡.

단단히 목을 죄고 있던 장식을 풀자 드로우의 메마른 쇄골이 드러났다.

잔뜩 억눌린 목소리가 흘러나왔다.

"보시오……."

토르의 날카로운 눈이 드로우의 목을 향했다. 상처가 없었다. 리치라도 육체가 죽을 때 난 상처는 복원할 수 없었기에 드로우가 오올리라면 반드시 있어야 할 상처가 없었다. 그러나 토르의 목소리는 냉엄했다.

"손목도."

"으으……."

드로우는 발작이라도 할 듯 부르르 몸을 떨었으나 자그레브가 어깨에 손을 얹자 토르 앞에서 팔목을 감싸고 있던 강철 팔찌를 풀어 보였다. 역시 상처는 없었다.

오올리가 아니었다.

토르의 목소리는 그래도 차가웠다.

"이잔 누구지?"

자그레브의 대답이 들려왔다.

"오올리가 빠진 이후, 해방군의 마법사가 너무 약해졌는지라 새로 영입한 우리의 동지입니다. 소환술사 드로우입니다. 오올리와 같은 학파 소속이지요."

"마족이라도 소환하는 자인가? 죽음의 기운이 왜 이리 짙지?"

"그의 특기는 골렘 소환입니다. 데스 나이트도 다루지요."

토르는 강철 같은 눈빛으로 드로우를 바라보다가 고개를 끄덕였다.

"내가 마음속을 볼 수 없는 마법사라……. 어쨌든 좋다. 오올리가 아니란 걸 인정한다."

팔찌를 차고 옷깃을 여민 드로우는 철가면 사이로 강렬한 눈빛을 뿜어냈다.

"이제 해명하시오. 당신이 아무리 대륙의 영웅인 임페라토르라 해도 이 난동은 반드시 해명하셔야 하오."

"드로우!"

자그레브가 말렸으나 드로우의 목소리는 계속 울렸다.

"우리 경계를 아무 기척도 없이 뚫고 들어온 건 높이 평가합니다만, 공주님과 군단장, 자그레브께 범한 무례는 반드시 해명해 주서야 하외다. 믿지 않고 어찌 한편이 된단 말입니까!"

토르의 눈이 빛났다.

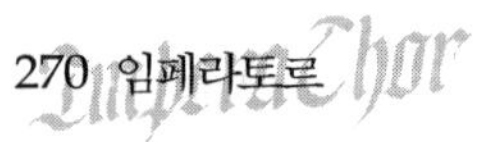

"해명이라……. 아직 내 질문은 다 끝난 게 아니다. 그 후에도 한 점 의혹이 없다면 그때 할 것이다. 그런데 임페라토르라니. 무슨 말인가?"

"그건…….."

"너에게 묻지 않았다! 대답하라, 자그레브."

토르의 몸에서 다시 불길이 솟구쳤다.

"윽!"

너무나 강렬한 마나의 요동에 드로우가 휘청 뒤로 밀려났다.

단숨에 드로우를 침묵시킨 토르는 자그레브를 바라보며 다시 물었다.

"무엇이냐?"

자그레브의 노안은 담담하게 빛나고 있었다. 토르도 알고 있었다. 어떤 위무나 권세로도 자그레브를 동요시킬 수 없다는 것을. 그가 받드는 것은 오직 신이요, 신을 위한 신념밖에 없었다.

"임페라토르는… 토르 님께서 죽음의 세계에 가 계시는 동안, 제가 대륙 전체에 퍼뜨린 소문입니다."

"소문?"

"예전부터… 옥스칼토네 대륙에는 전설이 내려오고 있지요. 대륙의 멸망을 앞두고 인간의 영웅이 태어나 그것을 막고 대륙을 구한다는……. 그 영웅을 임페라토르라 부릅니다. 임페라토르가 세상에 출현했다고 소문을 냈습니다."

"뭐 때문에 그런 소문을 퍼뜨렸지? 난 그냥 토르지, 임페라토르 같은 게 아니다."

"위기의 순간에는 손 닿을 수 있는 영웅이 절실하니까요. 신께서는 우리와 너무 멀리 떨어져 계시니까요."

토르는 묵묵히 자그레브를 보다 고개를 저었다.

"신은 멀리 떨어져 있는 존재가 아니다. 드래곤의 오만은 징치당할 것이다. 내 손으로."

"오오! 토르 님! 크나큰 깨달음을 얻으신 모양입니다!"

자그레브가 감격해 한 걸음 다가오려 했으나 토르는 손을 들어 막았다.

"아직 나는 다 묻지 않았다."

"하문하십시오."

공손하게 고개를 숙인 자그레브를 보며 토르는 짙은 탄식을 내뱉었다. 끝까지 일관된 진심을 보이는 자그레브를 의심하는 것은 토르도 고통스러웠다. 하지만 모든 정황이 그의 배신을 말하고 있으니…….

"왜 우리를 속였지?"

자그레브의 얼굴에 잔 떨림이 일어나는 것을 토르는 놓치지 않았다.

흥분해서 내달리려는 디오스의 팔을 잡으며 커트가 속삭였다.

"맡기세."

"하지만!"

"가장 상심하고 분노한 분은 토르일세."

"우우!"

디오스가 격분을 참을 수 없다는 듯 발을 굴렀다.

토르는 일행의 목소리를 들으며 쓰디쓴 감정이 턱밑까지 치달아 올라오는 것을 느꼈다. 자그레브의 미세한 표정 변화로도 모든 것을 알 수 있었다. 꼭 마음속을 들여다봐야 모든 걸 알 수 있는 것은 아니었기에.

자그레브의 얼굴은 이제 확연히 눈에 보일 정도로 일그러져 있었다. 어깨도 미약하게 떨리고 있었다. 수치와 후회의 감정이 잔뜩 덮인 그의 얼굴을 보며 토르는 주먹을 움켜쥐었다.

"왜지……?"

"당신의… 각성을 위해선 어쩔 수 없었습니다……."

"내가 각성하기 위해서는 곤과 아나테의 죽음이 필요했다는 말인가?"

"그렇습니다……."

쾅!

발을 구르자 뭉게뭉게 먼지가 피어올랐다. 토르의 목소리가 높아졌다.

"그래서 나를 속였나? 그래서 곤과 아나테, 디오스를 속였나? 목적을 위해선 수단 방법을 가리지 않는 자가 당신이었나, 자그레브!"

털썩.

자그레브는 그 자리에 주저앉았다. 그의 두 눈에는 뜨거운 눈물이 흐르고 있었다.

"어쩔 수 없었습니다……. 그것이 그들의 운명이었습니다……. 그것이 그들에게 주어진 신의 사명이었습니다……."

"신의 이름으로 변명할 셈인가!"

토르가 팔을 휘둘렀다.

우르릉, 쾅!

벼락이라도 맞은 듯 건물 한 채가 폭삭 주저앉았다. 완전히 가루로 부서져 흩어졌던 것이다.

드로우가 두 팔을 치켜 올렸다.

"무슨 짓이오! 우리를 공격하겠다는 것이오!"

토르는 바닥에 꿇어앉은 자그레브를 보며 차갑게 소리쳤다.

"다 죽고 싶으냐! 꼼짝 말고 있어!"

덜컥.

마법이라도 쓰려는 듯 양손을 모아가던 드로우의 동작이 뚝 멎었다. 로키도 벗어나지 못한 포박의 마법이었다.

토르는 거칠게 소리쳤다.

"커트, 디오스, 라나! 또 방해하면 여기 있는 놈들 다 죽여!"

커트와 디오스, 라나가 한꺼번에 무기를 빼 들었다. 끝까지 기품을 유지하던 프로시안의 얼굴마저 새파랗게 질려 버렸다. 라나는 프로시안의 가슴에 크로스 보우를 들이대며 외쳤다.

"허튼짓을 하면 이 여자가 제일 먼저 죽을 것이다!"

드로우와 로키의 눈이 잡아먹을 듯 라나를 향했지만 라나는 차갑게 눈을 빛내며 프로시안 공주를 노려보고 있었다.

토르는 자그레브에게 물었다. 목소리에서 뚝뚝 얼음 조각이 떨어질 것만 같았다.

"자그레브, 곤과 아나테는 어디 있나?"

자그레브가 번쩍 고개를 들었다.

자그레브의 목소리가 떨리고 있었다.

"그, 그게… 무슨 말씀이십니까?"

"자그레브, 아직도 날 속일 생각인가? 네가 아무리 예언자라도 마음먹으면 네 속을 꿰뚫어 볼 수 있다. 정녕 죽고 싶은가?"

토르의 눈이 강하게 빛났다.

자그레브의 얼굴이 와락 일그러졌다.

"으으… 토르 님……."

토르의 눈이 잔 경련을 일으켰다.

조금만 더 힘을 주면 자그레브의 속을 볼 수 있을 터였다. 하지만 자그레브는 그 순간 죽을 것이다. 자그레브의 체력으로는 더 버틸 수 없다는 것을 토르는 잘 알고 있었다. 레나의 얼굴이 스쳤다. 처음 만나 무릎을 꿇으며 경의를 표하던 자그레브가 스쳤다.

“제길!”

토르가 눈을 돌리자 자그레브는 헉헉 숨을 몰아쉬었다.

“자그레브, 정말 이럴 건가! 정말 죽고 싶은 건가? 네가 어찌 이럴 수 있단 말이냐! 나한테 어찌!”

“토, 토르 님… 곤과 아나테는 죽었습니다. 죽은 그들을 어디에서…….”

“그들은 죽지 않았다! 죽음의 세계에 가 사트바에게 직접 들었다! 곤과 아나테는 죽지 않았단 말이다!”

자그레브의 얼굴이 벼락이라도 맞은 듯 딱딱하게 굳었다.

수치와 경악으로 뒤범벅이 되어 있던 자그레브의 얼굴에는 새로운 눈물 자국이 흘러내렸다.

“오오… 그들이……!”

“몰랐다고 발뺌하는 것인가!”

토르의 눈이 강렬하게 빛났다. 자그레브는 손을 뻗어 토르의 발을 잡았다. 그리고 경건하게 키스를 했다.

고개를 든 자그레브의 얼굴엔 어떤 후련함이 떠올라 있었다. 그의 얼굴을 덮고 있던 수치와 치욕의 빛이 옅어져 가고 있었다.

“이제… 죽어도 여한이 없습니다.”

“무슨 소리지?”

“토르 님… 제 말을 이제 믿지 못하심도 이해가 가옵니다. 저는 그들의 행방을 진짜 모르옵니다. 그들이 살아 있었다니… 오오! 데바시여…….”

자그레브는 빙긋 웃음 지었다. 토르는 여전히 냉엄한 눈으로 그런 자그레브를 보고 있었다.

"토르 님, 대륙의 조화를 평생의 신명으로 알고 살아오면서… 어쩔 수 없이 잘못을 저지른 적도 많았지만, 곤과 아나테를 죽게 한 것은 저의 가장 수치스러운 과오였습니다. 자신의 운명을 알면서도 곤은 용감하게 운명에 부딪쳤건만……."

"운명을 알다니? 무슨 말이야?"

"엘제키온의 서에게 곤은 들었을 것입니다……. 자신의 운명이 당신의 각성을 위해 준비된 것이라는 걸……. 그는 자신의 최후를 알고 있었을 것입니다. 그럼에도 그는 기쁘게 그 길을 갔습니다……."

자그레브의 눈에서 계속 눈물이 흐르고 있었다. 토르는 한 대 얻어맞은 사람처럼 멍한 눈으로 자그레브를 보고 있었다.

"곤이 알고 있었다고? 네 각성 놀음에 죽음을 당할 것을 알고 있었다고?"

"그렇습니다. 알면서도 그는 당당히 갔겠지요. 그는 그런 사람이었습니다. 인세에 다시 오기 힘들 대단한 사내였지요. 그런 곤을 죽게 하고 저는 너무나 괴로웠습니다. 너무나……. 하지만 한시름 놓았습니다. 그가 죽지 않았다니. 데바께서 예비하신 길을 이 늙은이가 다 알지 못했나 보옵니다."

토르는 부르르 몸을 떨었다.

곤이 알고 있으면서도 죽음의 길을 갔다는 말은 엄청난 충격을 주었던 것이다. 뜨겁게 가슴이 끓어오르면서도 애통하기 짝이 없었다.

"곤, 너는 도대체……."

그때 토르의 뇌리에 자그레브의 목소리가 들려왔다. 신력을 빈 자그레브만의 마법이었다.

"토르 님, 이제 제 마음속을 보십시오. 시간이 없습니다."

토르의 눈이 커졌다. 토르도 자그레브의 뇌리로 곧바로 소리쳤다.

"자그레브! 그럼 넌 죽어!"

"어차피 저는 곧 죽습니다. 당신이 오시길 기다리며 겨우 버틴 목숨입니다. 이제 제 마음속을 보십시오. 저 스스로 신이 치신 장벽을 허물 수는 없습니다. 제 진심을 보여 드리고 죽고 싶습니다."

토르와 자그레브의 눈이 허공에서 얽혀들었다.

"오올리는 확실히 살아 있습니다. 리치가 되었지요. 저도 그가 어디에 있는지는 이제 모릅니다. 완벽하게 자신을 감추었습니다. 그러니, 마지막 순간에는 오올리를 조심하십시오. 곤과 아나테가 살아 있다면 나트판이 그들을 데려갔을 확률이 높습니다. 오올리도 그들이 죽은 것으로 알고 있었으니까요. 해방군을 이끌게 되시더라도 드로우를 조심하십시오. 드로우는 오올리가 준비한 자입니다. 반드시, 반드시 이 대륙에 모든 생명의 조화를 가져와 주십시오. 제 죄는 다시 태어나서라도 꼭 속죄하겠습니다. 이제 제 마음을 보십시오."

"자그레브!"

"어서!"

토르는 간절하게 빛나는 자그레브의 눈에서 급속히 생명의 빛이 꺼지는 것을 발견할 수 있었다. 친딸인 레나가 입힌 포이즌 핑거의 상처가 자그레브의 생명을 갉아먹다 마침내 집어삼키려 하고 있었던 것이다.

'자그레브!'

분명히 자그레브는 자신을 속였다. 친구들을 모두 속였다. 곤과 아나테를 죽음의 함정에 몰아넣었다. 그럼에도 토르는 눈물이 솟아나는 걸 막을 수 없었다. 신념을 위해 친구도 속인 자그레브였지만 그를 친구가 아니라 부정할 수 없었다.

토르는 무릎을 꿇고 푸들푸들 몸을 떠는 자그레브의 몸을 끌어안았다. 뼈만 남은 노구가 너무나 조그만 해 토르는 흠칫 몸을 떨었다.

"으으… 토르 님."

"자그레브……."

빛을 잃어가는 자그레브의 노안을 토르는 똑바로 응시했다.

덜컥.

자그레브의 몸이 와르르 떨렸다. 그러나 그의 눈은 토르에게 고정되어 있었다. 더 이상 눈은 떨지 않았다. 기쁨에 가득 찬 눈이었다. 토르의 뇌리 속으로 자그레브의 마음과 생각들이 폭풍우처럼 스며들었다.

자그레브의 목소리가 나직하게 울렸다.

"위대하신 분이여… 부디 이 땅에 조화를……."

"자그레브!"

"끝까지 친구로 대해주시어… 화를 내주시어… 너무 기뻤습니다……."

그 말을 끝으로 자그레브의 눈이 완전히 굳어버렸다.

"자그레브!"

자그레브의 가슴에서 검은 빛이 일어나 급속하게 온몸으로 퍼져 갔다.

"토르! 떨어지십시오!"

커트가 소리쳤으나 토르는 포이즌 핑거에 온몸이 잠식당하는 자그레브의 시신을 묵묵히 안고 있었다. 검게 변한 얼굴이 녹아내리고 온몸이 검은 물로 변해 손아귀에서 빠져나갈 때까지 토르는 아무 말도 하지 않았다.

“토르! 위험해!”

토르는 디오스와 커트에게 괜찮다는 듯 손을 흔들고는 땅속으로 스며드는 자그레브의 잔해를 묵묵히 바라보았다. 대륙 최고의 예언자가 한줄기 검은 자국만 남기고 흔적도 없이 사라진 그곳을. 토르의 눈에서 눈물이 떨어져 자그레브의 죽은 자리로 흘러들었다.

“토르…….”

라나는 프로시안을 내버려 둔 채 토르의 곁에 와 있었다. 토르의 등을 안아주고 싶었지만, 그의 등은 너무 넓고 너무 멀리 있었다.

토르가 천천히 몸을 일으켰다.

“토르.”

토르는 주위에 둘러서서 걱정스럽게 바라보는 디오스와 커트, 라나를 찬찬히 보고는 갑자기 빙긋 웃었다.

“자그레브는 친구로 죽었어. 기뻐해야겠지?”

“곤과 아나테는?”

디오스는 두 친구의 행방부터 급한 목소리로 물었다.

“자그레브도 모르더군.”

“그 말을 믿는 거야?”

“이미 죽은 친구야. 믿고 싶다. 자그레브에 대해서는 더 말하지 말자. 친구로 가슴에 묻고 싶어.”

디오스는 납득할 수 없는지 소리를 지르려 했지만 커트가 그를 막아섰다. 커트는 묵직하게 고개를 흔들었다.

토르는 자그레브의 잔해가 사라진 자리를 다시 한 번 보고는 몸을 돌렸다.

“이렇게 된 이상, 우선 나트판부터 찾아봐야겠다. 제일 수상한 건 그놈이니까. 어차피 뜨거운 맛을 보여줘야 했잖아.”

“그래……”

디오스가 으드득 이를 갈며 고개를 끄덕였다. 나트판의 이름을 들으니 자그레브를 대하는 토르의 납득할 수 없는 태도도 뇌리를 떠났다. 나트판은 아나테와 곤을 해친 놈이다. 실버 드래곤 나트판. 절대 용서할 수 없는 놈이었다.

갑자기 토르가 팔을 치켜들었다.

딱—!

손가락을 튕기자 드로우와 로키의 몸이 움직이기 시작했다.

그들은 재빨리 프로시안 공주의 양옆에 선 채 토르 일행을 노려보았다. 토르의 엄청난 마력에 질려 있었지만 결코 프로시안 공주에게 해를 입히는 것을 용납하지 않겠다는 듯.

그때 두 사람의 사이를 헤치며 프로시안 공주가 앞으로 나섰다.

“토르.”

“위험합니다, 공주님! 저자는 자그레브를 죽였습니다!”

드로우의 말에 프로시안은 고개를 흔들었다.

“아니에요. 자그레브는 상처가 도져 죽었어요. 제게 자신의 최후에 대해 전에 말씀하신 바 있으세요. 두 분은 잠시 나서지 마세요.”

토르는 검은 드레스를 걸친 프로시안 공주가 앞으로 다가올 때까지 바라만 보고 있었다.

“만약에… 당신이 직접 죽이셨어도 자그레브는 그 죽음을 기꺼이 맞으셨겠지요?”

“왜 그렇게 생각하지?”

“그분은 정말 당신을 좋아했으니까요. 당신도 그런 듯 보이는군요.”

“훗. 그럴지도.”

“이제 우리와 함께하시겠죠?”

“내게 네 명령을 따르라 이거냐?”

“토르! 계속 공주님께 무례할 텐가!”

더 참지 못하고 로키가 나서려 하자 프로시안이 뒤를 돌아보며 준열하게 꾸짖었다.

“그만 하세요! 어찌 이분께 인간의 혈통으로 권위를 세우려 드는 거죠!”

“공주님…….”

프로시안 공주는 단숨에 로키를 침묵시키고 기품있게 허리를 굽혔다.

“공주님!”

로키와 드로우의 외침을 무시하고서 프로시안 공주는 간절한 목소리로 토르에게 말했다.

“해방군에 들라는 말은 못 드려요. 하지만… 도와주세요. 인간들이 대륙의 조화를 깬 건 사실이지만 말살될 죄를 범했다고는 생각하지 않아요. 다시 한 번 기회를 주세요…….”

토르는 묵묵히 프로시안 공주를 보다 문득 씩 웃었다.

“너 상당히 괜찮은 여자구나.”

“예?”

“괜찮아. 상당히…….”

토르는 프로시안 공주의 어깨를 툭 치더니 웃음을 터뜨렸다.

“하하. 마음에 들어. 보답으로 다 깨워주마.”

토르가 손가락을 튕겼다.

딱—!

바닥에 뒹굴던 기사들이 머리를 흔들며 몸을 일으키기 시작했다.

프로시안은 고개를 숙여 사의를 표하고는 로키에게 기사들의 정비를 재빨리 시켰다.

프로시안의 빠른 처리를 보며 토르는 고개를 끄덕였다. 케이프 성에서 구할 때는 계속 정신을 잃고 있어 제대로 살피지 못했는데 프로시안은 정말 상당한 군주였다. 타고난 기품과 침착한 성품, 온화하게 아래를 돌볼 줄 알고 지혜롭게 힘에 굽힐 줄도 알았다. 훌륭한 자질이었다. 자신과 자그레브의 사이를 꿰뚫어 본 걸 보면 혜안도 갖고 있었다. 한때 디오스가 노렸을 정도로 얼굴과 몸매도 상당히 훌륭했고.

라나가 입술을 깨무는 게 얼핏 보이자 디오스는 훗 하고 웃으며 고개를 끄덕였다.

'토르, 훌륭해. 가르친 대로 잘하는구나. 그래, 그렇게 하는 거다. 여자에게 주는 시선은 의미가 없는 것이 하나도 없어야 하는 법이지. 아암.'

"임페라토르시여, 감사합니다."

프로시안이 다시 허리를 굽히려 했으나 토르는 고개를 흔들었다.

"나는 그런 예를 받는 걸 좋아하지 않아."

"예?"

토르는 픽 웃더니 주위를 둘러보다 프로시안에게 속삭였다.

"키스라도 받으면 좋겠지만 넌 공주니까 지켜야 할 위엄이 있겠지. 하지만 하나 빚진 걸로 해두자. 동의하지?"

프로시안의 눈이 커졌으나 토르는 곧바로 말을 이었다. 토르의 목소리가 우렁우렁 광장을 울렸다. 모두에게 하는 말이었다.

"대륙 해방이니 하는 말은 아직도 관심없다. 그런 건 너희가 써먹어. 하지만 영혼들의 노고를 가로막는 건 용서할 수 없다. 드래곤들은 곧 자신의 오만을 깨닫게 될 것이다. 새 영혼의 탄생을 계속 막고 인간을 억압한다면 내가 다 죽여 버릴 테니까."

토르의 말이 이어지자 광장 전체가 침묵하기 시작했다.

"난 토르다. 임페라토르라고 부르는 건 너희 자유지만. 난 내 친구들을 구할 것이고 죽은 친구들이 다시 태어나 새 삶을 누릴 수 있도록 할 것이다. 그것을 막는 놈들은 누구도 용서치 않는다. 그것이 드래곤이면 드래곤들을 죽일 것이다. 그것이 신이라면 신이라도 용서치 않을 것이다!"

광장 전체가 술렁이기 시작했다.

자그레브가 대륙 전체에 소문을 내며 그동안 토르가 걸어왔던 길도 신화의 길로 널리 알렸기 때문에 해방군들의 대다수도 그들의 신적 영웅으로 토르를 알고 있었던 것이다. 그런 토르의 외침은 그들의 가슴에 뜨거운 불을 붙이고 있었다.

누군가 주먹을 움켜쥐며 환호성을 질렀다.

"우와―! 임페라토르 만세―!"

한 번 불붙은 환호는 삽시간에 전염되어 광장 전체를 뜨겁게 달구기 시작했다.

"만세! 임페라토르 만세!"

쿵. 쿵. 쿵. 쿵.

무기로 바닥을 치고 발을 구르며 그들은 뜨거운 환성을 질렀다. 드래곤들에게 쫓기고 쫓겨 얼음의 땅까지 밀려난 그들의 가슴에 새 희망이 솟구쳐 올랐기 때문이다.

토르는 광장을 떨어 울리는 환성에 아랑곳하지 않고 프로시안을 보며 말을 건넸다.

"너희와 함께 움직이지는 않겠다. 하지만 연락은 해주지. 난 먼저 타루니아를 칠 것이다. 실버 드래곤들을 싹 죽여 버릴 거야. 내가 움직일 때 그걸 어떻게 활용하든 그건 너희가 알아서 해라."

"토르……."

"자그레브의 장례를 부탁한다. 뱃삯 없으면 카론에게 얻어맞을 테니 잘 치러줘."

"알았어요……."

"이걸 받아라."

토르는 아나테의 팔찌를 빼 프로시안에게 건네주었다.

"그걸 차고 있으면 내 말을 곧바로 들을 수 있을 것이다. 숙달되면 네가 연락하는 것도 가능할 거야."

"토르……."

하얀 이를 드러내며 씩 웃은 토르는 주위를 둘러보았다.

"모두 이동하자. 공격 준비를 해야지."

커트와 디오스, 라나가 고개를 끄덕이자 토르는 로키에게 시선을 건넸다.

"로키, 잊지 마라. 넌 아직 내게 빚이 있다는 거."

"으득. 잊지 않겠다."

"하하하하. 그래야지."

토르는 드로우를 향해 짧게 고개를 끄덕였다.

"공주를 잘 보필해라."

"그것이 나의 의무요."

"끝까지 그래야 할 것이다."

토르는 계속해서 환성을 울리는 기사들을 바라보다 살짝 눈살을 찌푸렸으나 그들을 막지는 않았다.

프로시안에게 고개를 돌린 토르는 픽 웃더니 속삭였다.

"잠깐 가까이 와. 마지막으로 할 게 있다."

프로시안이 가까이 오자 토르는 프로시안의 볼에 살짝 키스를 했다.

쪽.

프로시안의 눈이 커졌다. 볼이 발갛게 달아올랐다. 기사들의 환호성이 더욱 크게 울렸다.

"이것이 너를 지켜줄 거다. 드래곤의 키스야. 넌 상당히 괜찮은 여자니까."

토르는 빙긋 웃더니 손가락을 튕겼다. 디오스, 커트, 라나와 함께 토르의 몸이 그 자리에서 사라졌다. 텔레포트를 해버린 것이다.

쿵쿵 울리는 광장의 환호성 속에서 프로시안은 멍하니 볼을 쓰다듬으며 서 있었다. 드로우의 눈이 철가면 속에서 알 수 없는 빛을 발했다.

2

토르 일행은 아나테의 아공간에 앉아 있었다. 토르는 겹겹이 방어마법을 치고 호신강기로 음파까지 차단하고 나서야 모두에게 자그레브가 죽기 전 보여준 마음속 진실을 말해주었다.

디오스가 탁자를 쳤다.

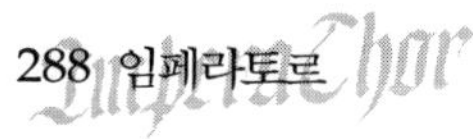

쾅!

"결국 자그레브가 오올리와 짜고 곤과 아나테를 판 건 맞잖아!"

"맞아, 디오스."

"그런데도 용서했단 말이냐?"

디오스는 자그레브를 용서하겠다는 토르의 말을 이해할 수 없었다. 끓는 분노가 얼굴을 시뻘겋게 달구었다.

"맞아."

"용서가 돼?"

"그건 내 문제가 아니니까."

"뭐야? 무슨 말장난이야!"

토르는 디오스를 향해 푸른 눈을 돌렸다.

"디오스, 연옥에서 난 레나를 만났어."

"뭐? 레나가 연옥에 있었어? 연옥은 정죄하는 곳이라며? 거기 왜 있어?"

"오만의 죄를 씻기 위해서라더군."

토르는 레나가 왜 연옥에서 죄를 씻고 있었는지 자신에게 오만하다는 게 어떤 의미인지 느낀 대로 말해주었다.

디오스의 표정이 숙연해졌다. 커트도 눈을 감고 계속 고개를 끄덕였다.

토르의 말이 이어졌다.

"영혼의 죄는 신이 벌주는 게 아니었어. 죄를 짓는 것도 영혼 자신이고 죄라 느끼는 것도 영혼 자신이고 죄를 씻는 것도 영혼 자신이야. 사트바가 프레키에게 말한 스스로 만든 운명이란 건 그런 뜻이었어."

커트의 눈꼬리가 떨리는 것이 보였다. 커트는 짙은 탄식을 내뱉었다.

“그랬군요……. 자신이 만든 죄의 지옥이라…….”

“그래, 커트. 디오스도 알아둬. 결국 모든 죄는 자신이 정하는 거야. 자그레브는 아마 연옥에 갈 거야. 그곳에서 자신의 죄를 스스로 벌주겠지. 그건 내가 어쩔 수 있는 문제가 아니야. 내 문제가 아니지. 자그레브의 문제야.”

라나가 가만히 중얼거렸다.

“하지만… 토르가 용서해 주지 않았다면, 자그레브는 자신을 더 용서할 수 없었을 거예요. 아마… 지옥으로 갔겠죠.”

토르는 씩 웃더니 고개를 흔들었다.

“그것도 내 문제는 아니지.”

디오스는 한숨을 쉬더니 토르에게 물었다.

“용서하고 말고 할 문제가 아니라는 거구나. 그런데 자그레브는 왜 그렇게까지 한 거지?”

“그는… 생명의 조화라는 신념에 평생을 바친 예언자야. 그에겐 내 각성이 무엇보다 중요했던 거지. 내가 각성을 해서 대륙의 조화를 이루어주길 바란 거야.”

“신념이 멋지다는 건 동의해. 하지만 곤과 아나테를 희생시킨 건 너무 심했잖아.”

이제 디오스의 목소리에는 어딘가 힘이 빠져 있었다. 토르는 고개를 끄덕였다.

“그래……. 자그레브도 그렇게 생각했더군. 디오스, 너도 봤잖아. 자그레브가 얼마나 초췌한 몰골이었나. 자신이 지은 잘못을 절대 용서할 수 없었던 거야. 그 죄책감이 자그레브의 남은 생명을 갉아먹은 거야. 곤과 아나테가 살아 있다니까 안심하더군. 정말로……. 죽음을 앞둔 자그레브에게 넌 배신자라고 말할 수는 없었어. 친구를 그렇게 보내고 싶지는 않았어. 자그레브는 더 살 수도 있었지만 내 친구로 죽기 위해 스스로 마음을 보라 한 거야. 비록 내 각성을 위해 곤과 아나테를 배신했지만 날 위하고 생명의 조화를 위했던 그 마음까지 버릴 수는 없었어."

커트가 눈을 뜨더니 탁자 위로 토르의 손을 맞잡았다.

"잘하셨습니다. 그야말로 임페라토르에 어울리는 행동이셨습니다."

"훗. 그 이상한 칭호로 부르지 마. 난 토르야."

"아마 당신은 영원히 그렇게 불릴 겁니다."

커트는 부드럽게 웃으며 토르에게 경의를 표했다.

디오스도 토르의 어깨를 툭 쳤다.

"알았다. 멋 낸 거니까 내 이해하도록 하지."

"후후. 고마워."

아공간에는 따뜻한 공기가 흘렀다. 서로 이해하고 존중하는, 서로 아끼는 마음이 흘러넘쳤다.

라나는 토르를 눈이 부신 듯 바라보고 있었다.

토르의 따뜻한 마음이, 그 강인하면서도 사려 깊은 마음이 라나를 깊이 감동시켰다.

간절히 묻고 싶은 게 있었지만 입이 떨어지지 않아 라나는 그저 토르를 바라만 보았다.

그때 갑자기 디오스가 라나가 정말 묻고 싶었던 것을 토르에게 물어보았다.

"토르, 나나랑 개 작은언니는? 개네는 못 만난 거니?"

토르의 입가에 쓸쓸한 미소가 걸렸다.

"만나고 왔어. 엘리시온에 있더군."

"어? 그럼 왜 안 데려온 거야?"

엘리시온에 가려면 망각의 강물을 마셔 모든 기억을 잊어야 한다는 말에 디오스도 커트도, 라나도 말을 잊었다. 토르는 붉은 머리를 툭툭 치면서 말을 이었다. 아무렇지도 않은 듯.

"날 기억하지는 못하지만 정말 행복해 보였어. 그럼 된 거지 뭐. 영혼의 정화가 끝나면 곧 다시 태어날 거래. 행복하게 잘살 수 있을 거야."

"너… 괜찮냐?"

토르는 빙긋 웃더니 디오스의 코를 퉁겼다.

"아니."

"근데 왜 웃어……?"

"그럼 내가 이 덩치에 질질 짜는 거 보고 싶어?"

"아, 아니."

"됐어, 그럼. 이제 할 얘기는 다 했어. 곤과 아나테를 구하고 드래곤들의 오만을 깨우쳐 주는 것만 남은 거야."

"드래곤들의 오만을 깨우쳐 줘?"

"놈들은 인간의 새 탄생을 막고 인간 멸종을 꾀하고 있지. 덕분에 인간으로 환생해야 할 영혼들도 엘리시온에서 기다리고 있어. 영혼들이 얼마나 고생스럽게 죄를 뉘우치고 벌을 받는지 너도 봤잖아. 그런 건 용납할 수 없어. 엘리시온에서 헬나이트에 걸고 맹세했어. 나나의 환생을 막는 놈들은 다 죽여 버린다고."

라나의 얼굴이 갑자기 굳었다.

토르의 마지막 말이 그렇게 만들었던 것이다.

'결국… 나나를 잊지 못한다는 거군요. 나나가 환생하는 걸 막으면 드래곤일지라도 다 죽이겠다는 거군요…….'

싸한 아픔이 밀려들어 라나는 저도 모르게 명치로 손을 가져갔다. 너무 아팠다. 너무나.

커트는 라나의 옆에 앉아 있었는지라 그걸 보지 못하고 말았다. 커트의 눈은 토르를 향해 있었고 드래곤 공격이라는 곤이 세웠던 명분을 향하고 있었다.

"토르, 그렇다면 오올리는 어찌하실 생각입니까? 그자의 행방은 자그레브도 모르고 있다 하지만 어디선가 우리의 행동을 지켜보며 또 다른 음모를 꾸밀 것입니다. 그자를 먼저 찾아야 하지 않을까요?"

토르는 고개를 저었다.

"아니. 처음엔 드로우라는 자가 오올리일 거라 생각했는데 아니었어. 내가 처음 느낀 죽음의 기운도 그자의 것이더군. 드로우라는 자가 오올리의 끄나풀인 건 분명하지만 그자도 속을 볼 수 없었어. 지금 닦달해 봐야 해방군의 전력을 약화시킬 수밖에 없을 거야. 자그레브의 마음을 보니, 오올리의 신념은 인간만의 세상이더군. 틀림없이 뭔가를 꾸밀 테지만 드래곤들의 인간 통치를 박살 낼 때까지는 오올리나 드로우도 우릴 도울 거야."

"하지만 그대로 두는 것은 너무 위험합니다."

"지금으로선 오올리가 움직일 때까지 기다리는 수밖에 없어. 그자는 리치야. 흑마법사로는 최고의 위치에 도달한 거지. 아마 코크라에 필적하는 마법을 쓸 거야. 더구나 어디 있는지 나도 찾아낼 수 없어. 스스로 꼬리를 드러낼 때까지 기다리는 수밖에."

헬나이트 속에서 코크라의 음성이 들려왔다.

"그래. 리치의 무서운 점은 언데드의 몸을 한 살아 있는 마법사라는 것이야. 모든 마나 중 가장 은밀하고 드러나지 않는 마나를 사용하지. 지금 찾아내려 해봤자 시간만 걸려. 방비를 단단히 하고 기다리는 게 최고야."

토르는 모두의 눈을 보며 말을 맺었다.

"좋아. 이 정도로 말을 끝내자. 모두 몸을 추슬러. 죽음의 세계에 다녀온 후 아직 한 번도 쉬지 못했어. 곧 타루니아로 쳐들어간다. 나트판을 잡으면 곤과 아나테의 행방을 알 수 있을 거야. 오올리도 자그레브도 곤과 아나테가 죽은 줄 알았다니 남은 건 그놈밖에 없어."

토르가 몸을 일으켰다.

"아나테의 아공간은 넓으니까 맘 편한 데서 쉬어. 내일 출발한다."

라나는 아나테가 술을 꺼내주곤 했던 작은 방을 기억하고 있었기에 약물과 포션이 가득한 창고에서 작은 술병을 꺼내올 수 있었다.

또르륵.

술잔에 따라 홀짝홀짝 호박색 술을 먹다가 라나는 병째 술을 먹기 시작했다.

꿀꺽꿀꺽.

어느새 한 병을 다 먹었다.

하지만 하나도 취하지 않았다.

"하아……."

가슴속은 술기운으로 뜨거웠지만 아픔은 가시지 않았다. 그저 술이 먹고 싶을 뿐이었다.

한 병 더 꺼내려고 몸을 일으키려는데 어깨를 누르는 손길이 느껴졌다.

혹시 하는 기대감에 고개를 들었던 라나는 픽 웃고 말았다.

디오스가 술병을 흔들며 빙긋 웃고 있었다.

주거니 받거니 술잔을 기울이다 라나는 나른한 목소리로 물었다.

"커트는요?"

"스스로 죄를 만든다는 말이 충격이었나 봐. 명상 중이더군. 프레키 생각을 하나 보지."

"그렇군요……."

"묻고 싶은 건 커트가 아니잖아?"

"그게 무슨……."

라나는 뜨끔했으나 일단 발뺌을 했다. 피식 웃으며 술을 먹는 디오스를 보니 마음이 어지러웠다. 라나는 자세를 고쳐 잡으며 역습을 취했다.

"당신은 안 두려워요?"

"뭐가?"

"스스로 죄를 짓는다잖아요. 애욕에 빠진 자들이 어떤 벌을 자신에게 주는지 당신도 보고 왔잖아요."

"훗. 내가 그자들이랑 같다고 생각해? 내 안엔 죄책감 같은 건 조금도 없어. 신앙처럼 사랑한 여자는 아나테뿐이고 지금도 아나테를 사랑해. 그 외에 잠자리를 같이 했던 여자들과 그저 놀아나기만 했던 건 아니야. 그들을 통해 나도 위로받고 그들도 내게 위로받는 거지. 아나테를 대신할 여자가 없었을 뿐 우리는 사랑을 주고받은 거야. 그것도 사랑이지. 난 죄진 거 없어."

"당신… 정말 뻔뻔하군요."

"이럴 땐 떳떳하다고 하는 거야."

라나는 픽 웃고 말았다. 너무 진지한 표정으로 연애 행각을 합리화
하는 디오스는 진심으로 그렇게 믿고 있는 것처럼 보였기에. 적어도
죄책감으로 지옥에 갈 것 같지는 않았다.

디오스는 라나를 보며 빙글빙글 웃더니 라나의 머리를 부스스 헝클
어뜨렸다.

"요 고집 센 엘프야. 혼자 끙끙 앓는다고 뭐가 해결되지는 않아. 친
구가 뭐 때문에 있다고 생각하는 거냐?"

눈을 깜박이는 라나를 보며 디오스는 후하고 웃음 지었다.

"정말 호기심 덩어리에다 자존심 뭉치구나. 남에게 기대는 게 그렇
게 싫으니?"

디오스의 부드러운 눈이 가슴 밑바닥까지 꿰뚫어 보는 것 같아 라나
는 휙 고개를 돌렸다.

"난… 누구에게도 신세지고 싶지 않아요."

"왜?"

"사정하고 싶지 않아요. 내 힘든 걸 남한테 말하는 내가 싫어요. 내
가 못 견뎌요."

디오스는 끌끌 혀를 찼다.

"너, 세상 혼자 살래?"

"그건 지극히 인간의 관점에서 나온 말일 뿐이에요. 엘프는 사회를
이루고 살아도 모두 단독자예요."

디오스는 한숨을 쉬었다.

"요 똑똑한 엘프 아가씨야, 그래서 이렇게 혼자 미련 곰탱이처럼 숨

어서 술 먹고 있니?"

라나는 대답하지 않았다.

디오스의 호의는 너무나 고마웠지만 이건 자신의 문제였다. 누구에게 하소연한다고 풀릴 일도 아니었고 그러고 싶지도 않았다.

디오스는 술잔을 비우더니 잔을 내밀었다.

"잔이나 채워주라. 친구 사이에 그 정도는 해야지."

말없이 디오스의 잔을 채워주자 디오스는 꿀꺽 잔을 비웠다.

"그럼 내 얘기나 들어."

"난……."

"나에 관한 얘기니까 그냥 들어. 친구라면 친구 얘기를 들어줄 줄도 알아야지."

"……."

"처음에… 아나테에게 사랑한다고 말했을 땐 지금 같은 감정이 아니었다."

홀짝 술을 마신 디오스는 다시 잔을 내밀었다. 라나는 말없이 술을 따랐다.

"멋진 여자라고 생각하긴 했지. 죽은 애인 살리겠다는 말도 안 되는 목표를 가진 여자라 미련하다고 생각하기도 했어. 나랑 멋진 사랑 한번 하면 죽은 사람 생각 대신 산몸의 부딪침이 더 좋다는 걸 알 거라 멋대로 단정 내렸다. 그리고 밀어붙였지. 싫다는 데도 죽어라고 따라다녔다."

디오스는 피식 웃더니 자신의 이마를 툭툭 쳤다.

"난 원래 내 위주로 생각하는 놈이라 아나테가 팅긴다고만 생각했지. 그러다 절교를 당했어. 하! 이 디오스를 찬 걸로 모자라 절교까지

하더라 이 말이지. 나도 뭐 이런 여자가 있나라고 하면서 깨끗이 돌아섰다. 그런데… 잊을 수가 없더란 말이다. 안 잊혀지더란 말이다……."

디오스의 눈이 아련한 과거를 돌아보는 듯 물결쳤다.

"그러다 곤과 함께 있는 걸 보고 격분했지. 곤한테 도전했어. 깨졌지, 물론. 그리고 둘이 함께 다시 여행을 떠나더라. 나는 뒤에 남겨졌고. 그리고 알았다. 내가 아나테를 얼마나 사랑했는지."

씁쓸하게 웃는 디오스의 얼굴은 잔뜩 일그러져 있었다.

"아나테는 말이지. 내겐 그냥 잡히지 않는 꿈같은 존재야. 그런 사랑이지. 그래서 더 버릴 수가 없는지도 몰라. 아나테가 날 보지 않아도, 내가 아니라 다른 남자를 사랑하더라도 난 아나테를 잊지 못할 거다. 영원히……."

"그건 그냥 집착이나 동경 아닐까요?"

디오스는 고개를 저었다.

"집착? 그건 맞아. 하지만 집착도 사랑해야 생기는 거다. 그리고 동경한다고 마음이 아프니? 그런 게 아냐. 여기가 아프다는 건 말이지……."

디오스는 자신의 명치를 쿡쿡 찔렀다. 라나는 마치 디오스가 라나 자신의 명치를 찌르는 것처럼 느껴졌다.

"그 대상이 뭐가 되었든 여기가 아프면 그건 사랑인 거야. 근데 그걸 잡을 수 없다고 바라만 보면 그건 그냥 꿈이 되고 말아. 시기를 놓치면 잡고 싶어도 잡을 수 없게 된다. 그저 인생의 이루지 못한 꿈으로 남고 마는 거야. 그게 어떤 건지 아니?"

디오스는 말없이 바라만 보는 라나의 어깨를 툭툭 쳤다.

“자신이 모자라다고 상대가 너무 멀리 있다고 생각하는 순간, 잡을 수 없게 되고 말아. 두려워하면 결국 아무것도 남지 않아. 온몸으로 부딪쳐도 안 되면 그건 어쩔 수 없어. 하지만 할 수 있는 건 다 해보고 그런 결론을 내려야 해. 그게 아니면 후회밖에 남지 않아. 난 적어도 후회는 하지 않을 거다.”

“디오스…….”

디오스는 씩 웃더니 몸을 일으켰다.

“내가 할 말은 다 했다. 그냥 오늘은 주절거리고 싶었을 뿐이야. 나이만 자러 간다.”

디오스는 몸을 돌리며 한마디를 남겼다.

“토르는 아이크와 함께 있더라.”

라나는 멀어져 가는 디오스를 바라보다가 푹 고개를 숙였다. 자신을 배려해 자기 아픔만 털어놓고 가는 디오스의 따뜻한 마음에 감사하며.

그러나 갈 수 없었다. 토르에게 갈 수는 없었다. 디오스의 말처럼 토르는 너무 크고 너무 멀리 있었다. 잡으러 가기도 두려울 만큼 토르는 라나의 마음속에서 너무나 대단하게 커져 있었다.

“하아…….”

라나는 남은 술을 한꺼번에 들이켰다.

디오스의 따뜻한 충고는 너무나 고마웠지만 그녀가 할 수 있는 것은 없었다.

하얗게 시야가 흐려지고 있었다.

“이게 뭐야?”

디오스는 잠에서 깬 후, 라나가 걱정되어 찾으러 왔다가 밝은 빛 덩이에 질색했다.

라나가 있던 방은 온통 휘황찬란한 하얀 빛으로 덮여 있었다. 눈이 부실 지경이었다.

"커트—! 토르—!"

서둘러 커트와 토르를 부르자 둘이 동시에 나타났다. 다급한 음성을 듣고 몸을 날려온 것이다.

"어?"

토르도 처음 본 빛이 이상했던지 방 안으로 들어가려 하는데 커트가 막아섰다.

"안 됩니다. 들어가시면."

"커트, 왜 그래? 저거 뭔지 알아? 라나에게 무슨 일이 생긴 거야?"

커트는 웃고 있었다. 얼굴 가득 밝은 웃음이 담겨 있었다.

디오스를 보는 커트의 눈은 부드러운 호의가 담겨 있었다.

"디오스, 토르, 이건 어린 엘프가 성인이 되기 위해 치르는 홍역입니다. 방해하면 안 됩니다."

"뭐?"

커트는 조용히 웃으며 힐끗 뒤를 돌아보았다. 밝고 따뜻한 빛을 보며 커트는 흐뭇하게 웃었다.

"엘프가 성인이 되는 방법은 둘이 있습니다. 꾸준히 나이를 먹어 성인이 되는 것과 지금 라나처럼 성인의 빛에 휩싸여 갑자기 어른이 되는 것이죠. 아무 일도 없을 것입니다. 때가 되면 스스로 빛을 깨고 우리 앞에 나타날 것입니다."

디오스가 호기심 어린 눈으로 빛을 보면서 커트에게 물었다.

"자네도 저랬어?"

“아니. 나는 꾸준히 자랐지. 갑작스러운 각성을 거치진 않았네.”

“정말 괜찮은 거야?”

“괜찮네. 시간이 지나면 우리 앞에 성인이 된 라나가 모습을 드러낼 걸세.”

“호오~ 그 미모에 갑자기 어른이 된다 이거지? 이거 기대되는걸?”

“기대해도 좋을 걸세.”

토르는 커트에게 다시 한 번 물었다.

“저대로 놔둬도 정말 괜찮다 이거지?”

“예. 괜찮습니다.”

“좋아. 그럼 우리끼리 타루니아로 가도록 하자구.”

“그러죠.”

디오스의 어깨를 툭 치며 몸을 돌리는 토르의 등을 커트는 빙긋 웃으며 바라보고 있었다.

토르와 디오스에게 말하지 않았지만 커트는 알고 있었다. 엘프가 각성을 통해 어른이 되는 것은 단 한 가지 경우뿐이라는 것을.

커트는 찬란하게 빛나는 라나의 빛을 보며 부드럽게 웃음 지었다.

“사랑이련가……?”

평생을 바쳐 사랑할 이를 어린 시절 만나지 않는다면, 그 사랑을 마음 깊이 받아들이지 않는다면, 엘프의 성인 각성은 이루어지지 않는다.

커트는 라나가 뿌리는 밝은 빛을 보며 뿌듯하기도, 걱정스럽기도 했다. 그러나 축하할 일이라는 것은 변함이 없었다. 사랑은 엘프에겐 더할 수 없는 축복이었으니까.

토르와 디오스, 커트가 타루니아 진입 계획을 짜고 있을 그 무렵, 타루니아의 수도 발라키 궁성 깊은 곳에서는 두 드래곤이 무언가 대화를 나누고 있었다.

온몸이 하얀 실버 드래곤과 온통 초록빛으로 물결치는 그린 드래곤이었다.

실버 드래곤이 투덜거렸다.

"도대체 로드의 생각은 알 수가 없군. 이런 귀찮은 과정이 왜 필요한 거야?"

"그야 나도 모르죠. 하지만 로드 카이서스의 명이에요. 따라야지요."

"참나. 이것들 연마하느라 얼마나 힘들었는지 알아? 그런데 이게 또 끝이 아니라니. 너한테 넘기라는 걸 보면 다른 놈들도 이 과정을 거쳐야 한다는 거겠지?"

"그러기 쉽겠죠."

"이봐, 그리니아. 이유가 뭔지 혹 짐작이 가나?"

"나트판, 내가 그걸 어찌 알겠어요?"

"넌 여성체니까 혹시 다른 말씀 해주셨나 해서 말이야. 카이서스께서도 네게는 친절하시니."

"호호. 로드가 얼마나 무뚝뚝하신데요. 그럴 리가 없죠."

"그래?"

타루니아의 황제인 실버 드래곤 나트판은 이웃 나라의 황제, 유일한 여성체인 그린 드래곤 그리니아를 날카로운 눈으로 바라보았다.

그리니아는 청록색 눈을 반짝이며 방긋 웃었다.

"나트판, 그런 눈으로 볼 것 없어요. 저도 로드가 시키시는 대로 할 뿐이니까요."

"널 의심해서 그런 건 아냐. 다만… 라토시와 너는."

"나트판!"

그리니아가 날카롭게 경고하자 나트판은 붉은 눈을 감추며 껄껄 웃었다.

"그냥 해본 말이야."

"빈말이라도 그 말, 다시는 하지 말아요! 라토시는 우리의 수치니까! 그와 나의 일은 이미 마나의 무덤으로 덮은 과거예요!"

"그러지."

빙글빙글 웃던 나트판은 그리니아의 온몸을 핥는 듯한 눈으로 쭉 바라보았다.

그리니아는 나트판의 도발을 무시하고 턱짓을 했다.

"그런데, 이것들을 뭐라고 부르죠?"

"글쎄, 난 그냥 드래곤 나이트라고 불러."

"드래곤 나이트?"

"드래곤의 힘을 주입시킨 인형 같은 놈들이니까 뭐."

"따로 이름들 붙여주진 않았어요?"

"그런 건 관심없어. 내가 부릴 놈들도 아닌데 뭐."

"아직 깨운 적은 없어요?"

"어차피 이지를 상실한 것들이야. 관심없어. 네가 깨울 일 있으면 적당히 이름 붙이라구."

그리니아는 호기심 어린 눈으로 커다란 대리석 제단에 누워 있는 두 남녀를 바라보았다.

하얗게 서리로 덮여 있어 형체만 알아볼 수 있었지만 몸의 형태로 보아 남자 한 명과 여자 한 명이었다.

"원래 이름들은 알아요?"

"사내놈은 곤, 여자는 아나테지."

"자기 이름을 부르면 알아들을까요?"

"아니. 뇌력을 마비시켰으니까 알아듣지 못할 거야."

"드래곤 나이트라… 잘 붙인 이름 같군요."

나트판이 어깨를 으쓱했다.

그리니아는 대리석 제단을 바라보며 청록색의 눈을 반짝거렸다.

『제6권으로 이어집니다』